新大明王朝

4 威震南洋

三大帝王

人物介紹

漢帝 張偉：最得意的帝王

來自未來，憑遠超幾百年的經驗改變歷史創立大漢王朝。爲人行事果斷、狠辣、穩重，平生從不做沒把握的事，政治作風強硬，一掃數千年儒家治世的傳統，大力改革，使國富民強，復興漢唐盛世在世界各國心中的上國地位。

明帝 崇禎：最愚蠢的帝王

滿懷中興大明的熱情，卻使明朝更陷深淵，直至亡國。其人生性多疑，好大喜功，喜怒無常。其蠢至空留幾千萬金銀給亡其國的異族，卻不願分出一兩銀子振軍救民，以至民反軍散，獨留孤家寡人於煤山上吊而死！

清帝 皇太極：最鬱悶的帝王

雄才偉略，勇悍無比，天下本屬於他，歷史本也是由他帶領八旗建立大清王朝。但卻因漢帝張偉的橫空出世，改變了歷史，而使本屬於他的一切化爲烏有，他也因此鬱鬱而死！

人物介紹

施琅

大漢水師大帥，與漢帝張偉相交於微時，一起創業打江山，其人極具將才，兵法謀略極佳，水戰未有一敗，後被封世襲伯爵之位。

張瑞

大漢飛騎軍大將軍，對張偉忠心不貳，為人勇悍多謀，為漢帝轉戰天下，戰功超卓，後被封世襲伯爵之位。

張鼐

大漢金吾衛大將軍，對張偉忠心不貳，為人凶猛好戰，曾為漢帝親衛大將軍，勇猛有餘，謀略不足，卻也無大過，戰功無數，眾敵深懼其人，後被封伯爵。

契力何必

高山族勇士，為張偉所收服，其箭術無雙，為大漢萬騎大將軍，領三萬高山戰士為大漢征戰天下，無往不利。

武將榜

人物介紹

黑齒常之

契力何必之弟，大漢萬騎大將軍，與其兄一起爲大漢征戰天下，勇猛無比，立下戰功無數！

劉國軒

大漢龍驤衛主帥，漢王起家時的家臣，爲人冷靜多智，穩重，極具帥才，張偉的左右手，大漢的開國功臣，後被封爲世襲伯爵。

周全斌

大漢第一勇將，智勇雙全，極善機變，張偉最信任的大臣之一，與劉國軒爲五虎上將，位列伯爵。

孔有德

龍武衛大將軍，治軍有方，勇力過人，本爲前明大將，後依附張偉，成後漢開國之大將！

人物介紹

左良玉

爲人深沉，本爲遼東大將，卻爲張偉所救，極具帥才，跟隨張偉，後被委以獨當一面的重任！先駐守倭國，爲倭國總督，後爲統兵大帥，爲大漢江南攻略的南面統兵元帥！

曹變蛟

神策衛大將軍，勇猛無比，而智謀不深。打仗身先士卒，常赤膊上陣，敵人畏之如猛虎，曾以大刀力殺荷蘭戰士數十人，被西方人視爲屠夫魔鬼！

賀人龍

與曹變蛟一起並稱漢軍雙虎，猛悍無比，身負重傷數十處依然不下戰場，幾被視爲鐵人！

林興珠

智勇雙全，善攻城戰和襲擊戰。

武將榜

人物介紹

尚可喜

前明大將，後跟隨耿精忠、孔有德一起依附張偉，立下極大戰功，爲大漢開國功臣。

耿精忠

前明大將，後隨尚可喜、孔有德一起依附張偉，立下極大戰功，爲大漢開國功臣。

祖大壽

遼東大將，對大明極其忠心，一生只追隨袁崇煥鎮守遼東，後爲保全袁崇煥名節，戰敗自殺而亡！

趙率教

遼東大將，袁崇煥部下最精銳將領，爲人多智，錦州失守，詐降滿清，卻心繫大漢，後成大漢明將！

武將榜

人物介紹

吳三桂

遼東大將，年輕有爲，其人多智，深謀遠慮。

多爾袞

滿清睿親王，皇太極之弟，其人勇猛多智，心機深沉，是皇太極之下最爲有名的滿人名將！

李侔

李岩之弟，漢軍軍中猛將，領五百勇士力戰大破開封城，一戰成名，爲人多智，擅馬球。

豪格

皇太極之子，爲人豪勇無比，卻智謀不深，不甚得皇太極所喜，狂傲自大，目中無人！

人物介紹

何斌

大漢財政大權負責人，大漢興國第一功臣。與漢帝相交於微識，共同創業，以其經商理財的天賦為張偉累積下了統一天下的資本！被封伯爵，更被公認文臣第一，尊為太子太傅。

吳遂仲

為人多智，身為儒人，頗具治理天下之才，大漢開國之功臣，位為六部之首，後封伯爵，但因陷入黨爭而被貶離京城！

袁崇煥

明朝第一名將，薊遼總督，以文臣身分統領遼東大軍，鎮守遼東數十年，讓滿清鐵騎未能踏足中原。

熊文燦

明朝大臣，福建巡撫及兩廣總督而掛兵部尚書銜，總督九省軍務，其人甚貪，頗有些才能，後為張偉狡計所害。

文臣榜

人物介紹

江文瑨

其人極具才華謀略，是以張偉放心讓其獨當一面，繼左良玉之後經營倭國。

陳永華

大漢第一賢臣，有治國之大才，與漢帝張偉相識於微識，更是漢帝身邊最得力的謀臣，雖未在朝中爲官，卻爲大漢培養出極多的人才！極受張偉所敬重。

鄭煊

前明降臣中最受漢帝張偉器重的文臣，極具治國安邦之才，大漢六部尚書之一，更被封侯爵。

洪承疇

前明三邊總督，明末著名文臣，以文臣之身統帥三軍，智計極深，謀略權術過人，最終卻敗於漢帝張偉之手！

文臣榜

人物介紹

孫偉庭

前明陝西總督，爲人行事狠辣，以文臣之身卻敢在打仗時身先士卒，可算是大明文臣中極少有的狠辣角色！後敗於張偉之手！

黃尊素

東林大儒，大漢興國文臣，官至兵部尚書，掌軍國大事，思想守舊，儒家思想難改，在漢帝張偉大力改革的過程中常提反對意見，但仍被封爵！

呂唯風

爲人才智過人，有治國安邦之能，支持改革，忠於張偉，極有主見和謀略，極得張偉器重，委以治理呂宋的重任。與江文瑨等人各自獨當一面，後在黨爭之時接替吳遂仲六部之首的位置，位及伯爵！

其他人物

人物介紹

李自成

明末義軍首領，又稱李闖王，領農民軍數十萬轉戰天下，而使明王朝風雨飄搖，一蹶不振。

張獻忠

一方奸雄，靠農民起義發家，轉戰天下，後寄身於蜀中，擁兵自立，爲人凶殘，常有屠城之舉！

柳如是

大漢皇后，賢德異常，性情溫柔，才貌無雙，出身低賤卻心靈高貴，極受張偉之愛！

吳 芩

南洋大族吳清源孫女，自幼學習西方文化，其美若奔放的牡丹，高貴卻不失大方。張偉暗戀之人，後卻因政治原因未能結合，此爲漢帝張偉一生最大的遺憾。

其他人物

人物介紹

馮錫範

大漢軍法部最高負責人，鐵面無私，從不徇私，甚得張偉器重！

孫元化

爲人不好官場，一心只專於火器，乃是明末著名火器專家，也是大漢火器局總負責人，其人不修邊幅，不喜言語，狂放不羈，極得漢帝張偉寵信！位列伯爵，大漢開國功臣之一！

徐光啟

明代著名的科學家，孫元化的老師，奉天主教，其人學貫中西，力倡改革，助辦太學，力挺張偉！

李　岩

年輕有爲，智深如海，卻含而不露，不張揚，不喜官場，文武雙全，漢軍北伐中表現極爲出色，以戰功而得侯爵之位！

其他人物

人物介紹

高傑

大漢密探統領，爲人行事刁鑽陰險，頗有奇計！雖少上戰場，但其功不可沒，甚得張偉寵信！

鄭芝龍

海盜巨頭，經營海運數十年，富可敵國，但卻敗於張偉之手，使其海上霸王的地位被代替，後被明朝招安，官至兩廣水師總督。

勞倫斯

英國駐南洋的海軍高級軍官，因與張偉關係極好，而成爲英國大將，曾幫張訓練出一批極精銳的水師！

目錄

此後近數月間，台灣不住地迎來自遼東返回的船隻，五十萬遼民紛沓而來。縱然是台灣富饒之極，糧食足供得起千萬人吃食一年，又對房屋農具等物早有準備，也經不住如此大的人潮衝擊。

皇太極略一點頭，道：「我自然知道。不但是人口，便是財賦也多有不足，今年的官員俸祿到現在我也沒錢來發。明年入關，也急需從關內搶些金銀，以支撐咱們的財賦。還要大量地掠奪人口，編成漢軍八旗，和蒙古八旗一道，成為滿洲八旗的羽翼。」

見崇禎頗為意動，正在著急，又見皇帝詢問意見，忙出列答道：「皇上，打仗動兵的事非比尋常小事。臣以為，在流賊消息未定之前，不宜再興戰事。那建州蠻夷雖然稱帝，坊間也不過以為笑談，於陛下聖德無礙。」

目錄

目錄

張偉這才醒悟過來。他此時什麼場面沒有見過，雖見吳府上下笑咪咪瞧他，卻只做沒看見，又向吳芩道：「自台灣一別，已是數年恍然而過，想不到艾麗絲竟是南洋望族之後，又無巧不巧的在此地與吳小姐重逢，這當真是緣分。」

張瑞笑答道：「什麼服侍新夫人？妳便是新夫人哪！大人說了，快要成婚，還在他府上不好。夫人沒有了婆家，就先住在施府，由何斌何爺準備納采問名諸事，待大人親迎過府，拜堂成親，妳便是大人的正妻，將來的侯爵夫人，一品榮身誥命。在台灣，便是何爺施爺，見了妳都得施禮。」

初、高官學之外，又設立太學，只有在高級官學之中表現優異者可以選拔進入。一入太學，不但不需交納學費，衣食住行皆由官府一力承擔，除此之外，還可領取一定數額的入學補貼。太學中除了原有的各學科或加深或取消外，內分各種專門學科自設的不同學院：研究各種西方科學的科學院、結合中西醫學說的醫學院及精研中西哲學的人文學院。

第一章 大破瀋城

他們緊隨著衝上斜坡的士兵往上攀去，正待一鼓作氣，全數衝入城去，先行消滅城下的敵軍，然後裏應外合，與城外的漢軍一起，將城頭上的敵軍盡數射殺，誰料剛向前衝了幾步，那第一批衝上去的漢軍卻停下了腳步，後面的漢軍擁擠不動，只是擠在一起。

肉搏戰終於開始，佈防在缺口處的八旗兵扔掉弓箭，持長槍、腰刀，向著對面衝來的漢軍猛衝過去。

站立在完好城牆之上的八旗兵們仍然繼續拚命的射出箭矢，敵方人數優勢太大，若是現下放棄長程打擊，跑到缺口那裏幫忙，只怕後面緊隨而來的一萬漢軍輕鬆衝到城角，那麼大的缺口，決無可能通過肉搏戰來擋住漢軍。

忍住肩頭的刺痛，賀人龍揮刀將斜面刺來的長槍槍頭斬斷，順勢而下，將那刺他的滿人整條

胳膊斬斷，聽到骨頭斷裂的沉悶聲響，賀人龍不再管他，長吐口氣，振臂大呼：

「娘的，滿人也不比咱們多兩條胳膊，兄弟們，頂住了往上衝啊！」

數千人在三百米長的城牆缺口處戰成一團，缺口上的滿兵雖是人少，卻是站在高坡之上，那缺口處又是遍地的碎石，不及平地上便於站立，漢軍雖是人多，吃了地勢和手中武器不如人的虧，一時之間竟然無法突破敵兵防線。

城頭上的滿兵人數漸多，密集的箭雨不住射向隨後趕來，卻一時衝不上前去的漢軍士兵，「嗡嗡」的一聲弓弦聲響起，便有一個漢軍士兵應聲中箭，殷紅的鮮血不住地拋灑在瀋陽城下，後陣的漢軍士兵亦是不斷地向城頭開槍射擊，不少在城頭射箭的滿人中槍後從城頭跌下，栽倒在城角，那一時沒死的，靜靜地躺在城牆角下，兩眼無神看著碧藍的天空，發出一陣陣低沉的呻吟聲。

隨著後續部隊的到來，漢軍火力和人數上的優勢漸漸凸現出來，雖然缺口處的混戰仍在進行，城牆上的八旗射手們對漢軍的威脅卻越來越小，整整一萬人的漢軍在城下列陣，依次上城頭開槍，密集的火槍射擊將城頭的八旗兵打得漸漸抬不起頭來，不住的有中槍的旗兵從城牆上墜落，隨著城頭死傷漸重，又有不少旗兵後退躲避，城上射擊的箭矢越來越少，而肉搏的漢軍借著身後大隊的支援，越戰越勇，守衛缺口的旗兵越戰越少，已是需要一人同時面對三四支長槍刺刀的攻擊，捉襟見肘的旗兵很快一個個被刺刀捅穿，一個個漢軍士兵蜂擁而上，將缺口處的八旗防線一步步向後方推去。

正當所有的漢軍軍官以爲大局已定，城防必將被突破之際，缺口前方所餘不多的八旗兵卻突然全數後退，拚命爬過緩坡，向城內逃去。正在與之肉搏的漢軍士兵先是一愣，突然醒悟道：「敵軍敗退，敵軍敗退啦！」

興奮之極的漢軍士兵立刻持槍追擊，那跑得慢的，自然立時被刺刀拗倒在地，只不過追了十幾步，衝在最前的漢軍士兵便已登上了殘破城牆的斜坡頂上，身後的士兵眼見戰友已衝了上去，均是大喜，振槍大呼道：「城破了，大夥兒快上啊！」

他們緊隨著衝上斜坡的士兵往上攀去，正待一鼓作氣，全數衝入城去，先行消滅城下的敵軍，然後裏應外合，與城外的漢軍一起，將城頭上的敵軍盡數射殺，誰料剛向前衝了幾步，那第一批衝上去的漢軍卻停下了腳步，後面的漢軍擁擠不動，只是擠在一起。

他們排得如此密集，城頭上殘餘的旗兵如何肯放過機會，箭矢不住地向缺口處的漢軍射將過來，只不過一瞬間工夫，便又有數百名漢軍傷亡。

「娘的，怎麼跑了一會兒卻又不動？」

賀人龍原本衝在最前，親手砍死了好幾個敵兵，只是他身受箭創，揮刀舞了一陣之後，力氣便漸漸接不上來，一不小心身上又被敵兵捅了一槍，幸虧他見機的早，將身子一斜，那槍只是偏著身子劃了過去，傷勢倒是不重。饒是如此，他身後趕到的親兵也是嚇破了膽，以漢軍軍律，主

將戰死，親兵罪責甚重，魂飛魄散之下，不顧賀人龍的反抗，硬是把他從陣前拖將下來，又不知道從哪裡尋了幾塊破木板，擋在他的頭頂，就這樣讓這位龍驤衛的右將軍頂著箭雨在陣前指揮。

此時眼見前方的士兵不但不往前衝，反在敵人的反擊下敗退回來，賀人龍又急又怒，睜圓了眼怒道：「快，上前去尋一個適才衝上斜坡的人過來，問問是怎麼回事！」

他納悶之極，恨不得自己親自衝上前去，看個明白。

身邊有幾個親兵得了命令，應了一聲，便待向前，剛行了幾步，卻又頓住了腳步，向賀人龍一看，卻見自己的這位主官也是目瞪口呆，顯是被前面的事情嚇得呆了。

只見有數千名百姓模樣的人堵在城牆缺口之處，一個個呆若木雞地站在那缺口之上，將幾百米的缺口堵得嚴嚴實實，適才有八旗兵在前面交戰，漢軍沒有看到這些百姓，待八旗兵往後一退，這些原本在後面用木料石塊堵塞缺口的百姓自然就露了出來。衝上去的漢軍官兵，便是被這些百姓擋住了前路，一時不能往前。

賀人龍呆了片刻，醒悟過來，這些百姓必定是被滿人捉來修城的漢人，急道：「傳令上去，讓那些漢人快往城外跑！」

倒也不用他下令，那些漢人百姓初時尚是迷迷糊糊，現下皆是醒悟過來，哪還等士兵驅趕，各自發一聲喊，拚命向外湧來，一時間軍民混雜，漢軍原本便已遲疑不動，此時又被百姓衝亂陣腳，更是前進不得。

賀人龍痛苦地閉一下雙眼，又豁然睜開，怒目圓睜的大聲令道：「後撤，命前隊後撤！」

他指揮前軍一退，原本慢慢推進的金吾與神策兩軍一萬人只得讓開通路，一邊仍向城頭射擊，一邊緩緩而退。那瀋陽城頭高大堅實，若不是肉搏漢軍吸引敵軍火力，倖憑這種稍加改良的滑膛槍，在人數上沒有絕對優勢的情形下，無論是射程還是殺傷力，皆不如八旗所用的弓箭，單純的對射，絕討不到好處。

城內八旗兵尚在喝阻逃離的百姓，拚命地向後退的漢軍射箭，只是大批的百姓裹挾在漢軍中間，射去的箭矢反有大半落在百姓頭上，與適才乾站著挨箭相比，漢軍傷亡已是可忽略不計了。

濟爾哈朗抹一把額頭上的汗水，正要前去命人加快堵塞缺口，卻只覺得兩腿痠麻，他原本站立在城牆缺口之內，眼見漢軍突破防線就要殺入，卻莫名其妙的在遼東百姓面前停住了腳步，大悲大喜過後，卻是再也站立不住，扶著身邊的矮牆，慢慢滑倒坐下，嘆一口氣，令道：

「各城來的旗兵全數下城，躲避敵兵炮擊，命沒逃走的百姓快將缺口堵上。」

他眼中閃過一絲寒光，向身邊的八旗諸將笑道：「敵人不是火炮多麼，讓它狠勁地轟，倒要看看，是咱們的漢人肉盾多，還是他們的火炮更犀利些。」

張偉一直騎馬立於高坡上觀戰，見漢軍後撤，皺眉道：「仗還是打得太少，訓練畢竟比不上實戰！」

張載文當日曾隨他遠征倭國，此時亦嘆道：「當時打倭國時，若是攻一下城便好了，也不會

像今日這般，打得全無章法！」

張偉搖頭道：「倭國城池狹小低矮，一個瀋陽城抵得上幾十個長崎城大，當日便是強攻長崎，與今日戰事亦是全無裨益。況且，倭人武士雖然近戰勇猛，又有火繩槍兵，到底在射術上比八旗兵差得甚遠，兩者大大不同啊！」

張偉雖是平靜自若，在這小山坡上與身邊參軍議論戰局，實則心裏五內俱焚，痛心之極。他的漢軍自組建之日起，便沒有受過這麼大的傷亡，此番參戰的又全然是打過仗的老兵，就這麼紛紛倒在瀋陽城下，張偉又怎能不心疼之極？

他原本是心疼士兵死傷，料想敵人吃過炮擊之後，城破處必然守備力量不足，城頭上便是有些抵抗，想來也是微弱之極。是故不欲與敵交戰而進，特令賀人龍不顧城頭射箭，快速衝至城破處攻入，誰料一者漢軍防護太弱，紛紛死傷於箭矢之下，二者剛要破城，卻被那些堵城的百姓擋了回來，原本是心疼部下死傷，誰料死傷的更多，而且城池也未攻下，他心中當真是痛悔之極。

那賀人龍指揮龍驤軍後撤，點完死傷數目，止不住流下淚來，五千士兵傷者大半，戰死在城下的便接近千人，他雖然加入台灣漢軍不久，卻是行伍脾氣，日夜都與士兵朝夕相處，手下五千士兵，他雖不能盡數叫出姓名，也全數知道根底，此時這些兄弟們，在他指揮下承受了建軍後從來沒有過的死傷，又讓他這個外來的將軍怎地不黯然神傷。

眼見手下兄弟都神情萎頓，士氣低落之極，一個個也不待軍令，便各自呻吟呼號，或坐或站，等著軍醫前來處理傷勢。賀人龍默然坐於馬紮之上，讓軍醫拔出身上的箭頭，雖然身上劇痛無比，他卻只紋絲不動，只因此番攻城受挫，心理的創痛遠大於肉體之痛。

「賀將軍，張大人召你過去！」

賀人龍猛然站起，身旁軍醫正用鉗子向外拔他臂膀中的箭頭，被他猛地一帶，那箭頭一拔而出，只是用力太猛，鮮血狂噴，軍醫慌了手腳，急忙用紗布將他胳膊纏住，方才止住了鮮血。

賀人龍卻不在意，連聲問那傳令兵道：「大人可有命令下達，是要等炮擊過後再攻麼？還是要調別的部隊上來？」

「這些小人不知，大人交代了，請賀將軍快些過去。還有，要帶上當時衝在最前面的兵士過去。」

「是，我知道了，這便過去！」

他急速尋了幾個適才衝在最前的兵士，雖然各人都是身上帶傷，卻也是顧不得許多，尋了幾匹戰馬，將各人扶將上馬，狂抽幾鞭，向不遠處張偉處奔去。

待到得張偉馬前，也不待胯下坐騎停穩，便翻身下馬，跪伏於地，泣道：「大人，末將罪該萬死！本該一鼓破敵，卻打成這個鳥樣！」狠狠一捶地，又道：「總之是末將的罪過，折損了這麼多手足兄弟，請大人重重責罰！」

張偉點頭道：「臨敵指揮是你的事，你確是有罪。待回到台北，交軍法官議處就是。罰俸是

免不了的，別的處罰，我自會特赦於你。」

因見賀人龍發愣，張偉嘆道：「仗，畢竟是我在這指揮，種種舉措，都是依著我的意思來行。打成這樣，罪過最大的是我，我又怎能將責任盡數推給屬下。幸虧你臨機決斷，命令後撤，若是害怕擔上責任，仍命強攻，我的忠勇部下，只怕要盡數死在城下了。」

他聲音低沉之極，周遭諸人大半跟他已久，卻是初次聽他用這種語氣說話，周全斌心中一動，忙道：「大人，我們身爲衛將軍，卻無一言建議，又怎能沒有責任？大人，請治全斌無能之罪。」

說罷下馬，在賀人龍身旁跪下，張鼐、劉國軒等人也各自下馬，一齊跪地請罪。

「罷了，都起來。不過小小挫折，以爲我受不住麼？」

張偉低頭凝神細思，過了半晌方道：「我方一直倚仗火器之利，卻忽視了八旗兵的射術精妙，強弓大箭，射程還超過咱們的火槍。別說賀人龍的部下要與敵兵肉搏，又要顧及頭頂的箭矢，便是邊行邊開槍，沒有防護，死傷亦必慘重。這是我的疏忽，不過這也算不了什麼！」

他揚眉揮手，令道：「張傑，黃得功，契力何必，你三人帶金吾衛的前後兩軍與萬騎上前，頂替賀人龍的部隊，在前攻城。顧振、曹變蛟、林興珠、沈金戎，帶領萬二千人，隨後掩護。王煊，你速去奉集堡附近的民家徵集木門，用五個木門釘成一個大木盾，一個時辰之內，給我做五百面出來。快去！」

又令人傳令道：「命神威將軍朱鴻儒過一個時辰後重新炮擊，對準了適才的缺口猛轟！」他將下一步的攻城諸事安排完畢，受命的各將紛紛離去，只留下身邊的參軍親衛，還有那賀人龍跪伏在眼前，身後稀稀落落跪了一地的傷兵。皺眉道：「賀將軍，請起吧！」連聲催促，賀人龍只是不動，張偉一驚，忙命人將他扶起，卻見其傷口迸裂，鮮血直流，人已是暈了過去。

心中一痛，忙命人將賀人龍扶將下去，請軍醫精心醫治。又翻身下馬，鐵青著臉來到那些攻城的傷兵面前，喝問道：「可有軍官在內？」

「回大人，屬下是龍驤衛後軍果尉。」

「我且問你，你當時可是衝過了城頭，爲什麼停下來？你可知你那麼一停，身後的兄弟要死傷多少？」

見那人低頭不答，張偉又恨道：「不知道軍法麼？臨敵不前，立斬不赦！」

那人渾身一顫，原本就低垂的頭又往下低了幾分，答道：「屬下知道軍法無情，只求大人能夠撫恤我的家人，屬下便足念大人的恩情，身處黃泉，亦不怨恨大人。」

「軍法處死者，一切軍人待遇皆不可得。你的話，只是癡心妄想！」

「大人，屬下自是罪該萬死。只是當時下令攻城，卻沒有說明前頭若是有百姓擋路，該當如何。屬下一時糊塗，見那些百姓衣衫破爛，神情萎頓，顯是被逼前來堵城，雖然是剃髮留辮，

不過看那衣冠服飾都是咱們漢人，他們境遇如此淒慘，屬下又怎忍將刺刀對準他們戳將過去？大人，人心都是肉長的，屬下實在是狠不下心來！」

「聞鼓則進，遇敵不前者死，訓練時都白教你們了？」

他厲聲訓斥，那些傷兵們雖是跪伏在地，垂首聽訓，卻是再無人答話，想來是並不心服。

張偉想想當時情形，若是自己衝在前面，眼見著身著本族衣衫的百姓淒淒惶惶地站在眼前，能這麼一刺刀捅將過去麼？那戰場上情形緊張，這些兵士又是第一次見到有人盾擋路的情形，一時又怎能做出決斷？想到此處，便柔聲道：

「你們可知當年蒙古人攻伐四方，都是在敵國搜羅百姓，列隊於蒙古大軍之前，令百姓爲肉盾攻城。凡是敵城守兵不忍射殺本國百姓的，無不被輕鬆破城。城破之後，蒙人性殘，又多半會將那些俘獲的攻城百姓連同城內的所有人等一併屠殺，除了金帛女子，所有不留。我問你們，若是知道此事，你們守城時，面對本國，甚至就是本村的同鄉親人，握著手中火槍，你是射，還是不射？」

諸兵思忖片刻，齊聲答道：「只要大人有令，不論衝城的是誰，屬下們定會開槍！」

張偉滿意一笑，道：「這才是軍人本分！也罷，之前我沒有交代，責任我也需擔上一些，此次饒了你們性命，帶我的命令回去，凡是當時衝上城去卻止步不前的，無傷的立刻杖五十，有傷的記下這頓打，回台後以苦役代罰！」

各兵原以爲定然會失了性命，臨來時皆已交代了遺言，卻不料這位素來不肯饒人的張大人，今番卻輕易饒了性命。雖說將來要服那苦役，卻也是邀天之幸了。當下各人眉開眼笑，在地上連連碰頭，謝過張偉，互相扶了上馬，回那龍驤衛駐地去了。

只是張偉當他們臨行之際，卻交代傳令官道：「去向眾將傳令，一會兒攻城時，若城內滿人再用漢人擋住前路，交代後面士兵，斬殺擋住的人，不論滿漢！若有違令者，定斬不饒！」

經過一上午的攻防戰，城內的八旗兵皆是疲勞之極，各人勉強嚼著後方送上來的乾糧，躲避在城牆下死角，或是民居之內，城頭上卻是不敢留人，只留了幾個傷兵窺探城外情形。因打退了敵軍攻擊，各人雖是疲累，心頭卻是輕鬆許多，各人均想：若是敵人怕死傷太多，就此撤走，那可便是上天佑護，該當許願還神了。

這般幼稚的想法自然是只在普通士兵的心中，不要說是濟爾哈朗這樣的最高指揮者，便是普通的參將游擊，也知道今日之事無法善罷，這一天，必然將會陷入苦戰之中。

濟爾哈朗也是疲累之極，勉強被屬下勸離城下，躲在稍遠的一處民居之內，早有他的家人送上了飯食，他原是吃不下，卻被身邊的眾人苦勸，這才拾起筷子，挾了一口菜在嘴裏慢嚼，吃了幾口，便端起茶碗，便待喝茶，卻突覺房梁一陣抖動，那汎年老灰紛紛落將下來，拋灑在他的茶碗之內，房內諸人臉色一變，均道：「敵人又開始炮擊了！」

沉悶的火炮擊發聲又開始響起，一個個彈丸在巨大的轟鳴聲中飛上原本便是草草重修的破損城牆，一時間木石迸裂，碎石破瓦在空中亂飛，饒是八旗兵聽到炮響便個個藏頭蓋臉的躲將起來，仍是有不少人被橫飛的磚石擊傷。

看著前陣的八千名漢軍士兵，張偉揮手令道：「命，待炮擊一停，全軍出擊！」

因早晨已經歷過長時間的炮擊，此番二次轟擊，朱鴻儒心中極是擔心，不住地督促部下檢查炮管，嚴防炮管過熱而炸膛。到底那時代的工藝水準整體落後，漢軍雖然用精鐵鑄造炮管，平時裏訓練亦免不了偶有火炮炸膛，此時這種高強度的密集射擊，炮管承受不住壓力炸膛，亦是難免的事。

連炸了三座火炮，死傷十幾名炮手之後，朱鴻儒眼見原本的那個大缺口已被轟開，原本的缺口經歷二次炮擊後，比之原來的還擴大了些。土石飛揚之下，瀋陽城池那邊連一個人影亦是不見，準備強攻的漢軍已然慢慢向前，準備進攻。

請示了張偉之後，命令炮擊停止，連忙檢視火炮管情形，今日勢必不能再行轟擊，若是此番仍攻不進城，來日仍需大炮轟擊城牆，火炮使用強度過大，必需著力精心養護，方能再敷使用。

由緊集徵集來的門板、木板，加上長釘合釘而成的厚實木盾被全數舉起，過千面的寬大盾牌將第一撥攻擊的八千漢軍擋在其後，待炮擊一停，原本便已推進至城下不遠的漢軍發一聲喊，如同木牆一般的盾牌一齊舉起，如同一座移動的木頭長城一般，向那城牆缺口推進。

緊隨著八千漢軍身後，便是契力何必的萬騎射手，他們與漢軍的裝備不同，皆使用弓箭，身穿皮甲的萬騎在張偉心中一直是以弓騎兵來使用，凌晨攻城，張偉沒有直接派上萬騎，便是心疼這些優良射手可能死於城戰之下，第一次攻擊受挫，張偉終於痛下決心，將萬騎派上戰場。

長達四里的瀋陽西側城牆對面，已匯聚了三萬大軍，兩萬黑衣漢軍與一萬身著棕色皮甲的萬騎排成三列縱隊，與早晨不同，此番張偉已深知攻城作戰，務必要一鼓作氣，早上士氣已然受挫，若是不趁著士氣尚在，一鼓而攻下瀋陽，拖延時日於堅城之下，又擔心譚泰帶著援兵前來夾擊，是以除了留下必要的防護預備隊，所有的漢軍精銳，已全數列陣於瀋陽城下。如同黑色海洋一般的漢軍排列著整整齊齊的隊列，向著剛剛遭受炮擊的城牆逼近。

「大人，今次可以看出，以刺刀來攻城肉搏，委實是……」

張偉回頭一看，見張載文滿臉憂色，便也點頭道：「上午戰事固然是我有諸多考慮不周的地方，也是因刺刀對長矛大刀，吃虧太大。」

他豎起三個指頭，對張載文道：「此戰過後回台，三件事：一、務必要改良火槍的射程，火槍射程和穿透力尚不及弓箭，當真是笑話！二、務必要組建咱們的肉搏兵種，耗費少，精心訓練，以期大用。面對八旗強敵，肉搏戰在所難免，若總是純火器兵，吃虧太大。我的這些兵士都是這幾年帶出來的精兵，枉死一個，都是天大的損失。三、攻城時的登城戰，或是近距離的地面接戰，火炮無法轟擊，純火槍發射威力不大，無法一下子遏制敵兵，此番回台，務必要讓台灣火

器局研製近距離的火器……至於如何研製，待我細細想來。」

張載文點頭道：「大人所慮極是，此次攻瀋，咱們吃的就是這虧。其實火器局承大人之命，一直在研究如何提高火槍射程的事，只是這事一時半會兒難以有什麼大的成果，咱們的火槍，據那些洋人說，已經是精良之極了。」

「嗯，我亦知道這事急不得。只是有了這個思路，咱們便得好生做起來。有的暫且做不到，就先挑能做的，總之，不可再承受瀋陽之戰這樣的無謂損失。」

那王煊前去奉集堡徵集木盾，周全斌等人已全數上陣前指揮，只餘他二人並騎在此，遙望前方戰事。因見漢軍木盾大陣已前進到城下，滿兵的箭矢不住的向下飛來，不過有那厚實的木板擋在陣前，箭矢力道再大，至多也是穿透木板，想射殺漢軍，卻是想也休想了。除了偶爾有空隙露出，導致箭矢趁虛而入，此番攻擊，一直待推到殘城斜坡之前，漢軍已是少有死傷者。

待大隊衝至城下，由張偉指揮不能近城的漢軍向城上射擊，雖是箭如雨下，不過在這般距離的對射，火槍鐵丸四射，數千名槍兵依次而射，雖有不少子彈被城牆擋住，城頭的滿兵卻也漸漸承受不起。

箭矢越來越稀，槍聲卻不住響起，待契力何必引領的萬騎趕到，無數箭矢飛蝗也似地飛向城頭，將那些露出身來的滿兵射得如刺蝟一般，不消一會兒工夫，整個城頭已沒有滿兵敢於露頭，只得退下城去，縮在城角向外射箭。此消彼長，此番的戰局已不是城內所能控制，整個戰事，已明顯可看出漢軍即將得勝，破城只在旦夕。

那缺口處因兩邊肉搏混戰，無論是箭矢還是火槍都無法擊發射擊，那濟爾哈朗精心挑選了三千健壯八旗列於缺口陣前，手持長兵利刃，以期阻擋漢軍破城。因破口長度限制，同期衝上去肉搏的漢軍不過六千餘人，雖是兩倍於敵，卻攻的仍是吃力之極，地勢所限，再加上兵器不如敵軍，只見漢軍士兵不住的受傷身死，那些擋住城牆缺口的旗兵卻是損傷甚小。

張偉立於陣前，兩面木盾將他牢牢護住，冷眼向前覷去，見登城之戰受阻，心中氣極，此番來遼，諸般物資準備充足，唯獨便是沒有登城用的雲梯鉤索之類，此時若是有幾十架雲梯，漢軍便可輕易登城，哪需要在那塌陷城牆處苦苦肉搏攻擊，漢軍以火器見長，火炮數量眾多，原本便是打算轟開城牆攻入城內，不想城牆崩塌，那些碎石木料之類自然會塌陷形成斜坡，卻無法將城牆轟擊得如平地一般，這都是張偉沒有想到的，以他的想法，那城牆一轟便塌，到時候漢軍直接灌入城內，哪裡要什麼登城的器械？張偉雖恨，卻也知敵軍這是強弩之末，擋不了多久了。只是眼見屬下死傷甚多，心中不忍。

「來人，去尋萬騎將軍契力何必，向他調兩千射手過來，他們已將城頭八旗射得抬不起頭來，讓他們來援助咱們這裏。」

有一傳令兵應諾一聲，舉著門板快步跑去，張偉正待再向前去指揮，卻見不遠處黃得功亦是在木盾護衛下艱難而來，向他喊道：「張將軍，這樣打咱們太過吃虧，不如將前軍略撤，後面大

隊到了，咱們用火槍射擊，這麼點滿人，幾個擊射便死光了，何苦多損士卒。」

張傑搖頭喊道：「適才各兵已射過一次，再要射擊，還需後撤裝藥，此時士氣已是不高，若突然後撤，敵人衝將過來，打亂陣腳，沒準能衝得咱們全軍大潰，還是穩妥一些的好。我已調了萬騎兵過來相助，以他們的射術射殺後陣的八旗，黃將軍，再堅持一會兒，咱們必定能衝上城頭！」

此時天已近黃昏，近六萬人在這數里長的戰場上鏖戰不休，喊殺聲、箭矢破空聲，還有那火槍的擊發聲混雜在一起，當真是響徹雲霄。兩邊都已是殺紅了眼，城內知道城破後必然全城的滿人被屠，城頭上下激戰不休，那些城內所有的旗人皆已從四處狂奔而來，無論老弱婦孺，皆是持弓立於城下，向城外開弓射箭，便是宮中婦人，亦在那皇太極最寵愛的宸妃率領下，向前邊激戰的將士運送補給，那男子無論是貝勒貝子台吉，還是閒散的漢軍將官，全數持刃列於城下，前面城頭倒下一人，那些滿人便當先衝上前去，將空位補上。漢軍雖全是精兵強將，已將敵人勢頭壓下，卻也無法完全粉碎敵人的抵抗。

「張傑將軍，我來援你了！」

契力何必知道張傑請援後，知道要破城必得先衝破眼前敵人阻擋在缺口處的防線，又因漢軍後隊兩萬火槍兵已在城下，雖然無法擊中城內向外射箭的敵軍，但也完全能壓制住城頭，不使敵兵重新登城，便親率了四千騎兵趕向缺口處的戰場，他身著皮甲，頭戴鐵盔，因身有防具，便也不令親兵舉著盾牌，帶著親弟弟黑齒常之，匆忙趕至張傑身邊。

因身處戰場，便也免了許多客套虛禮，張傑劈頭便向他喊道：「契力將軍，請你的萬騎向那缺口後陣的敵兵射箭，一定要把他們壓回去！」

黃得功此時亦在張傑身邊，問道：「兩邊離得太近，契力將軍可有把握，可千萬不要誤傷我軍。」

契力何必咧嘴一笑，向身後的黑齒常之一扭頭，黑齒常之會意，從身上箭筒裏抽出一支箭矢，搭上弓弦，拉得如滿月也似，略加瞄準，三指一鬆，那箭矢嗡一聲飛將出去，眾人細眼去看，卻見那戰陣之後有一將官模樣的滿人，正帶著旗兵前衝，卻當胸中了一箭，直挺挺倒將下去。

張黃二人見狀大喜，齊聲道：「如此神妙的箭術！兩位將軍，請帶著你們的部下，快些向敵陣射擊！」

契黑兩人一聲令下，身後四千萬騎兵迅即張弓搭箭，各自瞄準了目標所在，待兩人一聲令下，四千支弓箭的弓弦齊聲發出震動的巨響，勁箭破空而出，直奔對面的滿人後陣而去！

只此一次齊射，那些不住奔上來補位的旗兵已是躺倒了一大片，因數支箭對準一個人，只見那些旗兵大半身中數箭，長長的箭矢直插入身，大半旗兵直接倒地身死，少數命硬的，也只是倒地呻吟呼號而已。

自萬騎趕到，以弓箭斷絕敵兵後援，那些打了半晌的旗兵又能堅持多久？雖說兵器肉搏之術皆遠在漢軍之上，到底吃不住漢軍人多，生力漢軍不斷擁上，不過半個時辰不到，斜坡之上所有的八旗兵已是步步後退，那斜城高處，已被漢軍衝上占領，高下之位一易，再加上漢軍人多，斜城之上的旗兵已是抵敵不住，雖明知道敵軍攻入必然全城死難，只是那明晃晃的刺刀戳來，想挺胸受死，也頗有些難處，是以八旗防線不斷後退，待數百米的斜坡盡數被漢軍占領，已有漢軍及萬騎兵由斜城的緩坡向兩旁的城牆之上攀越，眼見城頭上敵軍漸多，已是站住了陣腳，由那城頭之上向城內射擊，城內所有的滿人俱已絕望，知道此番城池必破，當下不管不顧，由得頭頂槍子箭矢橫飛，稍有些武勇之氣的滿人，俱是舉刀向著城破之處擁去。

濟爾哈朗心中亦是絕望之極，知道此番大半無法逃生，心中一橫，將佩刀解下，命身邊親兵頭目接住，待一會兒抵敵不住，便迅即回他府中斬殺妻子女兒等婦人，他以本身攻破明朝城池後的習慣猜想，料想這些黑衣大兵一入城內，必然是燒殺淫掠，如何肯留下妻子女兒任人侮辱，是以寧願將她們殺死。

「來人，來人！」他發出一陣陣嘶聲力竭的大喊，身邊將領與部屬甚多，此時卻也沒有多少人注意這位統領全城的貝勒在說些什麼了。

呼喊了十幾聲，方有他鑲紅旗的牛錄統領奔過來問道：「貝勒，有什麼事？」

「快，驅趕適才填補城牆的漢民，命他們向前衝鋒！」

那統領領命帶人去驅趕不遠處的漢民，濟爾哈朗的嘴角露出一絲獰笑：「衝吧，看你們面對本族的百姓，如何決斷？便是那些百姓四散奔逃，衝亂了兩邊的陣腳，也是對我有百利而無一害，來與我混戰吧，我現在要的就是亂！待天一黑，我這幾萬八旗老幼齊上，那戰力可比現在強得多了！」

那統領得了濟爾哈朗之命，立時帶幾百名壓後的旗兵驅趕城下漢民向前，凡是不聽令的，立時便用大刀長矛招呼上去，眾百姓無奈，明知前行是死，卻又畏懼身邊的刀劍，只得又被逼向前擁去。

漢軍此時已控制了西門的大半城頭，飛騎與身後的三衛軍在城頭上向下不住地射箭、開槍，將城角下的八旗兵一步步向後壓去，那缺口處的漢軍已步步向前推進，眼見便能將擋在前面的旗兵驅散，卻又見那城角下八旗兵驅趕著城內漢人打扮的百姓擁將上來。

張傑此時已衝上城頭指揮，眼見斜城已快被屬下攻占，那對戰肉搏的旗兵已快抵擋不住，卻又見敵人使出上午遲滯阻擋賀人龍部的毒招，心頭怒極，當是之時，滿漢大防嚴重，自登陸遼東以來，雖然見漢人大半已對滿人口服心服，甘心剃髮而降，但到底是華夷分明，漢軍心中對遼東漢民遭遇也頗是同情。

此時眼見城內滿人又拿漢人爲肉盾，張傑氣得手腳發抖，卻偏是沒奈何，想到張偉吩咐下令時的決然口氣，又想到仗打到此時，斷然不能因小失大，便向身邊傳令兵令道：「快去下面傳

令，各官督促兵士，不可因小失大，若是百姓前衝，不可被衝亂陣腳，凡擋路者，視爲敵軍，凡疏怠後退者，論死！」

城下漢軍原本便是得了命令，各級官佐又新得了張偉的命令，督促各部拚命向前，待擋在眼前的最後一批旗兵紛紛戰死之後，便是那些亂哄哄被趕向陣前，拚命想逃至城外的百姓。當頭的漢軍猶豫片刻，便將手中長槍下意識向前一伸，他已拚殺了一下午，這幾乎是隨意的動作，卻將跑在最前的一個健壯漢子一刀刺穿，眼見那人一臉驚愕，身子卻慢慢軟倒下去，那漢軍將心一橫，左腳踩在他胸上，將刺入的刺刀用力拔出，發一聲喊，向身邊的諸漢軍道：

「不是他們死，便是咱們死。這些人寧願衝亂咱們陣列也不敢反抗，死便死了吧！」

說罷，又將手中刺刀對準前方，待一有百姓衝到，便揮刀刺將過去，他身邊的所有兵士原本便知道此番要強行攻入，此時一見，便有樣學樣，將跑上前來的百姓一刀刀戳死。

那百姓原本以爲可以從城外逃脫，卻見眼前這邊黑衣兵如同凶神惡煞般逢人便殺，比城內的八旗還要凶惡，當下嚇得心膽欲裂，各人還哪敢近前，當下便拔腳而回，前面的人拚命向後，後面被驅趕向前的人卻不知就裡，仍是拚命向前，更何況此時城內的滿人已開始在後面大砍大殺，拚命射箭，將這群羊羔也似的漢人趕向前去。

「天地不仁……」

第二章　血腥屠殺

他靜靜騎於馬上，四周天色漸暗，城池內外卻仍是殺聲震天，被驅趕向前的漢人終究無法衝亂漢軍的陣腳，不但沒有衝至城外，反而已在漢軍的前衝下被逼開城角，此時不但整個城頭被漢軍占領，便是城角之下火槍和弓箭的射程之內，再也沒有滿人存身之處。

張偉已縱騎接近城池，親眼目睹這一幕慘劇，只覺眼前鮮紅一片，盡是那些垂死掙扎卻不知道生路何在的百姓，看著他們如同沒頭蒼蠅般亂竄，卻不知道奪取武器，反抗殺戮，那武勇些的，只是四處亂竄，擠開比自己瘦弱的同胞，尋找安全的地方躲避，那些更加孱弱的，竟直接坐臥原地，不管是漢軍的火槍襲來，還是滿人的大刀臨頭，竟自端坐不動，就這麼全無反抗的默然死去，便是連慘叫聲，亦是那麼軟弱無力。

他眼角慢慢流下淚水，雙手將馬韁繩緊緊勒住，手心的指甲直刺入肉，幾滴殷紅的血珠慢慢流將下來，想了一會又緩緩搖頭，喃喃自語道：

「這不是天地不仁，這實在是咎由自取！關外之人號稱勇悍，實則早早歸順了異族，有奶便是娘。揚州屠城，八十萬漢人被屠，有幾個敢抗？都指望刀子落在別人頭上，便是眼見親朋兄長被殺，亦是不敢發一言，更別提衝上前去抗擊，待刀子落在自己頭上，又如何指望別人相助於己！如此這般，一直待全城被屠盡而終。到了後世，居然還有子孫後人指責是史可法反抗才導致屠城，當真是鮮廉寡恥之極！」

他靜靜騎於馬上，四周天色漸暗，城池內外卻仍是殺聲震天，被驅趕向前的漢人終究無法衝亂漢軍的陣腳，不但沒有衝至城外，反而已在漢軍的前衝下被逼開城角，此時不但整個城頭被漢軍占領，便是城角之下火槍和弓箭的射程之內，再也沒有滿人存身之處。那些殘餘僥倖未死的漢人因見身後滿人漸少，前方的黑衣攻城軍隊又十分凶狠，各人早就放棄了衝出城外逃生的打算，拚了命地向後方逃去，待夜色降臨，八旗兵已無法控制局面，只得放任所有的漢人逃出生天，護衛著滿人老弱，慢慢後撤。

上萬支火槍最後一次擊發，槍口迸發的亮光雖弱，卻匯聚成了一片片微弱的亮光，整個瀋陽西城方向，漢人早就逃得乾淨，便是滿人旗兵，亦是蹤影不見，槍聲漸漸稀落下去，各級將軍喝令軍士靠著城牆內外戒備，自晨至晚，戰事打了一天，漢軍在付出近三千士兵陣亡，重傷輕傷者八千餘人的代價之後，擊殺了過半正規的八旗駐軍，還有數千臨時徵召武裝的旗民亦陳屍於城下。瀋陽全城被破，也只是時間罷了。

張偉已登上城頭，那西門上的城門已被大炮轟塌，殘留了大半的空地，張偉踏著滿地的碎石而上，眺望遠方。

只是此時夜色已濃，他自是什麼也看不到，黑漆漆的夜色中看不到任何燈火，方圓十數里的瀋陽城此時正如同鬼域一般，令人感覺不到任何生氣的存在。

「大人，看一會兒便下來吧。此時戰線不穩，需防敵人拚命反撲。」

張傑、黃得功兩人身爲最前線的指揮官，張偉駕臨前沿，萬一出了什麼岔子，兩人可是脫不了的干係。

「你們也小心過逾了，敵人此時已是疲敝之極，主力大半在這城頭被滅，又哪裡還有力量來反撲。」

他口中反駁兩人，卻是聽了兩人勸說，步下城頭，待行到城外，由親衛團團護住，見張黃二人緊隨在後，便問道：「此番攻城，咱們損傷過大，以你二人的見識，這城內之戰該當如何？」

張傑略一思忖，便揚眉答道：「大人想必是胸有成竹，這才考較咱們。依我的見識，夜晚與八旗巷戰危險，就是勝了亦是慘勝。漢軍死傷已超過預期，咱們承受不了更大的死傷了。」

張偉略一點頭，道：「不錯。若是現在命全軍入城搜剿八旗，到明日，哼，城內滿人此時一定在分頭集結，就等著我們大意衝入。我人數雖多，到底肉搏實力不如滿人，殺敵一萬自損八千

的蠢事，我此番攻城時已幹了一次，再也不能犯這個錯了！」

目視張傑，道：「繼續說！」

「以屬下的見識，待明日天明，將火炮營的輕型火炮盡數推入城內，漢軍以火槍配火炮，逐街轟炸清除敵人，萬騎射手在後護衛，遇敵前衝則以火槍配合弓箭驅敵，決不能再和敵兵肉搏了。」

「這不成。你說的戰馬固然是對，可惜耗時太多。今早張瑞派人來報，已發現遼陽廣寧一帶有零星敵兵過來，可能是先期的偵騎。漢軍攻城損耗太大，野戰咱們固然不怕敵軍，只是又要多加死傷。按你的打法，沒有幾天時間瀋陽大局不定，我們不能早些後撤，這不成的！」

張傑咬牙道：「那麼……唯今之計，只能縱火焚城了！」

張偉眼皮一跳，卻是不露聲色，轉臉又問黃得功：「你說說看，該當如何？」

「末將贊同張傑將軍的意思，大人若是想少折損士兵，又能快速定城，只能先行縱火，用大火燒得城內敵人避無可避……只是這樣必然有大量百姓死難，太傷天和了。」

張偉輕輕咬一下嘴唇，道：「天大的罪過，我一個人來擔當。城內百姓當此亂世，唯有自求多福吧。」

說罷令道：「契力何必，你去準備桐油布條等燃火物品，製成火箭，現在是西北風向，你帶著萬騎去東門處點燃火箭，向城內射箭縱火！」

「是！」

「林興珠，顧振，曹變蛟，你們各帶著自己的本部兵馬，由南門、北門處用火把放火，不可深入，只需將火頭點起，任它燒！」

「末將等遵令！」

「張傑、黃得功，一會兒火起，將各城城門打開，百姓若是向外逃的，指定地點集結，不聽命令的，可當場擊殺，決不能讓滿人貴戚混在百姓中逃了。」

「末將遵令！」

他下完命令後，便騎馬回營休息，待他用完晚飯出得大帳，卻見周全斌等人立於帳外侍候，他先是不理會諸將。只放眼向城內看去，已可見瀋陽東門處火光沖天而起。

因是萬騎用火箭射出放火，是故東門處燃燒面積最大最早，再加上當時的民居大半是木板和麥草搭建而成，除了富貴人家，哪有那麼多青磚瓦房，這沾了桐油的火箭一落到那些普通民居之上，立時火借風勢，燃將起來。

開始時尚有不怕死的百姓拚死救火，待大火成片燒了起來，所有人皆知無法，那要財不要命的，便拚命衝進火場搶救財物，多有被大火燒死，或是被煙熏暈過去，不知不覺間死於大火之內。稍有些頭腦的，立時攙老扶幼，拚了命地向城門處跑，知道這大火必是攻城軍隊所放，哪裡還敢耽擱。

靠近城門處的眾百姓因起火較早，倒是跑出來不少，待張偉此時看到大火將夜空照亮，數十米高的火焰在空中衝騰翻滾，整個東門附近已經站不住人，趕往東門逃生的眾百姓無法，又只得原路折回，此時南門北門西門俱已起火，好在此時火勢不大，城內百姓尚是絡繹不絕的向城外逃生。

此時因城內動靜太大，張偉身處之地雖離城較遠，卻仍可聽到城內百姓亂紛紛逃難的腳步聲，哭喊聲，那大火燃燒木料時的劈哩啪啦聲，又彷彿可聽到無數人臨終時的咒罵……嘆一口氣，向周全斌道：「全斌，此事你覺得如何？」

周全斌淡然答道：「這也是沒法子的事。若是大人中規中矩的令漢軍入城尋敵巷戰，那全斌必然是要勸諫的。咱們是拖不起，也損失不起了。大人這般的舉措，全斌以為很對。」

「甚好，那咱們就靜待天明吧。」

一群南人將軍就這麼靜靜地站立於土坡之上，看著那城內情形。

這一夜間大火燒個不停，無數城內百姓死於火災，皇太極父子經營十數年的繁華盛京，便在這一場大火中煙消雲散。

待第二日正午，大火漸息，漢軍將城池團團圍住，除了留下必要人手看管城內僥倖逃出的眾百姓外，全軍由各城門魚貫而入，只見各處皆是殘垣斷壁，仍有零星的小火不住燃燒，偶有大難不死逃過火災的滿人，也是瞬息便被擊斃。一直待攻入後金汗宮附近，因此地甚少民居，大火早早便被隔斷，城內未死的滿人和八旗兵士盡皆逃難至此，待漢軍殺到，因地勢空曠，昨晚擋住了大火的宮城，正好便於火器犀利的漢軍強攻，那些滿人縱是拚命反抗，奈何根本無法近身。待漢軍的火炮推到，幾輪炮轟過後，滿人的有組織抵抗便告停歇，紛紛四散而逃。

待天明後，張偉下令收拾殘兵，接納流民，傳諭全營不得濫殺，將投降的滿人全數歸攏一處，不使生亂。總待將來回台灣時，將這些降人一併帶走，藉以削弱滿人實力。

濟爾哈朗的貝勒府離汗宮頗近，昨夜大火時，他便知道此番再無法阻擋漢軍入城，心灰意冷之下，立時回府屠盡了自己的妻兒老小，又一把火將貝勒府燒毀，這才帶著親兵入汗宮守備。

到得宮中之後，將心一橫，命令屬下親兵入得後宮，將躲藏在宮內的所有宮娥妃嬪盡數殺死，以防這些大汗的禁臠被他人染指。

他立於汗宮正殿十王亭外的大道之上，靜待入宮殺戮的親兵前來回報，他只穿了一件青色箭衣，背負弓箭，手持樸刀，只等著宮內事了，便親自帶兵抵擋漢軍的進攻。

「貝勒爺，宮內所有的人都殺光了，一個也沒有留下。」

他派去的擺牙喇親衛首領回來稟報，濟爾哈朗轉身一看，只看他殺得全身是血，頭上、辮髮上，亦是染滿了殷紅的鮮血，濟爾哈朗略一點頭，便待領著他前去汗宮之外抵敵。

卻聽那親兵首領又道：「貝勒爺，只是我四處搜尋，沒有找到宸妃和永福宮的莊妃。」

濟爾哈朗吃了一驚，問道：「她二人最得大汗的恩寵，怎地不肯死難，私自出宮逃跑了麼？」

「聽宮內人說，昨日大戰，宸妃親帶著宮內使喚人前往西門，幫著搬運箭矢等物，因宸妃娘娘甚得大汗愛重，宮內守衛並不敢阻攔。城破之後，原本是要護送宸妃和莊妃姑侄回宮，後來貝勒下令驅趕漢民，一時間混亂不堪，失了兩位娘娘的下落，如今，再也無法尋找了。」

濟爾哈朗點頭道：「是了，昨日我也曾看到宸妃在戰場上幫忙。唉，她一個女子，居然落到如此田地，實在是我的恥羞。是以我沒有前去問候，也沒有派人去保護她們，我真是該死。想來她們昨日已死在亂兵之中，爲大汗盡忠盡節了。」慘笑兩聲，仰天長笑道：「婦人女子尚且如此，難道咱們反倒不如她們？走吧，只有戰死的滿人，沒有投降的滿人！」

待漢軍以火炮轟擊汗宮附近的滿人，濟爾哈朗、德格類、杜度等貝勒貝子皆都當場戰死，范文程、李永芳逃逸不知下落。城內所有的在籍八旗，除了前日戰死，或是死於火災的，亦是盡皆死難於汗宮附近。偶爾有逃竄至他處躲避的，亦被屠城的漢軍發現殺死，便是有不少漢民，死於殺紅了眼的漢軍槍下。

待傍晚時分，大局已定，城內漢軍諸將恭請張偉入城時，遍地的屍體和血跡阻塞了道路，張偉一邊前行，一邊待前面的開路漢軍打掃街面，此時的瀋陽城內，除了漢軍之外，再無人蹤可見。

張偉一路到得後金汗宮之外，想起去年來時此地一片繁盛景象，忍不住低頭嘆一口氣，戰爭的破壞當真是太大了。回想中國歷史，歷朝歷代均是大修宮殿，漢宮毀於董卓，到隋唐之際重修長安，那唐宮的後花園中，便留有漢朝的未央宮。待黃巢朱溫又毀長安，連同漢宮殘跡在內，整個繁華的長安城亦只能留存於史書之中。

中國人對焚毀前朝建築興趣濃厚之極，幾千年的歷史下來，只留存了北京故宮一座，當真是令人可嗟可嘆。只是張偉此番破壞，卻是情不得已，此番不但要在後金的財力物力，還有人力儲備上給予皇太極以致命重擊。還要在氣勢上給後金國一記重擊，令其在覬覦明朝內地財富時，心理上始終顧忌來自海上身後的襲擊。再加上盛京被毀，十餘年積累的財富大量流失，軍心士氣必然受到重創，就這一點而言，可比什麼都令皇太極難受吧。

他一路低頭想來，已是縱馬騎入十王亭官道，一直向上，那馬越過低矮的宮門台階，直入勤政殿大殿之內。此時的後金雖然禁令不嚴，多有貝勒騎馬入宮的，不像後世，縱是親王大臣，沒有受賞「紫禁城騎馬」的特權，是不可以騎馬入宮門半步的。縱使如此，像張偉這樣騎著高頭大馬橫衝直撞的情形，亦是對整個後金國帝國尊嚴的踐踏。

待入殿之後，張偉方醒悟過來，又掉轉馬頭，巡視一番，見有不少漢軍官兵提桶潑水救火，原來是守護汗宮的八旗兵眼見抵敵不住，便縱火焚燒汗宮，待漢軍衝入，大火即將燃起，幸得宮內水井甚多，漢軍拚力搶救，方將大火控制。

「張鼐，命他們不必救火了，只需將餘火防住，令其餘人等入宮搬運財物典籍，待東西搬出來後，再加上幾把火，把這汗宮燒毀。」

張鼐點頭應了，自去依張偉吩咐安排屬下分頭行事，數千名漢軍聽命入宮，將後金國十餘年來積累的財富搬運而出。金、銀、絲帛、東珠、玄狐皮、古董、圭、如意，乃至後金文書典籍，漢軍官兵不住地進出搜尋，將整個汗宮搜刮得如同水洗一般乾淨，方才住手。

張偉卻不管不顧，只是騎馬在這後金後宮中四處查看，見宮中女子全數被砍死在地，料想是旗兵臨敗前瘋狂殺戮，不使這些大汗的女人落入敵手，張偉心中不屑一顧，心道：「這些滿蒙女子，老子可是吃不消。」

此時的後金國尚且不允許與漢人聯姻，那滿蒙女人甚少洗澡，以當時的條件，便是入了宮也是無法與入關後相比，滿蒙之人又性喜喝馬奶、羊奶，身上皆有此類腥味，以張偉之尊榮，又怎能受得了這些。是以心中菲薄一番，對這宮內諸嬪妃一事漠不關心，準備再巡視一番，便可出宮離去。

他此時正在後宮一處小宮殿前盤桓，因見此處與其他後宮宮殿不同，雖是不大，佈置的卻是別致異常，諸多物件家俱，皆與內地豪富之家的內室相同，與其他後宮嬪妃居室的粗疏不同，可看出這宮中的主人心思十分細膩。

又見宮內暖閣內有一盤下到殘局的象棋，張偉素喜象棋，當年閒暇無事時便拖著何斌、陳永華等人對奕，這幾年他越發忙碌，棋亦沒空下了。此時偶見棋局在前，便坐將下來，研究一番。

那紅棋顯是位女子所執，佈局落子都極精巧，卻嫌其綿弱無力，張偉略看幾眼，便失了興趣，又去看那黑棋的佈子。黑棋卻是比紅棋凶橫許多，落子佈局大殺大伐，即便是要失子，也是一副魚死網破、與敵共亡的勁頭，只是黑棋顯是學棋的時間不長，雖是進攻凶猛，卻已有了數處漏洞，這棋若是下將下去，只怕是敗多勝少。

張偉心中默默算了半晌的棋路，終覺難以扳回，心中不樂，便抬手招來身邊親衛，問道：「這宮裏尚有活人麼？」

「回大人的話，旗兵俱已戰死，便是宮內女人們，也都讓他們給殺了。除了幾個命大沒死的蘇拉雜役，再也沒有活人了。便是那幾個沒死的，也都是出氣多，進氣少了。」

「快將人抬來！」

待親衛將那幾個快斷氣的蘇拉雜役抬來，張偉急聲問道：「你們說，這裏是誰的居處？」

「軍爺……饒命……」

「誰要你的命了，你快說，說了我命人給你醫治！」

有一蘇拉傷勢較輕，勉強抬起身子四處一看，卻又因起身動靜過大，忍不住咳了半天，方才向張偉答道：「軍爺，這是永福宮，是莊妃的居處。」

張偉唔了一聲，負手歪頭略想一想，便已知道這莊妃便是他身處現代之時，電視中形象美麗

聰慧，先是扶幼子福臨即位，以感情籠絡住了一世梟雄多爾袞，後來又保幼孫康熙，在誅鰲拜、平三藩等大事中發揮了重大作用，被人尊稱為「兩朝興國太后」的莊妃，大玉兒。

因向身邊親兵吩咐道：「抬著這幾人，在宮內搜尋一下，看看有沒有莊妃的遺體。」

莊妃生於一六一三年，十三歲時便從科爾沁部出嫁，嫁給了姑父皇太極，待一六四三年皇太極病故，她也不過三十出頭，此時年方十六，若是在張偉的那個時代，只不過是個普通的女高中生。

當時後金為了與蒙古的科爾沁部加強聯盟關係，自努爾哈赤起，整個後金汗國不住地迎娶科部的公主，又將後金的格格下嫁給科部的台吉，這種政治聯姻只是為了政治利益，又哪裡管顧女人的心思。別說是十三歲，便是十一二歲，亦有出巡聯姻的。

想到此處，又想到家中那美麗聰慧的柳如是，張偉搖一搖頭，終究無法苟同古人的這種做法。

待搜尋的親兵回來，卻是四處也尋不到莊妃的屍體，便是那宸妃亦是蹤影不見，又得知這姑侄二人昨日曾上西門協守，張偉嘆一口氣，知道很難再找到這位歷史上呼風喚雨的女人，當下意興蕭索，騎馬離宮而去。

待第二日天明，整個瀋陽城內已被大索一空，不但是人蹤不見，便是僅餘的一些建築亦被漢軍縱火焚毀，那些達官貴人的家產自然也是被搜羅一空。待諸事一定，張偉便命搜尋城外漢民，以防有滿人混跡其中。待搜到正午，不但在五六萬漢人中搜出了千餘滿人，還搜出了李永芳、范文程等漢官降將。

張偉聽報，自然對范文程這樣的後金國最重要的漢人智囊頗感興趣，當即不顧安排拔營撤離諸事，立刻飛騎奔到。

待縱馬行到那一群漢官之前，張偉細細打量當頭的范文程，卻見他比當日張偉出使後金時蒼老許多，不但臉上皺紋深上幾分，原本中年一頭黑髮，現下卻已白了一半，見張偉看他，卻是將頭一低，只是不理不睬。

「這可當真是一日白頭，范大人，別來無恙？」

他語帶嘲諷，那范文程只是不理，張偉跳下馬來，笑道：「范先生，我敬你是個人才，只要你說一聲願降，隨我回台灣，那麼一切好說。雖然那些包衣奴才不能賞還給你，到底是富貴仍可得啊，你意如何？」

范文程聽他語意誠摯，這才抬頭答道：「將軍好意，文程心領了。文程以一生員投奔後金天命汗，蒙他不棄，說我是名臣之後，給我錦衣美食，比起大明對我，那是沒有話說。待天聰汗繼位，又以國士待我，委我以國家大事，不曾以漢人輕慢於我，文程又怎忍捨後金而就將軍？那天下人如何看我？文程出城而逃，並不是想逃生，而是想留此殘生，報效大汗，既然被將軍的部下

查出，那什麼也不必說，請將軍賜文程一死便是了。」

「范先生以小恩而忘大義麼？你的祖先是范仲淹，可是以抵擋外族、牧馬西北而夏人不敢犯邊聞名。先天下之憂而憂，范先生，你的氣宇度量何其小也！」

范文程苦笑一聲，答道：「孔子說華夷大防，又說非我族類其心必異。將軍，依文程在遼東遼西這麼些年的經歷來看，後金官員也有壞人，貝勒貝子中也有暴夫殘民，不過，比起漢人的皇帝來，我看倒是高強許多。我原本是一貢生，在鄉也不會受人欺凌，只是委實看不慣皇帝派了宦官來搜羅百姓家財，弄得無數遼人家破人亡。這樣的皇帝，將軍以爲保護他就很有大義麼？」輕輕搖頭，自答道：「人生得一知己足矣，大汗乃是一世雄傑，比之天啓崇禎小兒強上百倍。我豈能捨人傑而趨豬狗，大人不必多說，文程便是無君無父之徒了，殺之不足惜！」

他的話張偉聽來甚是有理，卻是無法表示贊同，身邊旁聽的漢軍諸將卻都是氣憤不已，倒不是氣他不保明朝皇帝，只是當時的人宗族觀念甚強，更別說華夷大防，眼見這原本的漢族讀書人振振有詞，非漢人而讚異族，各人都是聽得滿肚皮的火。

見張偉不再勸那范文程，劉國軒便道：「大人，何必與這敗類多說，一刀殺了吧？」

見張偉嘆氣轉身，那劉國軒獰笑一聲，向范文程道：「既然你這麼忠心，就先走一步，去地底下服侍努爾哈赤吧！」說罷拔出腰刀，在那范文程身上一捅，後金一代名臣就此死去。

張偉回身一看，心中只覺可惜之極，見李永芳等降將嚇得全身發抖，看來只要一聲招呼，便都會跪地請降，張偉只覺得心中一陣厭惡，又欲殺人以儆來者，便令道：「將這些搜羅出來的漢人官員將領，盡數殺了！」

他下令之後，轉身便行。雖然此時的張偉手中已是染滿鮮血，然而他畢竟不是以殺戮爲樂事的暴君，這麼多手無寸鐵的人在眼前一一被殺，到底也不是什麼賞心樂事。

待回到營中大帳，張偉突想起一事，召來身邊親兵頭目，吩咐道：「杜子，帶五百人，尋幾個瀋陽當地知道福陵所在的嚮導，去把那福陵給燒了，挖開地宮，把那老汗的棺材完整的抬來。」

那王柱子「哎」了一聲，便要轉身出帳，張偉笑道：「這事情太過缺德，挖陵前需焚香禱告，請上天恕罪。」

「是，大人。原本想這罪過由小人擔當就是，既然焚香禱告，咱們和後金又是敵國，想來上天也不會怪罪的。不過，大人要那老奴的棺材做什麼？不如當場燒了便是了。」

張偉搖頭道：「你不懂，快去吧。」

那王柱子雖是不懂，卻知道眼前大人的命令是不可違拗的，當即又應了一聲，出帳帶著幾個屬下，又去附近的兵營點了五百健壯軍士，去那遼民被押的所在尋了幾個熟路的嚮導，一行人向那福陵方向迤邐而去。

那古人最忌挖坑掘墓一事，自漢唐以下，所有的中國政府皆有律令，挖人坑墓盜掘財物的，

一律是死罪。漢人中除了有限的幾個軍閥，甚少有公然挖掘前朝帝王陵寢的舉措，一般都是新朝建立，仍然要派遣護陵官兵，以示保全尊重。在明末之際，卻因滿清入關多次威脅昌平明陵，甚至初次入關便焚毀了天啓皇帝的德陵，是以知道此事的張偉決心挖掘努爾哈赤之陵，雖然是有傷陰德，卻也顧不得了。至於挖出的棺材，那自然是待回台後送於崇禎帝邀功之用。他這一年來對朝廷越發的不恭，此番襲遼一事，更是未請旨而行，又兼併了皮島駐軍，動作不小，若不對朝廷有所表示，想來日子也是難過得很。

此時瀋陽方向大局已定，張偉考慮的自然是如何帶著六萬多瀋陽居民，還有這些日子以來從開原鐵嶺一帶遷來的兩萬多漢人，再加上原本一路上強迫遷走，已往長甸方向的十幾萬漢人，連同軍隊，整整三十萬人的規模，無論是撤退路線，還是防備敵軍的追擊襲擾，都是需要他頭疼的事。

張偉懶洋洋往帳內臥榻上一倒，用長枕舒適的墊在頭下，吩咐道：「來人，傳所有的將軍來大帳會議。」

待帳外的傳令兵一一離去，去尋各部的將軍來參加軍議，張偉神情飄忽，只覺得疲乏之極。趕往開原鐵嶺安撫皮島諸將，又馬不停蹄奔回瀋陽城外，數日來指揮攻城，只是在戰鬥間隙小憩休息，未嘗有過徹夜酣睡，雖是年輕，又成日鍛煉，身體打熬的結實，到底也承受不住這般辛勞。

待諸將趕到，張偉已在帳內陷入沉睡，一陣陣均勻的呼嚕聲傳出來，諸將皆是面面相覷，誰也不敢入內將他喚醒。這幾年張偉威權日重，雖然待諸將皆是和藹可親，不過他為人剛毅果敢，待敵人從不留情，諸將皆是看在眼裏，誰又敢去招惹這個表面上笑嘻嘻不拘禮節，待人親切隨和的指揮使大人？

一直待周全斌趕到，他與眾人身分不同，雖是張偉的手下大將，到底也曾是他的心腹伴當，見諸將呆立在帳外不敢進入，周全斌微微皺眉，將手一伸，掀開帳門，大步而入將張偉喚醒，待張偉又傳令梳洗過後，方才又令諸將進入。

張偉微怒道：「張鼐，你既然先來了，何不進來喚醒我，還待全斌，難道這時候敵人突然進攻，你也任著我睡麼？」

見各人都垂頭而立，張偉不忍，又道：「成了，別都和娘們似的，都坐下！」

張鼐陪笑道：「知道大人累了，不敢進入打擾，大人你煞氣大，我有些怕你生氣，倒是有的。」

他身為張偉本族兄弟，尚且如此，其餘各人自然不言自明，當下都是默然點頭，以示贊同。

張偉苦笑一聲，想不到他對敵人殘酷，連帶也嚇壞了眾將，這些將軍都是心腹之人尚且這般，全台的官佐和百姓如何，那也不問可知了。當下心中暗自警惕，自己威福自用，權柄在手，切不可昏了頭腦，凡事還需多聽多問，然後方下令行事為好。

當下咳了一聲，向各人笑道：「爲將者得有殺氣，也需耿直不阿，今日的事就此揭過，若是還有這類的事，將你們脫了褲子，在全軍面前杖責。」

第三章　撤離遼東

待王煊依命而出，帶著護衛直奔開原的皮島明軍駐地而去，撤離遼東一事便有了大概章程。張偉長打一個呵欠，向諸將道：「軍隊今日歇息一日，連日大戰，士卒疲敝，便是你們，想來也是疲累得很。全斌，你從昨日不曾參戰的漢軍中調出四千人，看護瀋陽城中逃出來的漢人，現下便動身南行。」

見各人都露齒一笑，張偉卻又端坐案前，正容道：「說正事。瀋陽城戰事已經打完，張瑞那邊一天一報，遼西那邊的八旗軍動靜越來越大，一天比一天集結的多，咱們攻城一戰損傷甚多，雖然仍是兩倍於八旗，到底還是小心爲上。咱們這次來遼東是偷雞，可別一不小心蝕把米在這兒。大家說說看，撤退的事，該當如何料理？」

「大人，首要之事，便是保全軍隊，咱們斷然不能和百姓同行，那些百姓行動緩慢，能撤則撤，若不能撤……尋其精壯帶走，婦人小孩，便不管他！」

「賀瘋子，我看你是讓百姓打暈了頭！大人來遼是爲何事？你帶著一群滿心怨恨的男子回台灣有何用？帶他們回去造反麼！」

曹變蛟與賀人龍同爲遼人，都是性格火爆，一言不合便是青筋暴起，那賀人龍聽得那曹變蛟如此說，立時怒道：「你是說我打得不好麼？各人帶一隊兵，去那外面打一場看看，看是我不會打仗，還是你只會賣弄口舌！」

兩人越說越火，當即摩拳擦掌，便要動手，他們的主官正是張鼐與劉國軒，見兩個屬下在張偉座前無禮，兩人立時喝斥道：「你們暈了頭麼，在大人面前如此失禮，當真是不要性命了麼？」

兩人聽了主官訓斥，又見張偉神色淡然，端坐於前，兩人唯恐觸怒張偉，互相對視一眼，各自紅著臉坐下。

張偉卻不理會屬下如何吵鬧，身爲最高位的統帥，下屬有些不和倒是好事，好在漢軍軍紀嚴明，不會像明軍那樣因個人恩怨影響行軍作戰。思忖片刻，向賀人龍道：

「你適才的話胡鬧之極，我來遼東所爲何事？拋下百姓不理，那又何苦來遼東一遭？不過，你說軍隊切不可離百姓太近，倒是有些道理。一旦遇到戰事衝亂陣腳，那也是不得了的事。三國裏面劉備的軍隊和百姓一齊逃難，這也太蠢。」

周全斌點頭道：「漢軍自然是要獨立行進，除了派遣少量的軍士沿途看守百姓行動，大軍還是稍離些距離才是。以全斌之見，咱們不但不能拋卻百姓，漢軍反應該向遼西方向突進，由遼陽向西，待到了清河堡附近，方折行向南方長甸方向，這樣又能威脅遼西，使敵兵不敢擅動，又能拖延時間，使百姓安全至港口。」

張鼐靜靜聽他說完，方道：「不妥，大人有言在先，不可浪戰。那遼陽廣寧一地的八旗是皇太極留守遼東的精銳，比之李永芳漢軍旗和濟爾哈朗的守城八旗精銳的多，再加上譚泰和冷僧機全是後金的智勇之將，論起指揮打仗也比濟爾哈朗強上許多。萬一咱們一個失利，讓他們抓住機會，漢軍別想有一個人能回台北了。」

張偉點頭道：「不錯，全斌的方法也是不錯，只是有些行險，當此之時，我再不能讓漢軍受到損失。」又目視帳內的兩名參軍將軍，道：「參軍們有什麼看法？」

張載文略一躬身，答道：「回大人，原本咱們也是商議，要以疑兵遲滯遼西的八旗駐軍，既然大人說不能行險，那咱們還得再議。」

王煊卻又道：「疑兵之計甚好，大人既然擔心漢軍再受損失，不如調開原鐵嶺的皮島明軍前往清河堡一帶駐防，護衛側翼，他們除了敗在開原城下，也沒有什麼大的損失，收羅逃兵，也有近兩萬人，便是遇敵，也能抵擋一陣。」

他有些話雖沒有說出口來，帳內諸人卻是清楚，這皮島明軍既非精銳，又不是張偉嫡系，

便是回台之後，也肯定要大加清理整編，此時派他們到遼西附近護衛漢軍側翼，那自是再好也不過。

在心中盤算了半天得失，張偉終於痛下決心，點頭道：

「不錯，王煊的建議很是有理。皮島明軍上次求戰而不得，這次也該讓他們立些功勞。只要能護住咱們的左翼，讓咱們安然渡海，這便是一樁大功！王煊，既然是你的主意，你現下就帶人去開原一線的駐軍中傳令，先令他們緩緩而退，開鐵一帶不過幾千敵兵，自保尚且吃力，必然不敢追擊。待退到赫圖阿拉附近，我自然會派兵護住他們後翼，然後令他們由撫順關向西，奔至清河堡一線駐防。待漢軍由原路退回至寬甸附近，他們便也可以後撤了。」

又算了一下時日，向王煊道：「每日一騎來報，讓我知道你們的動向。我會讓張瑞的騎兵幫著你們協守，遇到敵兵不可與之硬戰，依我的命令行事，大約十日之後，就算是百姓行動遲緩，我們也該當到寬甸了，你可明白？」

王煊在他說話之初便起身站起，待他說完，便抱拳應道：「末將全然明白，這便前往開原。」

「很好，你一切小心。」

待王煊依命而出，帶著護衛直奔開原的皮島明軍駐地而去，撤離遼東一事便有了大概章程。張偉長打一個呵欠，向諸將道：「軍隊今日歇息一日，連日大戰，士卒疲敝，便是你們，想來也是疲累得很。全斌，你從昨日不曾參戰的漢軍中調出四千人，看護瀋陽城中逃出來的漢人，現下便動身南行。」

見諸將仍呆坐不動，張偉笑道：「全給我出去，回自己的營帳，好生歇息去吧！」

鏖戰了數日的漢軍營地盡皆陷入沉寂，無論將兵，都是筋骨疲乏之極，得了休整待命的消息，諸軍盡皆埋鍋造飯，吃飽了之後便是埋頭大睡。除了少量的執勤士兵外，綿延數里的軍營內再無任何聲響。

漢軍士兵盡皆深睡，自然看不到帳外那近六萬原瀋陽城內的漢人正在艱難的行進，數日攻城，士兵們不曾好生休息，這些百姓們又何嘗曾安睡過。炮擊聲，廝殺聲，乃至那噩夢一般的大火，都令這些居於城內，生活尚可的遼人們飽受戰亂之苦。此時戰事已定，打勝了的軍隊得到了休整的機會，這些同樣抬著沉重腳步，恨不得躺在地上一睡不起的百姓們，卻不得不在周圍十兵的呵斥下艱難前行。

好在漢軍因屠城和搜羅城內資財耽擱了一些時間，這些百姓們尋兒喚女，大半都是一家子聚集在一起，一大家子扶老攜幼，總算是一家團圓，在這場大難中逃脫了性命，辛苦之餘，倒也欣慰。有那少數失去親人的，雖然是眼淚汪汪，痛心不已，卻因一股說不出來的力量，勉強拖著腳步，一直向南而行。

張偉立於營地內高處，默然看著這些衣著破爛，身無長物的遼東百姓川流不息的從眼前經

過，痛惜百姓苦難的他卻沒有發覺，兩個一臉黑灰的大腳女人相互攙扶，正自神情漠然的在他眼前走過。

到了傍晚時分，各軍掌後勤的司馬官們督促屬下的伙伕們做好了晚飯，一陣陣飯菜香氣在營地裏隨風飄動。已有不少睡足了的士兵揉著腫脹的雙眼爬起身來，在簡單的洗漱過後，挨個在飯堂之前排隊打飯。

與當時其他軍隊不同的是，張偉屬下的漢軍皆配備了統一製造的鐵罐和羹勺，還有儲水的皮袋，一來伙伕盛飯和士兵用餐都很方便，二來也可以在有緊急軍情時儲存飯食，不致浪費。與當時各國軍隊混亂的後勤配備相比，漢軍士兵在飲食方面可是先進許多。

與士兵相同，張偉此時亦是拎了個鐵罐，用羹勺享用著剛出鍋的肉湯，他平時並不有意做出節儉模樣，但當此行軍打仗之時，卻也決不獨自享受美食。

「全斌，我告訴你一句話：要想得到男人的心，先伺候好他的胃。」

其餘的漢軍各將已各自回營，唯有周全斌一向在張偉身邊慣了，原本在成爲一衛主將之後便甚少與張偉獨自相處，此時張瑞領兵出戰，周全斌惦記張偉身邊無有大將，心中不安，在自己帳中略睡一會，便又來到張偉帳外靜侍。待張偉睡飽出帳，免不了又埋怨他幾句，卻又留了他在此一起用飯。

周全斌聽他如此說法，便輕輕一笑，答道：「這話是大人的家鄉話吧?聽起來怪異得很。」

「沒錯。話雖然直白，卻是有道理嘛。全斌，咱們中國的將軍，只能保障士兵吃飽便是不錯的功績了，而我，不但要讓他們吃飽，還要讓他們吃好。再加上優厚的俸餉，在台灣逐漸提高的地位，等級分明的軍爵；再有精良的武器，嚴格的訓練，我屬下的這支軍隊，必將成爲無敵的雄師！」

見周全斌被他的言辭打動，眼光熱切地看向不遠處排列整整齊齊，即便是用餐仍然保持著軍人風範的漢軍士兵們，張偉噗嗤一笑，又道：「全斌，你也很喜歡這支軍隊，對他們甚是滿意，對吧？」

他站起身來，放下手中的鐵罐，雙手叉腰，慨然道：

「天下行將大亂！雖然在我的努力之下，後金實力被嚴重削弱，我前後屠戮了他近十萬的族人，整個八旗現下才多少人？連同那些通古斯部落的生女真，也不過六七十萬人！我這一棍子，打得他好疼。不過皇太極是蓋世豪傑，他不會就此消沉！金銀財帛對他來說，算得了什麼？瀋陽全城被毀，他最多五年的工夫，又會重建出一個繁華的盛京。況且，有此一役，咱們再想大規模的偷襲他，那是想也別想。而關寧鐵騎沒了袁崇煥的指揮，各將之間掣肘不已，想在關外有所做爲，那是想也別想的事。他此番威信大失，諸貝勒和新附的部落首領必然會生異心，不過以他的能力，一年之內必然能重拾人心。到時候他爲了重振軍心民氣，八旗重新由內蒙草原入關，誰能抵擋？一次又一次的大規模劫掠，大明在北方的實力必然嚴重削弱，先去枝葉，再砍主幹，皇太

極他算的清楚，想的明白，以他的手中的十萬八旗騎兵，誰能擋住他撥打算盤的手？」

周全斌聽他說到此處，雙手緊握，大聲道：「大人，請向皇帝陳詞明言，明年八旗入關，咱們漢軍由天津上岸，至畿輔與八旗交戰！」

張偉詫道：「你昏了頭麼？別說咱們不是皇太極的對手，便是能與其一戰，以皇帝的性格，我的實力大損過後，你說他會放過我這個刺頭麼？」

「是，是末將想到後金要衝入內地，屠掠我漢人，一時情急。」

張偉在他肩頭一拍，沉聲道：「我知道你的心思。異族人欺壓漢人，你看了心裏難過。放心罷，我一定會剿滅後金，釐清蒙古草原，讓漢人再也不受游牧民族的欺壓。」

他兩人談談說說，正說得高興，卻見不遠處一陣煙塵飄起，有一隊人馬在煙塵中向軍營中行來。

周全斌霍然起身，道：「難道是有敵情？」

張偉定睛一看，向他笑道：「敵情是沒有，倒是有個天大的敵人，讓王柱子他們擒來了。」

「難道又抓住後金的什麼貝勒、貝子？」

「都不是。我令王柱子帶了人去挖掘努爾哈赤的福陵，令他們將福陵外邊的建築燒毀，挖開地宮，將陪葬的財物及老奴的棺材挖將出來，帶回台灣。」

張偉見周全斌一臉的不以爲然，知道古人心中甚不喜歡挖人墳墓一事，便笑著將他支走，自己兀立於大帳之前，等待王柱子他們將棺木運回。

因努爾哈赤身分貴重，身爲後金國的大汗，其梓宮固然不能和明朝皇帝相比，打造得如同一幢小木屋一般，到底也是一國大汗，寬大堅固的木棺打造得十分精美，棺木並未打開，想來裏面必然有不少隨身攜帶的陪葬物品。因棺木十分沉重，上百號人一齊抬著棺木，一路上行一段便是換人，饒是如此，二十里路仍是整整走了一天。

張偉看到一行人咬牙皺眉慢騰騰抬著棺木進了營門，皺眉道：「這樣抬法，明日便要行軍走路，這可怎麼得了，得命人製作滾輪，用馬拖拉才行。」

那些親兵依命連夜打造滾輪，將棺木放置於上，待第二天天明，這副巨大的棺木便安插在台車隊列中，在各營士兵詫異驚奇的眼神中，隨著漢軍大隊拔營起寨，一同向撫順關方向行去。

此後數日，張偉不停地派出偵騎，以防遼陽敵軍不經清河堡，直接由渾河渡河往擊瀋陽，又派出兩軍八千人向開原方向移動，掩護近兩萬明軍向西。

雖然比百姓遲走了一日，但一路上匯聚的遼東百姓越來越多，人數已是近十萬，雖然張偉早有準備，過萬匹馬從長甸寬甸不停地運送糧食接濟，後來又勉強分出幾百輛大車運送那些小腳女人和不能行走的兒童，加快了百姓行走的速度，只不過三天工夫，軍隊便將百姓遠遠拋在了後面，張偉無法，只得令軍隊放緩速度，不可離百姓過遠。

因擔心百姓沿途失散，再有此次遷移實爲強制，古人都存在故土難離的心思，哪有這麼容易

便棄家而走，因手頭兵力緊張，沿途百姓眾多，張瑞一部剛從清河堡調回，便接了張偉命令，帶著三千飛騎，一路來回奔馳，嚴防百姓逃離。

「妳，那個大腳女人，妳過來！」

張瑞騎於馬上，滿面塵土疲憊之色，但兩眼仍是清亮有神，此時雖已天色漸黑，他又從早至晚不曾休息，卻仍是不住的在沿路百姓中巡查。一則是擔心有人趁黑逃走，二則也是擔心有那體力不支的，在途中倒斃。

此時見大隊中有一黑臉女子行路甚是困難，雖然身邊亦有一臉上抹了鍋黑的女子攙扶，卻仍是一跛一拐，張瑞因揚鞭問道：「妳是天生的跛子，還是崴了腳，怎地這般走路？」

那女子聽問，卻只是低頭不語，張瑞火道：「聾子麼？還是啞巴?!」

見她仍是不答，心頭火起，揚起鞭子便待向下抽去，心念一動，想到張偉不喜人毆打女子，便忍住氣道：「看你們兩個抹了黑灰，想必容貌不凡，害怕大兵們侮辱麼？這倒不必擔心！」

向身邊親兵令道：「你過去，尋一輛大車來，將這兩個連同適才走路不便的女子都裝上，隨著咱們行動。這十幾天來衣甲未除，待晚上我除下衣物，讓她們洗了，再尋幾個會做飯的，這幾天一直啃乾糧，命人去射幾隻野物，讓她們給我做頓好吃的。」

他只顧吩咐，也不管人家願不願意，又朝那兩個女子斜睨一眼，在馬屁股上狠抽一鞭，一陣煙塵飄起，他卻是去遠了。

那些兵士自去尋找馬車，這兩個女子掉隊甚遠，又是行動不便，這些騎兵也不擔心她們逃跑，那年輕的因見身邊無人，便向那跛腳女子低語說話，嘰嘰咕咕說了一通，說的卻是蒙語。

原來此二人便是城破之日在城角處的宸妃與莊妃姑侄，兩人指揮宮內侍從助戰，待城破時，卻被大股的亂軍和百姓衝散，兩人至深夜方又尋到彼此，卻再也無法回到汗宮。眼見各處火起，尋了一戶無人民居，匆忙中換了漢人女子的衣衫，又改了髮式，指望能熬過此次大劫，等那皇太極返回。

誰料火勢越來越大，將兩人逼出城外，與大隊出城的漢人百姓相混，原本欲趁亂逃離，卻被城外等候的漢軍看了個嚴嚴實實，哪裡有機會跑得掉？宸妃又曾在混亂中被漢軍刺刀戳中小腿，雖然簡單包紮了一番，行路卻甚是不便，如此一來，便更加無法逃走。

適才張瑞逼問，宸妃不會漢話，無法回答，莊妃雖是學過漢語，說起來卻也是怪腔怪調，也是不敢開腔。那莊妃甚是機靈，見宸妃神色淒然，心知她身爲蒙古大汗的女兒，又身爲後金國貴妃，不欲受人凌辱，被張瑞一逼，心中有了尋死的念頭。莊妃大急，只得不顧危險，連聲勸慰，待她將宸妃相勸得稍好一些，卻見適才的那些大兵趕了大車而來，兩人無法，只得坐上了車，行得不遠，車上的女子稍多，兩人這才稍稍安心。

她們不知這些黑衣軍人從何處而來，也不知道此一去便是那幾千里外的南方海島，只以爲能捱過這一段時間，那個英明神武的大汗必定會救她們返回。若是此時盡知實情，只怕不但是宸

妃，就是那莊妃亦是必然自盡。

那瀋陽至長甸不過四五百里的路程，因百姓行動遲緩，足足走了八日方到鴨綠江邊，那遼陽八旗已在譚泰帶領下試著攻了清河堡駐軍數次，因不知明軍虛實，譚泰也不敢猛衝猛打，皮島三將因前次攻城不利，此番不敢疏怠，指揮著明軍拚力守禦，兩邊皆是小規模的交戰，待張偉得知百姓已經開始渡江，便知會孔有德等人領軍後退，又由漢軍接應，那譚泰見明軍後撤，開始尚且小心，後來因見這股明軍雖是人數不少，卻每戰必撤，戰力也未見如何高明。心中奇怪，不知道瀋陽一帶的幾萬駐軍為何被打得慘敗，他雖是八旗勇將，卻也並不莽撞，雖是跟著明軍身後，每日都派騎兵衝殺明軍隊列，殺傷甚多，只是不敢全軍突進，以防中了埋伏。待追擊到鴉鶻關附近，卻被等待多時的漢軍阻截。

譚泰見敵兵勢大，又多用火器，原本打算用騎兵邀擊，多用弓箭射殺外圍敵兵，卻不料與敵陣尚且隔得老遠，便聽到雷鳴也似炮響，天空上黑壓壓飛來無數的實心炮彈，立時將不到一萬的八旗騎兵轟得陣腳大亂，那些騎兵一時間竟然不能控制身下的馬匹，當即四散奔逃，那倒楣的，便當場被炮擊轟斃。

「大人，敵兵敗退，咱們走吧？」

「唔，走吧。」

張偉掉轉馬頭，向鴉鶻關內而去。

漢民百姓已大半上船先行運送到了皮島，此番火炮轟擊讓譚泰膽寒，一直擔心中伏的譚泰再也不敢咄咄進逼，他終於可以放心帶著大隊漢軍急速後撤，渡江跨海，先至皮島。然後以幾千艘船隻日夜不停的運送遼東漢民，待民眾走完，便可以將皮島駐軍大半撤走，只留下一兩千明軍配合幾艘台灣的小型炮艦守護。

殘陽如血，張偉回頭凝望，看著適才的戰場，心中忖度：「再來此地，不知道是何年何月了。火炮之利，此番遼東之行暴露無疑，日後交戰，八旗必然有所準備，再也不會這樣直挺挺地被轟擊了。再來遼東，任重而道遠啊。」

雙腿一夾，那戰馬咴咴一聲叫喊，撒開四蹄狂奔，張偉的親兵連忙打馬，在他身後狂奔跟隨，一時間風聲過耳，卻聽得張偉在前面狂喊一句，那些親兵原本也是粗人，識不得幾個大字，哪裡知道張偉嘀咕了什麼。

只有張偉本人，才知道適才自己喊道：「天行健，君子以自強不息。」

白色的浪花不住拍打著黑色的船底，凌晨時分的皮島海邊一邊寂靜，唯有海浪沖刷岸邊時發出刷刷的聲響。便是在這片海灘之上，無數大大小小的帳篷星羅密布於其上，漢軍的綠色軍用帳篷最為顯眼，最為靠近海灘，圍繞在漢軍帳篷的，自然便是由遼東而來的三十多萬難民。若不是

張偉先期準備好了帳篷，只怕這些人還得幕天席地，受那風霜侵襲蚊蟲叮咬之苦。

一個周長不過幾十里，尚且有相當部分不能住人的小島，突然一下子湧來三十多萬的難民，無論後勤補給還是難民的居住問題，都無法得到妥善的解決。再加上此時已是崇禎元年七月初，天氣炎熱，這麼多人擠在一處，中暑尙還是小事，若一個不小心，有人染上疫病，再傳染開來，便立時可將這小小海島變成人間地獄。

張偉調集了一切可以使用的船隻，從軍艦到水師的制式運輸船，到台海一帶的商船、漁船，再加上原本皮島水師及百姓使用的漁船，大大小小的船隻足有近五千艘，饒是如此，五十多萬人仍是無法同期運走，連同糧食，以及不得不帶走的物資，聚集在皮島的所有難民和軍隊，只能分兩批撤走。因慮及遼東難民的衣食住行皆無法解決，便決定先行撤走大部從遼東帶來的難民，便是漢軍，也只能先行撤走一半而已。

身爲一軍主帥，張偉原本可以住進皮島上的原毛文龍的總兵府邸，但一個多月過來，他離台已久，自當是要乘船第一批離島，是故只是命人在海灘之上與士兵一起搭建了軍用帳篷，胡混將就著睡上一夜，待天明便可登上鎮遠艦，揚帆回台。

「張鼐，皮島一事交給你了，帶著你本部兵馬，配合留下的五艘水師炮船，防止後金狗急跳牆，用木船來攻皮島，你可千萬大意不得！」

張鼐咧嘴一笑，答道：「大人，現下咱們的探子都不敢上岸，咱們當日宰殺的牧畜，還有死難的八旗屍體都未曾掩埋，那麼大的範圍，又是正值炎夏，估計遼東一地正是疫病流行之時，別說吃飯喝水，想來就是連吸氣都得十分小心。那皇太極此時應該已經回瀋陽，沒準都吐血死了呢！大人，您也太小心啦。」

因見張偉神色不善，忙閉了嘴，老老實實應道：「是，大人，我一定小心。」

張偉又橫他一眼，氣道：「早知你如此不穩重，當真不該昨日軍議時決定留你鎮守皮島。你也是一軍的主將，難道不知道兵無常勢，爲將者作戰一定得出其不意？一場戰役若是以力搏人，則是勝負在兩可之間。若是以奇制敵而敵不覺，則鮮有不勝者。若是遼西之敵偷偷渡海而來，只在夜間以兩千精兵上岸，摸你的營，你又這般大意，你當你能活著回台灣麼？」

張鼐雖心裏還有些不服，卻只得又連連點頭，直道：「是是，大哥，我一定小心就是了。」他搬出與張偉是宗族兄弟的身分，張偉只得無奈一笑，又細心叮囑了幾句，便下令身邊的親衛跟隨，準備登船。

因鎮遠艦噸位過大，不可以靠近岸邊，施琅便命艦長派出十餘艘小舢板到皮島港口，前來迎載張偉。

那舢板需人力划動，鎮遠艦又離岸邊較遠，是以張偉率著同上鎮遠的諸將到得岸邊，等那舢板到來。

張偉見皮島諸將仍是身著明軍將領的袍服，站在一群身著黑衣紅帽，胸佩勛章及標識鐵牌

漢軍將領之間，顯得尤爲刺眼，便向孔有德等人招手道：「孔將軍，尙將軍、耿將軍，到我身邊來，一會兒咱們同乘小船，到得大船後，咱們一起談談說說，也熱鬧些。」

三人站在一群漢軍將領之中，因此時尚未正式易幟，又與諸將不熟，見漢軍將軍們聊得熱絡，又是插不上嘴，正自無聊之際，見張偉如此，三人皆是大喜，頗有受寵若驚之感，當下皆是挺胸凸肚，得意洋洋向張偉身邊而去。

「看那三個，像吃了蜜蜂屎似的，當真可笑！」

張瑞最受張偉愛重，現下帶著幾千騎兵，原本便不安分的脾氣越發暴漲，說話越發沒有顧忌，見皮島諸將那般模樣，忍不住出言嘲諷。

他一開口，身邊幾個將與張偉同船的神策軍將軍亦道：「可不是麼，做將軍的弄得這麼媚顏奴色，倒像是大人的家奴一般，可當真讓人瞧不慣。」

「都給我閉嘴！」幾名神策將軍聽得周全斌一聲喝斥，猛然醒悟，眼前這位主官倒真是張偉的家奴，自己的話可是大大的得罪了他。各人心中後悔不迭，恨不得立時打自己幾個大大的耳光，以向主將賠罪。

「這幾位皮島將軍原是明軍將領，他們的規矩與咱們不同。咱們只要確實有才幹，立軍功，自然會得到大人的賞識，是以除了尊敬大人之外，也不需要特別巴結。他們可不同，不但得有才幹，還需與上官結交，不但要陪笑臉，還需賄賂上司方可有進身的機會，你當天下的軍隊，都能如漢軍一般麼？」

周全斌訓斥張瑞幾句，又笑道：「我也是看不慣，放心吧，過些時日自然會好的。大人有意召他們過去，你當便是沒有用意麼？張瑞，要成大將之才，不光是打仗的事，好生學著吧。」

待張偉攜手三將到得海邊，溫言與三將寒暄問好，將三個心中惴惴不安的皮島三將揉搓得身心舒泰，原本心裏那點不安，頓時被海風吹得不知飄向何方了。

他們在開原城下慘敗，後來受命防備清河堡，又被譚泰打得狼狽不堪，此番撤回皮島，三人都是心中不安，頗害怕受張偉責罰。又因實力大損，只餘下兩萬不到的兵將，甚恐被張偉輕鬆兼併，此番張偉下令三將放下手中軍隊，先與他回台灣，三人心中小鼓直敲，唯恐到了台灣之外，張偉一聲令道「拿下」，三人便就此成了刀下之鬼。

此時張偉不住的示之寵信，又以言語暗示到台灣後三人仍會得到重用，以他的身分做出這些承諾，自然不會輕易更改，三人心中大定，便都笑咪咪立於張偉身側，做出一副躊躇滿志模樣。

張瑞等人不解張偉爲何要善待這三個屢戰屢敗的將軍，卻不知張偉深知三將都是人才，只是在明軍的落後體系下不得發揮，鬱鬱不得志罷了。後來三人在登、萊造反，以幾萬兵馬抗拒明朝大軍數月，後來還成功突圍，以水師逃到後金，立時被雄才大略的皇太極郊迎二十里外，行抱見禮，保有原本的部曲屬下。後來立漢軍旗，三人同時被封爲王爵，待順治六年領兵入關，三人可比吳三桂等新降明軍受信重許多，帶著本部兵馬四處征伐，孔有德一路打到廣西，尙耿二人平定

兩湖，都立下了赫赫戰功，又哪裡是今日的狼狽模樣了？

第四章　返回台灣

此後近數月間，台灣不住地迎來自遼東返回的船隻，五十萬遼民紛沓而來。縱然是台灣富饒之極，糧食足供得起千萬人吃食一年，又對房屋農具等物早有準備，也經不住如此大的人潮衝擊。

張偉此時卻又想到皇太極，心中嗟嘆，當真對他是敬佩不已；無論施政、行軍作戰、待人納諫，此人之才都不在漢人的雄主李世民之下，只是當此兩族生死相搏之際，張偉這個後來先知的人處處能多料皇太極幾步，又因心懷復興大漢的志願，一定要想方設法打擊於他，此番偷襲瀋陽，諸將都對戰果滿意之極，提起皇太極來都是嘲諷辱罵，都道他定然是一蹶不振，再也無法振作。唯有張偉堅信此人必然能承受住打擊，重新復起。他被張偉搶掠走的財物和人口，想必明年必然會重回關內，重新奪回損失。為大事者，定然能不顧挫折，油然奮起，哪有被人一擊便倒的

道理。

「是英雄方敬英雄。」

張偉此時心機深沉穩重許多，想到皇太極此時已然快至瀋陽，心中不但不以此人受創爲傲，反倒心中沉重，並不以爲樂事。若是換了五年前他初至時，能做出這般大事來，想必已經歡呼鼓舞，樂不可支了。

「兀那漢子，你拖拖拉拉的，要死麼？」

「軍爺，讓我全家老小在一起吧……」

「娘的，你這死貨擋了半天，我讓你擋！」

「啊……」

不遠處的港口處，漢軍正押著遼東漢人登船，一艘艘漁船商船除了留下必要的淡水、食物，船上雜物都已拿下，空出船來以多裝幾個人。因知道時間緊迫，如狼似虎的漢軍士兵得了命令，將百姓全家拆散，健壯男丁全數上小船，擁擠一些，那些老弱婦孺則上大船，空間和食水都充裕一些。誰料這些漢民都是拖家攜口而來，不論如何混亂，總算保證了一家老小全在一起。便是那兵凶戰危之際，也是拿定了全家生在一起，死亦在一處的主意。此時漢軍雖是好意，卻遭到了這些遼人的極力反對，一個個抱在一處，任漢軍如何解釋，說得口乾舌躁，就是不肯分開。

因是劉國軒負責此事，見到港口那邊混亂情形，怒道：「不肯分散上船的，用槍托打！」

他一聲令下，幾百個在碼頭維持的漢軍立時揮舞長槍，劈頭蓋臉的向那些不肯撒手分頭上船的百姓打將過去，一通亂打之後，那些百姓只得兩眼含淚分開，分頭登船。

張偉初時已見到碼頭上的情形，知道劉國軒下此命令也是迫不得已，也只得罷了。此時因聽到叫聲淒厲，不似被槍托毆打，回頭一看，卻見有一漢軍正舞動長槍，拚命向 擋住前路的遼人男子身上猛捅，只見那刺刀上已是染滿鮮血，那兵神色猙獰，雖然旁邊有漢軍士兵將他抱住，他卻仍掙扎著向前衝去，拚命叫道：「老子捅了幾十人了，也不差你一個，看你還敢擋路！」

張偉見狀勃然大怒，立時向身邊親兵令道：「快，把那混帳拿來！」

待那兵被張偉親兵拿到，卻是神色惘然，一副木木呆呆，不知所為何事的模樣，張偉問道：「你是神策軍的軍士麼？看你的胸牌，你還是個伍長，怎地如此不知軍法？擅殺平民，你知道你該當何罪麼？」

那兵士抬起頭來，見是張偉，猛然間打了一個激靈，往地上一跪，叩頭答道：「回大人，適才因那漢子一時擋路，小人當日在瀋陽城外攻城時，也有百姓擋路，因上官命令衝殺，故而小人刺死了不少百姓。適才一時激憤，忘了身處何地，忍不住便用刺刀捅了過去。大人，小人一時糊塗，請大人恕罪。」

他身後站了幾十個跟隨而來的神策軍士，想來是他交好的部下和同僚，此時聽他求饒，便也一同跪下，哀告道：「大人，他平時為人最好，在台灣時，和周遭百姓相處也是十分平和，不曉得突然發了什麼瘋，竟然敢擅殺平民。大人念他跟隨了幾年，頗有功勞，饒了他這一次吧？」

張偉黯然，心知必是襲遼以來一路上燒殺搶掠，這些原本軍紀嚴明，不敢擅拿百姓一物的軍士心中有了異變，或是受不了重壓，或是被刺激得變了心腸。那樣的鐵血場面，他未曾身臨其境尚且覺得血腥難耐，更何況這些直接衝殺的兵士。

他雖明白，卻不肯恕這伍長，此類事件絕不可恕，否則漢軍日後征戰日久桀驁不馴，到時候再想整頓，卻是想也別想了。因令道：「來人，將這擅殺百姓的罪徒帶下去，交由軍法官處置。」

又見那伍長與其身後諸兵皆神情慘澹，又道：「雖是軍法無情，我不能法外開恩。不過，念你事出有因，恩准算你戰死，便是了。」

那伍長苦笑一聲，跪地叩了三個響頭，以謝張偉大恩，算他戰死，他家人仍可得到撫恤，又可永遠享受軍人烈屬的恩待，這當真是張偉格外施恩了。

此後諸事順遂，百姓們安然登船，張偉待舢板到來，也自上了小船，不消一會兒工夫便登上鎮遠大艦。

那孔有德等人是初次登上此類大型的炮艦，鎮遠艦吃水一千餘噸，明軍水師都是小船，上裝的火炮也皆是小炮，哪曾見過如此大艦，上面又有重達二十四磅的重型火炮，各人皆是嘖嘖讚嘆，稱頌不已。

張偉知他們在漢軍水師到來之際已在遠處看過此艦，此時讚嘆，一來是上船後與遠觀不同，二來也是爲了向自己巴結，這種奉迎拍馬的工夫，明軍將領可是熟練得很。當下淡淡一笑，也不理會，帶著眾人到得艦上軍官會議的大廳，召來雜役服侍，自己則舒舒服服半躺於艦長之位，待諸將坐下，與各人閒談說笑不提。

一路上他細心與新附的諸將交談結納，當初至皮島情況緊急，後來又悍然接掌了皮島軍權。張偉回頭細思，雖然皮島明軍打了幾個敗仗而自己並未追究，到底當時失之過剛，諸將難免心中不服。所謂用人不疑，張偉一向是嗤之以鼻，沒有真正將人家收服在手下，若是相信什麼用人不疑，則人才定然歸心的屁話，那只怕屬下沒有幾個真正可用之人了。

那幾個將軍原本對張偉年紀輕輕便成爲一方霸主並不服氣，他相貌平常普通，待人接物又是傲然無禮，哪能叫人口服心服？待海上行得十數日，每日與張偉議論國事軍務，方知眼前這位大人當真是教人佩服。雖然每事的細務他並不知之甚詳，但短短交談之後，某事該當如何，某人又是如何，張偉立時便能分析得頭頭是道，再加上其超卓於常人的戰略眼光與思想，那些個一直在遼東小島上的武夫又如何能及？

待船行至台北港口之時，三將已是死心塌地，對張偉再無異心。待上得碼頭，皮島諸將已被碼頭的雄偉繁華震驚，乘坐馬車入得台北縣鎮北鎮上後，便深知自己原本想像中的蠻荒小島形

象，委實是錯得離譜。

此後近數月間，台灣不住地迎來自遼東返回的船隻，五十萬遼民紛沓而來。縱然是台灣富饒之極，糧食足供得起千萬人吃食一年，又對房屋農具等物早有準備，也經不住如此大的人潮衝擊。全台的官吏都忙得四腳朝天，後來無法，請示了張偉，又派了駐防漢軍協助，將大半遼人安排至台南，搭建窩棚暫居，又由台南官府分發土地地契，農具種子，待忙到了十月，正是秋播時分，一直待後來的遼東百姓秋播結束，修建了可防颱風的低矮平房住將進去，全台官吏及漢軍將士總算長出一口大氣。

「志華，你讓遼人與南人雜居，需防兩邊的百姓起了衝突，到時候你又是麻煩。」

此時已近中秋，張偉至何府小坐，與何斌商議中秋佳節如何大犒三軍，連同賞賜台灣百姓同賀佳節，所需甚多，何斌難免又是苦臉皺眉，卻也知道遼人初來，雖然已感受台灣土地肥沃，人民富足，又沒有官府欺壓，田主逼迫，與當年在遼東被人待之如狗，當真是強上千倍百倍。只是到底離家數千里，又是諸事初定，甚至有那在戰事中失去親人的，當此佳節，自然又是別樣心腸。此時由張偉出面，大哺全台，自然是對軍心民氣極有裨益。

「廷斌兄，此事我如此安排，是考慮了許久。固然遼人與南人生活習性不同，脾氣也甚是不投，到底也不能將他們盡數安插在一起。一腳深的水窪，踩下去至多濕了鞋，若是讓遼人抱成了團，甚或是南人宗族勢力又起，那才是不可測的大禍事。」

何斌凝神細思，終於嘆口氣道：「這話甚是有理，也罷，反正你養著高傑，他身爲巡城將軍，全台北的治安都有他管著，此人在這方面倒真是個人才，報出名來可止小兒夜啼。有他在，想來也不會有什麼大的差池。」

張偉一笑，又啃了一口西瓜，與何斌商量一番細節，又詢問了近來倭國貿易的細務，待得知荷蘭人近來對倭國貿易頗有興趣，張偉皺一皺眉，道：

「當年倭國只與鄭芝龍貿易，與荷蘭人只是虛應故事，偶爾買些火器軍馬之類，那荷蘭人的貨物多半是倭國人不要的，若是中國貨物，又何必從他們手裏買？是以日荷貿易甚小。待我現下打下倭國，他們卻想來分一杯羹。想來是當年我驅趕他們出台灣，這些荷人並不服氣，現下定是有強硬派的人物想著法兒激怒於我，想和我一戰而定南洋呢。」

何斌擔心道：「那該當如何？咱們造的船隻雖多，能與荷蘭人一戰麼？」

張偉搖頭道：「現下打，勝負難說。荷人號稱海上馬車夫，是除了英人之外，歐羅巴洲最擅長海戰的民族，他們的軍艦和水手並不下於英國人，打起來，我殊無把握。況且，不拿下呂宋，也很難對荷人下手。是以我首戰必需先打西班牙人，拿下呂宋之後，又是一個極大的財源。再加上台灣人口一下子加了這麼許多，我又有兵源，又可以多徵糧食以敷軍用，到時候積聚力量，再和荷蘭人一較短長！」

何斌笑道：「打仗的事我不懂，不過志華，無論如何不能多方開戰。軍隊就是能打勝，財務上也是負擔不起。」

張偉起身道：「是，我自然知道。我可沒狂妄到想要一下子拿下兩個強敵呢。荷蘭人的事，我自有辦法。」說罷笑道：「尊侯也在家，復甫也在，晚上過我府來，咱們來個車輪大戰，看看誰才是真正的高手。」

何斌因知他要走，便也起身，聽他相邀，便笑道：「這日子過得當真是快，轉眼又要一年。志華，柳如是過了今年可就十五了，她算是個佳偶吧？如何，明年把婚事辦了吧？」

張偉擺手道：「現下忙得屁股生煙，眼看又要開戰了，當真是天生的勞碌命，明年再說吧。」

何斌聽他沒有把話說死，便不再逼他，笑上一笑，將他送至儀門，張偉向他一拱手，讓他不必再送，卻見那史可法端坐於馬車之內，向何府而來。因張偉身分，何府正門大開，是以張偉在內院儀門附近，也是看得清楚。

張偉奇道：「史憲之從來不肯與咱們交結，今天怎地貴腳踏賤地，倒是上你府上來？」

何斌亦是詫異，張開手搭個涼棚，看到正是史可法在不遠處的府門前下車，正在與何府管事說話，便笑道：「父母官來了，咱們還是迎上一迎的好。」

兩人相視一笑，揖讓一番，便都手搖摺扇，施施然向何府正門處而去。

待到得府門，史可法正要從旁邊而入，卻見兩人從正門而出，便笑道：「可法怎敢勞動兩位大駕，這可真是惶恐之極。」

他自是不知何斌正要相送張偉，誤以爲兩人專程前來相迎。何張二人一笑，也不說破，將他迎至儀門內正堂內坐定，何斌便問道：「憲之兄，有何要事，竟然勞動大駕枉顧？」

張偉將摺扇一搖，笑嘻嘻道：「莫非是憲之兄短了錢使，來尋廷斌兄打秋風？」

史可法自然知道他在調笑，卻仍是臉皮漲得通紅，答道：「志華兄，不要取笑！台灣官員俸祿甚豐，可法哪能用得了那麼許多，還有何打秋風處！」

不待張偉再說，便正容道：「張大人，此番可法前來，是接到消息，朝廷要賜封大人爲福建省副總兵官，散階升至龍虎將軍，並封大人爲寧南侯。」

「喔？」

張何二人立時動容，張偉便站起身來，恭敬答道：「張偉謝聖恩。」又問道：「憲之兄，何時接到消息，可準確麼？」

史可法重重一點頭，向張偉躬身道：「下官恭喜龍虎將軍、寧南侯了。下官是得了福建巡撫衙門的塘報之後，方來知會大人。巡撫大人說了，要下官先行傳稟，料想朝廷傳旨的緹騎來日便到了。」

張偉微微一笑，知道是自遼東回來之後，差人用船送到北京的天命汗的梓宮起了作用。這數

月來他忙碌不堪，哪裡有心思去惦記朝廷封賞。此時崇禎封他爲侯，他便是見到總督巡撫，亦是可以平禮相見，至於副總兵官和龍虎將軍之位，則是有默許他自設軍制軍號軍爵，許他半割據之意。

這龍虎將軍是明朝封賜外蕃不服王化的大部落首領之用，努爾哈赤便曾經受此封號，朝廷又是賜張偉「寧南」，又是賜封龍虎將軍，其中之意自然是不言自明。

皇帝之所以拖了這麼些時日方才定下封賞，皆因張偉不同於其餘將領。他擅自做主，威權自用，根本不聽朝廷的號令。偏偏又似乎忠勇之極，在皇太極包圍京師之際，偷襲遼東，破壞了滿人根本重地，又挖了努爾哈赤的梓宮來獻，正好報了崇禎兄長天啓皇帝德陵被毀之仇，功勞大得嚇人，如何罰過賞過，著實令皇帝頭疼不已。

此時的農民起義軍已成功由山西突圍而出，由河南轉戰南方，直奔南直隸而去。一路上招饑民，殺貪官，破府城，放糧賑濟饑民，聲勢浩大，地方守備不能抵禦。皇帝早便慌了手腳，欲調關寧鐵騎入關，卻又因關押袁崇煥一事而不得行。只得調了四川、河北、陝西、山東諸路總兵官，委了孫傳庭爲經略，總督剿賊一事。張偉的不服朝命與農民起義相比，此時亦只是微不足道的小事了。崇禎但求能撫慰其心，不令其反，便是十分安慰了。

又思張偉兵力強大，欲調其兵由長江入內，剿滅高迎祥的農民軍，是以猶豫拖延一段時日後，終於下令賜封張偉，並附旨意一道，命張偉即期帶兵由長江口而入，到南直隸剿賊。

待傳旨過後，張偉身著龍虎將軍袍服，傳召諸將議事。那龍虎將軍與當時的兵部尙書同級，一身的行頭自是榮耀至極，威風八面。六梁金冠，犀牛帶，四色雲鳳綬，象牙笏，獅子繡大緋袍，這身裝扮已是皇帝之下最爲顯貴的服飾，張偉穿上之後，至總兵衙門面南而坐，命諸將聽命而入。諸將因見張偉端坐於上，面情肅然，便也恭敬行禮，一個個立於階下，聽張偉發話不提。

張偉見各將到齊，又見此番傳旨的緹騎是一個錦衣衛同知，便知皇帝對他出兵一事寄予厚望，故讓那同知坐於自己座下，清咳一聲，向諸將道：

「皇帝封我爲侯，又封我爲龍虎將軍，深厚聖德，我當真是無以爲報。諸將軍，明日便召集水師，運送兵馬，咱們即刻前往南直隸，剿滅叛賊。」

那同知聽他發此說話，自然是心中慰貼，由不得微微一笑，向堂下諸將看去。卻見那些將軍皆是黑口黑面，心中一跳，又轉身向張偉看去。

只聽那張偉又道：「怎地，你們不奉命？」

周全斌前出一步，亢聲道：「大人，不是末將等不遵將令。實在是職部自遼東歸來之後，因損失過大，重傷兵員甚多，現在撫恤治傷還忙個沒完，哪還能再行出兵？」

張鼐亦是前出一步，向張偉道：「大人，周將軍所言極是。職部損了過半兵馬，到現在也沒有補充，只有些殘兵在手，如何還能再行出征？」

張偉怒道：「難不成咱們因爲兵少，便有負皇恩麼？不必多說，我意已決，明日點齊兵馬，

隨傳旨的大人一同出海！」

諸將無奈，只得躬身一禮，便待離去，卻聽到不遠處有人高叫道：「大人，不好了，台北遼人鬧事，請大人速速派兵前往彈壓！」

張偉臉色大變，向那傳旨的錦衣同知匆匆一拱手，強笑道：「使者稍待，我去去就來。」

他匆匆出堂而去，那使者只聽得外面喊殺聲不斷，又聽到兵士的調動聲、跑動聲響個不停，派人至堂外一看，只見外面一副兵慌馬亂模樣，兵士們四處殺人，街角上鮮血直流，那使者嚇得魂飛魄散，見來路上並未有亂民叛兵，立時帶了從人拚命而逃，待到了港口尋了來時的官船起錨出海之後，方才將心放下。

待張偉奏摺呈上，言道台灣此時外來百姓甚多，軍心民心皆是不穩，大軍不敢輕出，崇禎此時已得了錦衣衛使的稟報，雖心中半信半疑，卻也不好再逼，也只得將此事放下不提。

皇帝的使者一走，張偉立時脫下那身華麗的官袍，仍是換上漢軍將軍袍服，召回諸將議事。見諸將都立於堂下，一個個擠眉弄眼不成模樣，便笑謂諸將道：「這使者若是個勇將，提刀衝上去幫忙，那可當真是麻煩了。」

張瑞撇嘴道：「這些錦衣衛使欺壓良善是有兩把刷子，若是指著他們出征打仗，屍山血海裏廝殺，那是想也別想。若不是皇帝給他們仗腰子，我帶飛騎一個時辰就屠盡了他們。」

孔有德人近中年，比堂上諸將皆爲年長，是以穩重老成許多，諸將皆是笑個不休，他也只是略抿抿嘴便罷了。因聽到張瑞直言指斥，連皇帝也掃了進去，笑道：「歷朝皇帝都有特務政治，本朝有錦衣衛倒也不足爲奇。」

張瑞冷笑道：「錦衣衛欺壓良善，橫行不法，真正有用的東西，錦衣番子能查到麼？便是查到了，又敢直言報給皇帝麼？皇帝建立錦衣衛原本是爲了以張耳目，據我所知，錦衣衛的番子每年在京師所抓的大半是良民，有家產的敗家贖人，沒有家產的多半橫死獄中。什麼壓土包、辣椒水、老虎凳、騎木驢，一個個酷刑施將過來，你便是鐵人也讓你脫層皮。這樣的機構組織，也只有大明皇帝這種冤大頭才會弄出來養著。」

他說話越來越狂放，孔有德偷眼去看張偉，卻見張偉笑咪咪踞坐堂上，哪有半分著惱的模樣，於是不敢再說，只是舔唇咂嘴，做出一副怪樣。

張偉肚裏冷笑一聲，知道這孔有德到底身爲明朝將領多年，雖然未必有多麼忠於皇帝，聽人公然詆毀，到底是有所不滿。輕咳一聲，笑道：「別的不說，那東林大儒楊漣、左光斗，便是慘死在錦衣獄中。熊廷弼經略遼東，後來逮問下獄，錦衣詔獄不待聖旨而下，便要提斬於他。熊經略道：我要上奏辯冤！你道那錦衣衛的人如何回答：進了詔獄還想上奏摺麼？哼，這錦衣詔獄冤死了多少大臣！袁督師若不是遼東的關寧鐵騎力保，進詔獄還想活著出來麼。」

堂下諸將皆是對袁崇煥等遼東名將佩服不已，又素知楊漣等人不幸冤死，又要湊張偉的趣，

待他說完，各人皆在堂下大罵起來。武將嘴裏能有什麼好話了，不但那錦衣衛被罵得狗血淋頭，便是那東廠西廠，明朝歷朝皇帝，也多半被掃了進去。

「好了好了，越發的沒有規矩。」

張偉見諸將翻來覆去不過就是那麼幾句，故擺手令各人住口，笑道：「朝廷的事不需咱們多費心。聖明天子在位，哪輪得著咱們這些武夫多嘴。」又黯然道：「適才嚇走使者，大家言道軍隊損失甚大，雖是誇張，倒也不盡然是胡說。因我的失誤，三千多忠勇漢軍戰死遼東，還有兩千多重傷者無法再從軍。漢軍不過四萬多人，一下子折了這麼多老兵，當真是令我心疼之極！」

周全斌見他委實難過，忙上前勸道：「大人，老兵也是從新兵過來的。遼東戰事已了，戰果非凡。自薩爾滸一戰之後，大明與建州交戰，除寧遠一戰無有勝仗。袁督師只是以堅城利炮守城，尚且一戰成名，大人以精兵強將數千里奔襲遼東，不但大損了八旗實力，還攻克了堅城瀋陽，焚毀了皇太極的汗宮；又解救了數十萬久苦於女真的遼東漢人，生之，養之，使數十萬百姓無一日不念大人之盛德；如此成就，雖損了咱們漢軍士卒，但好男兒大丈夫，與其老死床上，碌碌無為，不如保境安民戰死沙場，縱是英年而死，又有何憾！」

他一番話講完，跟隨張偉轉戰遼東的諸將想起當日戰事，想到那血火之下被攻克的堅城，沖天大火中慢慢坍塌的後金汗宮；又想到奮勇殺敵，勇往直前不顧生死的漢軍士兵，各人都是血脈賁張，齊聲呼道：「沒錯，大丈夫死則死耳，只要死得其所，又有何憾！」

張偉目中泛淚，哽咽道：「縱然如此，爲帥者不能善使部卒，致其死難，到底心中難以釋懷。」

見諸將仍要上前相勸，揮手道：「不必勸。今日軍議，一則要議補充擴充漢軍，二來便是要大賁死難的漢軍，否則，我難以安枕！」斜視一眼皮島諸將，又道：「皮島明軍，老弱疲敝者甚多，也需整束！要和漢軍一樣精銳，方無負遼東漢子的令名！」

孔有德已是歷練成精的人物，適才張偉鼓動諸將情緒，他雖是感動，心思卻是一直思慮此番軍議到底是何意，待聽到張偉最後一句，眼皮猛然一跳，回頭去看尙耿二人，卻仍是被適才的情緒左右，兩人正自激動不已，待聽到張偉要整頓明軍，也只是覺得張偉一番好意，要提升自己屬下的戰力罷了。

「蠢材！」

孔有德在心裏暗罵一句，卻也是全無辦法，只得豎耳靜聽，聽張偉如何安排。心裏只是在想：「若是信得過，還是會安排我爲主將，若是信不過，只怕會安排個閒職給我。沒有了兵，空頭將軍當起來也甚是無趣，倒不如退職還鄉，做個富家翁也罷了。」

見張偉沉吟良久，方又道：「補充兵員的事倒也好辦，台灣青壯男子甚多，軍隊待遇甚高，比之土裏刨食強上許多，發下告示，想來招些適合的入伍自是不難。只是此番攻瀋，我一直在想，漢軍皆是火器成軍，野戰時以火槍配合火炮，再加上漢軍訓練有素，英勇敢戰，也不懼敵

人，只是攻城時難免需登城肉搏，漢軍若仍是只以火器成軍，只怕仍是傷亡慘重。漢軍招募容易，訓練和裝備卻所費甚多，便是傷亡撫恤，亦足以讓我承受不起。」

他環視一眼，見諸將都凝神細聽，垂下眼皮又道：「便是我承受得起，人命是這世上最貴重之物，能少死一個，也是我的功德。是以我決定要在漢軍中建立不拿火器的部隊，少量配備在火槍兵陣列中，還需獨立成立一軍，以備攻城野戰之用。皮島明軍從即日起改稱為龍武衛軍，專門持刃而戰！」

孔有德上前一步，拱手道：「大人，末將指揮無方，連戰連敗，既然改稱為龍武衛軍，還請大人挑選一善戰勇將統領全軍，末將願追隨其後，效犬馬之勞！」

他既上前，尚耿二人亦是出列躬身，齊道：「末將願聽從大人安排！」

張偉肚裏冷笑：「你到底是忍不住！」面上卻是展顏一笑，向三將道：「三位說的哪裡話來？在船上我就與你們說，來台後仍令你們統軍，怎地，當我張偉是言而無信的小人？」

三人齊齊躬身，答道：「末將不敢。」

張偉又笑道：「三位都是統領過數萬大軍的將才，千軍易得一將難求，我又怎會捨良將不用？龍武衛軍，孔將軍任衛將軍，尚耿二將軍分任左中將軍，龍武軍，仍由三將為主署理。至於鼇兵一事，則交由漢軍將軍前去，三位帶兵日久，難免抹不開情面，待我命人將軍隊組備完畢，再交給三位。其間，三位可至漢軍兵營，仔細學習一下漢軍如何訓練管理士卒，軍法軍、司馬官，參軍，這些都是專門的人才，也由我派給三位，如此料理，三位意下如何？」

他仍分派三人為新軍主將，三人已是喜出望外，便是派些人手前去制約，三人大喜之餘，也都是不以為意了。

當下計議已定，漢軍各部自去各處張榜招募士兵，張偉又與眾人議論如何撫恤祭奠傷亡漢軍之事，看看時辰已晚，便令諸將各自散去不提。

張偉因數月來忙忙碌碌，軍議過後，略有閒暇，便負手出了總兵衙門正門，令隨從遠離左右，就這麼徒步而回。好在他府邸離原本的指揮使衙門不遠，又因大街上盡是台北的各個官衙，路人行人原本不多，此時天色已晚，一眼望去，大街上更是蕭索一片。

他負手而行，意態閒適，街上行人不多，正適合他徒步而行，若是平常人潮如織，又哪得如此鬆快。一路行來，不消一會兒工夫，便回到自己府門之前。卻見府中管家帶著幾個家丁，押著兩名婦人，吵吵嚷嚷由偏門而出。

張偉向那管家笑道：「老林，你找死麼。這麼推推拉拉的，成何體統！」

又向前幾步，向那兩個婦人瞄上兩眼，一個約莫是三十左右年紀，見她臉色紅潤，圓臉大眼，只是顴骨稍高，眉毛也是稍粗，姿色極是平常。另一女子年紀稍小一些，估計二十不到，五官眉眼大致與那年長的女子相同，只是膚色稍白，臉型卻是標準的瓜子臉，五官亦是精緻一些，

看起來倒也是秀麗可人。

因見張偉看她，將眼波一掃，張偉一怔，原本這女子眼睛秀氣內斂，此時與張偉眼神一對，卻只覺得神采照人，氣質流露，與她身上所著的粗衣布衫絕然不符。

張偉笑道：「這兩人是姐妹麼?老林，你這是做什麼?」

那管家早便立在張偉身前，聽他問話，忙恭聲答道：「回爺的話，這兩個是張瑞將爺在遼東帶回來的，因兩個都沒有家人相認，問話又是天聾地啞，不發一言。張瑞將爺說了，她們不能說話，又都是大腳，想來是滿人婦女，既然已押來台北，不好就此殺了，乾脆送來爺的府裏，做些燒水漿洗的粗活，饒了她們性命。也算是上天有好生之德。昨日送來，小人今日安排她們活計，誰料她們看起來是大腳婦人，似乎很健壯，卻是肩不能抬，手不能提，洗衣抹地的也做不來。小人氣極，只好令人將她們押出府來，送將回去。可巧的爺這會兒回來，就撞上了。」

張偉輕輕一點頭，笑道：「張瑞倒也心細，送到我府上來，也是防嫌的意思。我哪裡缺什麼漿洗的女傭了，這兩人既然做不來，就送到軍營裏當營妓，需派人嚴加看管，防著她們自盡。」

老林一怔，這漢軍內哪裡有什麼「營妓」，卻又不敢問，只得陪笑道：「正是呢。張瑞將爺說了，這兩個一路上神色不對，在船上幾次想跳海，都是被攔下來了。小的這就送過去。」

那年長女子顯是聽不懂張偉與老林說些什麼，那年幼的原本是神色如常，待聽到張偉令人將她們送到軍營內當營妓，又令人嚴加看管，不得讓她們自盡云云，雖然表面上神色如常，眼睛內卻露出一絲懼色，待張偉轉身，抬腳入內，那老林又令人催促她們快行，她隨著那年長婦人走了幾步，忙在她耳邊用蒙語嘀咕了幾句，那年長女子大急，不顧兩邊有人看管，突然間發力，向張偉府門處跑來。

看管的家丁大急，連忙追將上去，可惜那女子一雙大腳，跑起來當真是健步如飛，幾名家人一時間竟追之不及。

那女子拚命跑到正門之前，張偉身邊親兵連忙將他護住，卻見那女子竟然不動，呆立片刻，便向正門口石獅子上撞將過去，所幸她稍稍呆了片刻，身後追趕的張府家人已是趕到，幾條胳膊將她抓住，雖然額角已是碰到了石獅，撞得鮮血直流，性命卻是無礙。

待那年少的女子被押了過來，衝上前去將那年長的抱住，兩人便跪倒在張府門前嚎啕大哭起來。

「你們倆當真不懂漢話麼？若仍是裝聾作啞，不管如何，仍是送去軍營。若是能說話，快些將來歷姓名報出來，我考慮一下，或者就此饒了你們，也未可知。」

那兩名女子仍是不答，張偉冷冷一笑，又道：「別以爲能尋到機會逃走，又或是能自殺，送去軍營之後，成日捆綁，除了進食入廁，休想有半刻的自由。若有了身孕，則用尖頭木棒捶打流產。以妳二人的年紀姿色，每天最少也得接百十個軍漢，最多十年，妳二人便被蹂躪至死。」

見兩人相擁而跪，那年少女子嚇得渾身發抖，卻兀自閉口不言，張偉心知她聽得懂漢話，便

又恐嚇道：「妳二人做不來事情，料想是嬌生慣養的大戶人家出身，或是什麼貝子、貝勒的妻室兒女，亦有可能。我會令畫師爲妳二人做畫，印出來發行至大江南北，便說是我在遼東俘獲的滿人貴女，現下已在台灣身爲營妓。哈哈，料來那後金國的臉面，此番要被妳二人丟個精光！」

「你當真是無恥！」

「唔？妳肯說話，不再裝聾作啞了？」

張偉得意洋洋，在原地踱了幾步，又笑道：「我這幾年，什麼樣的場面人物沒有見過，妳個小女孩，也想欺瞞於我？看妳神色形態，必然聽得懂漢話，還想裝蒜！」

那柳如是此時已知道張偉到了府門之前，因現下是她隨身侍候張偉起居，此時白天夜間溫差頗大，她人雖小，卻是十分心細，此時已捧了張偉的錦袍站在門內，看到張偉如孩童般模樣，便抿嘴一笑，偷眼向門外一看，見張偉調笑的女子年少貌美，便立時將臉一沉，心中不樂，便立定了腳步，不再往前。

「快些與我說來，姓甚名誰，到底是滿人哪個貴戚的妻女？」

那女子既然已開口說話，此時將心一橫，又向張偉怒道：「將軍，我看過你們漢人的書，上面都是些仁義道德的話，怎麼將軍你在遼東燒殺搶掠，沒有半分慈悲心腸？殺害我們滿蒙之人也罷了，就是你們自己的漢人你也不放過。現下又欺負我們弱小女子，靦顏不以爲恥，反以爲樂事。大人，難道你沒有半點羞恥之心嗎？淫人妻女，按你們漢人的說法，是要下地獄的！」

「喔?是麼?那你們滿人在遼東燒殺淫掠又幹得少了?我聽說，就是在最近，皇太極領兵入關，攻下了昌平，留著大貝勒阿敏駐守，後來明軍反攻，那阿敏情知守不住城池，撤走之前將城內數萬漢人盡數殺了，稍有姿色的漢人女子都搶回了後金。按妳的說法，我是惡魔，你們滿人反倒是菩薩了?當真笑話!」

說罷又厲聲喝道:「妳到底是何人，普通滿人女子會說漢話的甚少，妳必是貴戚之家的女子，若還是不說，妳便知道什麼是以彼之道，還諸其身!」

那女子聽道張偉提起滿人在遼東燒殺淫掠一事，只是低頭不語，後來略想一想，便又道:「那是當年老汗在位時的事，現在的大汗已不准如此。阿敏如此行事，大汗一定會處置他。」

第五章　滿清立國

皇太極略一點頭，道：「我自然知道。不但是人口，便是財賦也多有不足，今年的官員俸祿到現在我也沒錢來發。明年入關，也急需從關內搶些金銀，以支撐咱們的財賦。還要大量地掠奪人口，編成漢軍八旗，和蒙古八旗一道，成為滿洲八旗的羽翼。」

她年紀雖小，這番話說出來卻是頗爲自信，言語間顯然是對後金的軍國大事甚是瞭解。張偉心中一動，又故意道：

「妳是說皇太極麼？他現下自身難保！我回台之後，聽說因赫圖阿拉被毀，瀋陽全城盡成瓦礫，又因我挖了努爾哈赤的棺材，滿人各貝勒對皇太極都是極爲不滿，若不是他這些年來頗有威望，只怕是連大汗也沒有得做。就是如此，除了兩黃旗和兩白旗，其餘四旗都不大聽他的號令了。聽說，他一個月間瘦了十幾斤，都已經快不成人形啦。」

那年少女子聽他說完，臉色立時變得惶急起來，卻不理會張偉，只低聲同那年長女子說了，那女子一聽完，臉色大變，掙扎著想站起身來，卻因適才額頭在石獅子上撞了一下，又乍聽到消息，心神激蕩之間，猛然動作，只覺得頭一陣陣發昏，已是暈了過去。

張偉冷哼一聲，知這兩名女子必與皇太極關係非常，只是此時天色已晚，他也有些乏了，因令道：「老林，把這兩個女子送到後院廂房，嚴加看管！」

說罷抬腳入內，卻一眼撞見柳如是站於眼前，見她似笑非笑，年紀雖小，卻是體態風流，神色俏麗，此時一臉的醋意，卻又更添嫵媚。

張偉咳了兩聲，先將她手中衣物接下，笑道：「如是，妳看，我一回來，便擒住了兩個奸細。」

「是，我的爺，您自然是英明神武，睿智非常……」

「咳，也就妳敢這麼同我說話了。」

「怎麼，爺難道要用軍法責罰小女子麼？」

「唉，不敢不敢。」

她一邊將張偉身上衣衫整齊平順，一邊抿著嘴嘲諷，卻隻字不提那年輕的女子，張偉心中暗自慚愧，知道自己因見其容貌美麗，故而有些失態。當下由著柳如是整理完衣衫，兩人一路談談說說，那年輕女子聽他二人說笑，想不到這凶神惡煞一般的漢人將軍，竟是如此溫柔體貼，又想

起數千里外那個身長體胖、終日忙碌不休的大汗，心中記掛，一時間竟想得癡了。

第二天一早，張偉早早起身，梳洗過後，柳如是已將早點端上，張偉略看一眼，便道：「只留下米粥，別的都端下去。」

柳如是詫道：「爺昨晚歇息的不好，怎地胃口這麼差？」

張偉輕輕搖頭，答道：「不是，今日要祭奠死難的漢軍將士，我要素衣茹素一日，以慰亡魂。」

柳如是見他神色凝重，眉宇間似有憂色，她來到府內已久，卻是初次見張偉如此情狀，心裏擔憂，也不好勸慰，只得默默將飯菜撤下，又令人送上白衣，束帶，草鞋，張偉換上之後，令人去請了何斌、吳遂仲、史可法等人來府。

待台北一眾文官也盡皆服素而來，一行人白衣草鞋出得府來，卻見隨同陪祭的台灣民眾亦皆是白衣素服，隊伍之前，便是那些戰死的軍烈家屬，待張偉等人同出，鎮北大街上已是熙熙攘攘匯聚了數萬人，因公祭之處正在桃園軍營之內，當下由張偉帶頭，一行人浩浩蕩蕩，步行向那桃園兵營而去。

此番祭奠規模如此之大，一則是漢軍自成軍以來從未有過如此慘重傷亡，二則張偉慮及日後戰事越發頻繁，難免會有大量的台灣民眾投軍後戰死，是故不但要有身前身後之豐厚俸餉及撫恤，還需在死後大舉祭祀，給其身後哀榮。張偉已然決定，大祭之後，便命人建立忠烈祠，凡是漢軍死難將士，皆將神主牌位供奉於其中，春秋祭祀，永不斷絕。以此形式，來尊榮肯為國死難的英傑。

待到了兵營之內，所有的漢軍雖是仍著黑衣，卻皆於胳膊上縛白布，以示舉哀，待張偉到了主祭之位，周全斌身為主祭官，乃令道：「唱禮！」

他一聲令下，所有的漢軍兵士皆齊聲唱道：「豈曰無衣？與子同袍。王於興師，修我戈矛。與子同仇！豈曰無衣？與子同澤。王於興師，修我矛戟。與子偕作！豈曰無衣？與子同裳。王於興師，修我甲兵……」

歌聲雄勁蒼涼，語意慷慨，正是當年秦軍的戰歌，此時被張偉下令用來做祭祀的禮贊，數萬人唱將起來，當真是說不出的悲壯。四周圍觀的百姓已被這悲切的歌聲感染，先是由戰死的將士家屬帶頭，後來全數圍觀的百姓亦都跟著痛哭起來。

周全斌眼見不是事，忙令道：「樂止，請張大人奠酒，釋菜，焚香秉燭。」

這一套禮儀是古人祭奠時最重要的過程，所謂「國之大事，在祀與戎」。這些禮儀在祭祀大典中也極是重要，當下眾百姓見張偉上前，便慢慢止了哀聲，由張偉拿起奠酒，向四方拋灑，以祭亡魂。

待諸事完畢，方由周全斌又令道：「舉哀！」

在痛哭聲中，張偉轉身離去，這些兵士都因他而死，留在此地，徒增傷感罷了。他默然登上

馬車，心中只是在想：「我這裏如此模樣，不知道那遼東，又是如何。此番滿人死傷甚多，想來那入關搶掠的滿人中有不少父母妻兒死在我的手中，那邊提起我來，不知是怎樣的情形呢。」

冷漠一笑，卻是全然不在意，他自己或許不大在意，其實他現今比起剛來明末時，心腸已是冷硬了許多。終日間勾心鬥角，眼前盡是刀光血影，又是身處上位，威權赫赫，一語可以使人尊榮，一語可使人敗家身亡，權力在手，人已是改變了許多。

此後數日，張偉一直忙於撫恤慰問傷亡漢軍的家屬，因他地位尊貴，親身到處宣慰，可比尋常的官員強上許多，待漢軍招兵的榜文一出，立時便有近十萬精壯的男子報名，張偉得知龍武衛軍淘汰了大半軍士，只留下五千精壯老實的原遼東明軍，便命將這五千明軍盡數補充至南人的漢軍之內。新募集的新軍盡數補充龍武衛，如此這般兩相抵換，待孔有德等三將興沖沖回營訓練士卒時，卻發現除了自己的親兵，餘者再無一人相識。三人目瞪口呆之餘，也不得不佩服張偉御下之能。自此死心塌地，不敢再有擁兵自重，自立山頭的心思。

他這邊整軍頓武，安撫移民，一派興旺模樣。於此同時，遼東的後金，卻又是另外一番模樣了。

「大汗，醒來，大汗……」

一聲聲的呼喚並不能立時喚醒暈迷中的後金天聰汗，皇太極自從北京城下後撤後，擺脫了關寧鐵騎的糾纏，出長城至內蒙草原，遇到了科爾沁部落派來的信使，得知遼東被襲，形勢危急的消息。縱然是心急如焚，他心中卻是不敢相信敵人能攻入盛京的城池。那城池是當年明朝備邊的堅城，加之城內有濟爾哈朗和李永芳的漢軍一同防守，縱使打不過敵人，想來守住城池也絕無問題。故而雖然著急，倒也並不害怕，只是擔心敵兵四處騷擾破壞，來年脆弱的後金財政，恐怕難以維持。

「還好此次從關內搶了不少金銀，不然明年的日子可是十分難熬。」

這位後金大汗不住地安慰自己，一邊下令全軍輕裝速行，馳援遼東。雖然是全軍騎馬急行，到底是從內蒙草原繞路而行，待他趕至鐵嶺，已得到了當地駐守將軍派來的急報，得知盛京被攻破，城內八旗及所有的旗人盡皆死難，敵人又是縱火燒城，城內所有的民居皆成瓦礫，就是汗宮亦被焚毀。

他鐵青著臉，騎在馬上聽著那報信人不住的述說，見那人淚如雨下，喝道：「咱們女真諸申的男人永遠不要流淚！要用敵人的血來洗清恥辱，你的淚水，只能成為敵人的笑談！」

他雖是努力定住心神，又喝退流淚的部下，到底心裏無法接受這個沉重的打擊，用鞭子狠擊身底的坐騎，不顧身後親隨的追趕，一人單騎在前，一路狂奔趕至瀋陽。

待入得城內，滿地都是凝結的鮮血和發臭的屍體，抬眼看去，竟然無一幢完好的房屋，斷壁殘垣橫列於前，成群的綠頭蒼蠅圍繞身後，出征之前尚且繁盛完好的盛京城，竟然已成了鬼域。

他忍住一陣陣的頭暈噁心，縱騎趕到汗宮，見到滿地的屍體，心頭更是大急，待行到宸妃所居的大殿，只見各處都是蘇拉宮女的屍體，唯獨不見宸妃，止不住流下淚來，喃喃道：「難道連妳也被害了麼？」

他緩緩抽出身上的小刀，對準心口，便待用力刺將下去。諸多的打擊，已使他承受不住，最心愛的宸妃又不知下落，直教他心灰意冷，不欲再活下去。

迷迷糊糊的皇太極把刀尖對準了心口，那刀尖已扎穿了身上的袍服，抵到了皮膚之上，冰冷的刀尖立時將他扎醒，咬一咬牙，手腕一振，便待扎將下去。

「大汗！」

一雙粗壯的大手將皇太極的手腕拿住，卸下了大半的勁道，但皇太極自幼隨父漁獵，拉開的弓箭在後金當屬最強的強弓，他的手勁又豈是旁人能輕易擋住的？那刀尖仍是在他胸口扎了進去，雖是不深，殷紅的鮮血卻瞬間透過他身上的衣袍流了下來。

「是岳托？我道是誰，除了你，只怕也沒有幾個能擋住我的手腕。」

他身邊已站立了一大幫緊隨而來的貝勒、貝子，各人皆是臉色沉重，多爾袞、多鐸年紀尚輕，一路上見到盛京城內那般慘景，料想自己的府邸家人也都遇難，原本都是心情沉痛。現下眼前一向尊敬倚重的大汗也是如此模樣，多爾袞尚沉得住氣，只是眼圈略紅，那多鐸到底年少，雖然已是統兵大將，卻仍是忍不住心酸，眼淚止不住流了下來。

岳托乃是代善之子，雖然只是皇太極的侄兒，年紀卻是相差不遠。當日努爾哈赤死時並未指定由誰繼位，是岳托及薩哈廉說服父親代善一同保舉皇太極，代善表態之後，那阿敏和莽古爾泰方跟隨著勸進，是以皇太極對這兩兄弟也是喜愛有加。此番入關攻明，於半途中，代善等人害怕深陷明朝境內不得返回，提出要退兵，正是皇太極說服了岳托，又由岳托等人苦勸代善，方才繼續前行，在明朝境內縱橫衝殺，如入無人之境。

此時見這位英明神武的大汗如此模樣，岳托沉聲道：「大汗，當日在草原上，我父親要退兵，是您讓我們兄弟說服了他，大軍又得以前行，才得到了那麼大的戰果。張偉從海上來襲，大家都沒有想到。若是你現在身死，我們兄弟得不到父親的諒解，又被其餘的貝勒深恨，我們還有活路麼？」

那薩哈廉亦道：「大汗，咱們後金遭此重創，正是需要大汗你重振人心，以圖再起的時候，若是你此時身死，諸大貝勒無人能制，必然是互相攻訐，乃至大亂。當年天命汗創下的基業，大汗這些年來的辛苦，難道就全然付之流水嗎？」

其餘趕來的諸貝勒大臣亦都是苦苦相勸，皇太極心中雖是明白，卻總覺心灰意冷，無論如何提不起勁頭來，迭遭打擊，他身為後金的最後統治者，一來是又愧又悔，二來思念愛妃，一時之間實難振作。

待代善等年長貝勒趕到，見他如此模樣，莽古爾泰連連冷笑，代善卻是氣不過，向他怒道：

「我說你匆匆回來是爲了什麼，原來竟是爲了一個女人！你知道麼，父汗的墳墓讓那些南蠻子給掘了，梓宮也被他們抬走，估計是要獻給南朝皇帝，做爲此番襲遼的戰利品大加宣揚，大汗，咱們不但丟了臉，失了父汗的英名，就連他的棺木也不能保全，等咱們死後，還有什麼臉面去見父汗！」

皇太極眼皮跳上幾跳，顯是還沒有明白過來，代善大怒，立時將他扯住，命人抬上馬去，一路拉著出盛京城外，直奔努爾哈赤的陵寢。待迷迷糊糊的皇太極親眼見到一片狼藉的福陵，又見到父汗的山陵被挖開，露出一個顯眼的大坑，原本放置棺木的地方黑乎乎一片，全是挖開的泥土，不但是那棺木，便是隨葬的努爾哈赤身前的愛物，亦皆是不見。

「畜生！」

一個個後金貴戚忍不住罵將開來，他們憤恨不已，只覺得敵人凶橫殘暴之極，一時間竟忘了自己的後金兵也剛剛焚燒了天啓皇帝的德陵，皇太極只覺得耳邊嗡嗡作響，腦子空白一片，頭一暈，向那大土坑方向一頭栽倒過去。

眾貝勒將他由郊外帶回，因城內並無完好房屋，又四處是死屍，唯恐瘟疫流傳，各人都尋了艾草熏身，又令人將大汗身體清洗一番，在城外立了營帳，請了醫生診治，那醫生只道大汗急怒攻心，一時暈厥，只需靜養便可完好。

在諸貝勒的連聲呼喊下，皇太極終於從昏睡中驚醒，略一定神之後，便揮手令各人出帳，自己一個人獨自在帳內沉思。眾人唯恐他再次尋死，皆躲在帳外窺探帳內情形，一有不對，便可立時衝入。

半晌過後，方聽皇太極在內說道：「在外面的都進來，請代善哥哥和莽古爾泰也來。」

各人依命而入，皇太極已是神色如常，踞坐於帳內軟榻之上，見各人入內，也並不理會，直到代善聞報趕來，皇太極乃站起相迎，親手將代善扶入帳內。

待各人按班序坐定之後，皇太極方道：「盛京的情形如此，大家來說說看，以後該當如何？」

莽古爾泰重重一哼，怒道：「該當如何？大汗，不是我說你，當初你出兵，我便是不贊同。半路上我和代善大哥要回來，你也是鼓動了一群小傢伙反對，雖說咱們從北京附近搶掠了不少財物，難道這些能彌補盛京被毀的損失？還有，父汗的墳墓被南蠻子給掘了，依我看，現下的重中之重，要重新發兵，把父汗的棺木給奪回來！」

他既然開口，身後向來與他交好的阿巴泰、碩托等人便齊聲道：「是的，莽古爾泰說得很對，咱們這就掉轉馬頭，再殺進關內，逼著崇禎皇帝把棺木還給我們！」

豪格見他們咄咄逼人，又見父汗默不作聲，心中大急，忙道：「你們急什麼！天命汗的棺木剛剛被他們搶走，肯定還沒有獻給崇禎，咱們現在殺回去，又有何用？」

「你知道什麼！那張偉肯定會把棺木獻給皇帝，咱們去包圍了他們的京師，抓了他們的皇

帝，張偉一定會把棺木還給咱們。」

「哪有那麼容易，別說我們的將士都已經疲乏，戰馬也瘦弱不堪，就是勉強殺回關內，大量被徵調來的明軍沒有離去，我們能那麼容易就包圍攻破北京？要是一個不小心，只怕又是損兵折將！」

莽古爾泰聽豪格如此一說，立時跳將起來，當面一啐，怒道：「孬種，咱們滿人沒有你這樣的膽小鬼！」

豪格大怒，站起來按著腰刀叫道：「是我的戰功不如你，還是武勇不如你？十幾年來我打下的城池比你少麼？我斬殺的首級不如你多麼？你憑什麼這麼羞辱我？若是倚仗勇力，我現下就和你出去，看看是誰先倒在地下！」

代善見皇太極默不作聲，只得起身喝斥道：「豪格，在大汗面前不要放肆！」

皇太極憤然起身，向代善道：「大哥，你也說在大汗面前不該如此，可是你看，莽古爾泰哪裡把我當大汗了？出擊京師是我做的主，沒有提防漢人從海上來襲也是我的錯，既然大家現在不相信我，認爲我的德行不夠，智謀不足，那麼就另選賢能來做大汗吧！」

代善大急，他自然知道除了皇太極外，此時的眾貝勒都無法完全服眾，況且論起才幹，這十幾年來，眾人都公認皇太極爲最高，如若不然，當年亦不會推舉他爲大汗。只得安慰道：「眾人也不是你說的意思，當此大變，大夥兒火氣都是很大。你做大汗的，應該安慰勉勵，切不要也鬧起脾氣來。如若不然，正中了敵人的下懷。」

他這邊正在勸慰，卻聽得那莽古爾泰冷森森說道：「等阿敏回來，咱們再議大汗辭位的事。」

代善張口結舌，詫道：「大汗什麼時候辭位了？適才那是氣話，也能當真麼！」

莽古爾泰站起身來，拍拍腿上的塵土，道：「大汗辭或不辭，倒無所謂，只是我旗下人都不服氣，都道大汗犯了這樣的大錯，總該有個說法章程，不能就這麼算了。到底該如何料理，還是等阿敏回來再說。」

說罷出得帳外，帶著阿巴泰、碩托等人揚長而去，別說不曾與皇太極告退，便是連代善亦是理也不理。

看著他帶著幾百人怒馬如龍而去，代善氣得發抖，向皇太極道：「八弟，不管怎樣，我還是支持你。我的兩紅旗和你的兩黃旗加起來，實力遠在他們之上！」

說罷目視帳內的阿濟格、多爾袞、多鐸三兄弟，向他們逼問道：「你們這兩白旗怎麼說，是站在大汗這邊，還是和阿敏、莽古爾泰那邊跟我們對著幹？」

阿濟格較之多鐸年長，一向以武勇聞名，卻是甚少心機謀略之人，見代善發問，還不待多爾袞說話，便道：「我們兩白旗兩不相幫！」

皇太極心裏一陣難過，他待這幾個小兄弟向來不薄，卻不料事到臨頭，仍是不能令他們相助

於己。

又聽那多爾袞上前說道：「阿濟格說得不對。兩白旗並不是兩不相幫，咱們既然推舉了大汗為後金國主，自然要聽令於大汗。只是眼下八旗受創甚重，不能再起內鬨，是以我不贊同莽古爾泰的做法。」

偷瞄一眼皇太極的臉色，又道：「自然，身為一旗之主，也不想大汗以威勢欺凌其他旗主，此番遼東被創甚重，以我的見識，還需從長計議，大家一起商議，以免日後再出差池。」

因見皇太極面無表情，當下不敢再說，將身一躬，帶著阿濟格與多鐸退出帳外，自回本旗駐地去了。

豪格見狀，心內大急，怒道：「父汗，你待他們一向不薄，今日事起，居然不肯助你，當真是混蛋！」

皇太極淡然一笑：「他們一直以為我搶了他們的汗位麼。」

豪格陰損道：「也不想想，就憑他們當年十幾歲的小孩，咱們後金國一向是諸貝勒一齊議事，父汗當年也是受大家的信重，被公舉為汗。就憑他們一無戰功，二無實力，憑著母親受寵就能繼位為汗？笑話！」

皇太極擺手道：「不必多說。此地死人甚多，恐有瘟疫流傳。令人拔營起寨，咱們先回遼陽。譚泰早派人過來，請我暫去遼陽。此間既然有人心圖不軌，那麼正好，就讓他們在這兒鬧吧。」

遼西前線的將領全然是皇太極的心腹，他身為大汗多年，勢力早已穩固，心裏對這些個鬧事的貝勒全然不懼，若是有人敢公然反叛，遼東之地早已破敗不堪，自然是一擊就垮。他此時不處置，也是存了令那些藏在背後的人跳將出來，到時候一鼓作氣，全數殄滅的心思。

當下請了代善前行，帶同了隨行將士，十萬人浩浩蕩蕩，避開了疫區，向那遼陽而去。

到得遼陽，便仍改遼陽為東京，將原本的明朝遼陽經略府改為汗宮，撫恤流民，恢復生產，又將自關內搶掠回來的人口金銀賞發下去，以恢復旗人士氣。

待過了兩月有餘，正傳來阿敏自關內敗回，臨回又屠戮城池的消息。皇太極大怒，派了使者前去斥責，阿敏惱羞成怒，竟欲勾結莽古爾泰公然抗命。那知數月下來，莽古爾泰早被皇太極逼得無法存身，那遼東之地敗壞不堪，哪能容得下他的兵馬就食，早已經低眉順眼，請求皇太極饒恕。皇太極命將他大貝勒的身分下降一級，與豪格等人同列，才允他帶著旗下人前來遼西。

此時阿敏只剩下五千不到的殘兵敗將，莽古爾泰雖然魯莽，到底不是蠢蛋，見多爾袞等人早就回心轉意，重投皇太極而去，他哪裡還敢出頭自尋死路。

那阿敏只是努爾哈赤之侄，一向驕狂慣了，得罪了大批的八旗貴人，此時又得罪大汗，陰謀不軌，眾人哪有不落井下石的道理。一時間牆倒眾人推，大家都云此人該殺，大汗應將他明止典刑。

正當張偉令全軍縞素，大祭死難漢軍之際，皇太極命輕騎奔赴阿敏駐地，賜他自盡。那阿敏正等著莽古爾泰等人一同發難，哪料得自己的駐地突然被襲，雖然大罵反抗，卻被前往執行的正黃旗護兵們一把抓起，強行用弓弦絞死。

他在天命年間與皇太極同屬四大貝勒之一，此時尚且保全不住性命，其餘的貝勒雖是兔死狐悲，卻心知再也不能觸怒大汗，阿敏一被處死，各貝勒都道此人早便該死，大汗一直慈悲不肯發作於他，此番兵敗謀反，大汗只是命他自盡，當真已是仁德之極。

「多爾袞、阿濟格、多鐸，你們三人此去關係甚大，一定要多加小心。」

三人聽大汗吩咐，便一齊躬身道：「是，謹遵大汗之命。此去圍攻寧錦，定然不會在城下虛耗兵力，一定四處遊走，斷敵糧道，將城外土堡盡數拔了，將城外漢人都掠回遼東。」

皇太極點頭一笑，以示嘉許，揮手令三人退下。離他回瀋陽不過數月工夫，原本高胖的他已是瘦了幾圈，不過終日處理政務，精神倒是健旺得很。

「索尼，咱們滿人中，你的漢文最好，這文書便由你來寫！」

「是，大汗！」

正黃旗下的啓心郎索尼一向心慕漢人文化，什麼四書五經已是讀了不少，又寫的一筆好字，滿語文字便是由他聽了大汗之命，召集了大批滿人英才，再加了遼東漢人中的文人，一同商議確定。此時大汗即將稱帝，這告天文書，自然是非他莫屬。

崇禎元年的春節將至，皇太極已經敉平一切可能的反叛，將大權穩穩收在手中。八旗不但沒有如關內漢人所預料的那般混亂，反倒比之當初更加的易於指揮。他以退爲進，又拋卻遼東不顧，一直待收攏八旗，又派了遼西附近漢人返回遼東，將各處的屍體焚毀，重修村落，發給農具重新墾荒。又派了岳托等人三征朝鮮，掠奪了大量財物糧食，逼得朝鮮國王出動水師，封鎖旅順附近的海面。

輕騎而出，乘小船攻下了明朝留在遼東最大的釘子，旅順一下，附近的小島，明軍亦是無法保有。除了皮島有台北水師防守，火力太過強大，無法強攻，皇太極憤憤放棄，其餘所有的遼東島嶼，皆是無法再行駐軍，威脅遼東。便是皮島，亦因無法從朝鮮和關內補給糧食，勢必無法大量駐軍，饒是如此，皇太極仍是在鴨綠江一帶派駐了重兵，以防敵人再從此處登陸。

待諸事已定，遭受重創，雖是四處搶掠仍是無法恢復元氣的後金國，因長白山天池乃是滿人始祖一事，改稱滿洲，自此不許人再自稱女真、諸申，以示與當年的金國有所區別，又下令改後金爲清，皇太極在代善等人的勸進之後，下詔改元稱帝。

「父汗，我不知道你爲什麼要在這個當口稱帝，這樣更加觸怒南朝皇帝，咱們這時候國力大弱，父汗你又何必如此？」

因當日豪格力挺其父，皇太極雖對這長子不是很喜歡，但見他忠心於己，能力膽識亦絲毫

不差，自到得遼陽之後，便成日將他帶在身邊，隨時教導。那豪格雖是脾氣火爆，人卻也是一點不笨，數月間教導下來，已是比之當日成熟穩重許多。此時見父親決心改元稱帝，心裏卻著實納悶。

「哼，敵人以為偷襲我身後，將我父汗的墳墓挖了，將盛京燒成平地，又毀了赫圖阿拉，就能打垮我了？豪格，你要記住，越是敵人以為你垮了，以為你要一蹶不振，你便更要挺起身來，做出一個樣子給他們看！偷襲我，也只是一次罷了，想要再來，敵人是想也別想。正面交戰，那幾萬黑衣漢軍我只需出動五萬騎兵，就能一鼓而下。咱們又有什麼好怕的？」

豪格沉吟道：「即便是如此，族內到底還有人對父汗不滿，此時稱帝，只怕是人心並不全服。」

「越是如此，越得提一下氣！遼東被襲之後，不但漢人人心惶惶，便是滿人，也有不少人起了異樣心思。前兩個月，請求和南朝議和的人滿大殿都是，若不是我壓下去，就是代善哥哥，也是一心想求和了事。大家都說，能保有遼東一地，供八旗休養生息便足夠了。明朝那麼大，咱們滿人就這幾十萬人，十幾萬兵，如何和人家打？哼，都是一幫鼠目寸光之徒！都想過安穩日子，不想再打了。他們卻不知道，明朝比我們大幾十倍，人口是咱們的幾百倍，若是有個明君在位，勵精圖治，修治甲兵，然後再向咱們用兵，到時候，還有滿人的活路麼？唯今之計，只有趁著明朝內亂，皇帝無能，咱們好生地打將下去，占有全遼和蒙古，便是南朝有了好皇帝，也是拿咱們無法。若是趁機待時，大舉入關，沒準天下都是咱們的。豪格，你給我記住，這打天下的事，就好比逆水行舟，不進則退，退了，就連存身的機會都沒有了。」

「是，我明白了。父汗一稱帝，便斷了那些人議和的念頭，又可以讓全遼的百姓知道父汗的決心毅力，這樣方可以安撫住八旗和漢人的心。」

皇太極一笑，拍拍豪格的手，道：「你總算明白過來了！」

說罷行到大殿門前，俯視殿外廣場上來來往往，爲他稱帝登基做準備的人群，傲然笑道：「明朝的皇帝如豬狗一樣蠢笨，明朝的讀書人大半是讀死書的書呆子，明朝的將軍都是些貪生怕死之徒，我現下已派了多爾袞出征寧錦，他們號稱是關寧鐵騎，我倒要看看，是八旗的兒郎厲害，還是他們的什麼『鐵騎』厲害！待明年秋涼，我還要帶十萬八旗出關，此番不但要攻擊畿輔，還要深入山東，掠回我受損的人口，豪格，你說，明朝皇帝拿什麼來抵擋我！」

「父汗，咱們十年內都不能打什麼硬仗，苦仗了。此番遼東滿人死難者甚多，滿人原本人數就不多，可經不起損耗了。」

皇太極略一點頭，道：「我自然知道。不但是人口，便是財賦也多有不足，今年的官員俸祿到現在我也沒錢來發。明年入關，也急需從關內搶些金銀，以支撐咱們的財賦。還要大量地掠奪人口，編成漢軍八旗，和蒙古八旗一道，成爲滿洲八旗的羽翼。」

又問道：「豪格，我令你派人入關，尋找關內造反的義軍，將我的書信給他們，你辦得怎樣

了？」

「父汗，我已經派了漢軍中沒有剃髮的人充做使者，假扮成皮貨商人坐船出海，由長江入南方，尋找那些造反的漢人義軍。只是父汗，聯繫他們多半也是無用，現下南朝皇帝徵調了十幾省的大軍圍剿，這些義軍多半是農民入伍，戰力太弱，據兒子的估計，別看他們現下聚集了幾十萬人，最多半年之後，肯定被明軍打得星散而逃。」

「多一個朋友總比多一個敵人好，他們反皇帝，我們也是反明朝皇帝，若有可能，能聯起手來更好。況且，我料那張偉野心不小，他沒準會趁此時機借時而起，那個時候關內大亂，便是咱們的機會來了。」

他揮手令豪格退出，自己佇立於大殿之前，心中似悲似喜，說不出的滋味縈繞心頭。殄滅叛亂，消除異己，他的權威已經再也無人敢撼動，又即將稱帝，登上事業的頂峰。只是當此之時，父親的棺木尚未要回，四處搜尋也沒有找到兩個愛妃的屍體，生不見人，死不見屍，著實令他難過。

想了半晌，嘆一口氣，轉身向殿內行去，只是臨將轉身之際，向南方默念道：「張偉，我小看了你，不過，你也休小視於我，來日方長，待咱們一較高下罷！」

他稱帝消息一出，關內明廷上下立時譁然。所有的文人官員皆是憤恨不已，那六部的給事中立刻上奏皇帝，請求皇帝大奮龍威，派大軍出關，滅此朝食。

這些人只讀過幾本經書，考過科舉，哪裡知道什麼世道民情，更別提行軍作戰一事了。再加上傳來張偉偷襲後金後方，大敗八旗兵的戰報，原本便可在嘴上消滅無數敵軍的書生們，自然是意氣大漲。他們原本便瞧不起明皇治下的建州小丑，覺得歷次戰事都是邊帥無能，若是一切都依了他們的主張，將軍們忠君愛國，士兵們不懼死傷，堂堂天朝哪有被打敗的道理？現下小小夷人部落建國稱汗也就罷了，居然不懼天威，悍然稱帝，這當真是令其忍無可忍，於是表章如雪花般落在崇禎皇帝案前，一個個文人書生皆叫囂著讓皇帝用兵，決不能姑貸如此的大逆行徑。

見崇禎頗為意動，正在著急，又見皇帝詢問意見，忙出列答道：「皇上，打仗動兵的事非比尋常小事。臣以為，在流賊消息未定之前，不宜再與戰事。那建州蠻夷雖然稱帝，坊間也不過以為笑談，於陛下聖德無礙。」

第六章　朝堂之爭

崇禎皇帝此時正關注烽煙日起的農民起義，自從高迎祥部從山西入河南後，虛晃一槍，又從瀘州入川，被四川土司秦良玉的白桿兵殺退，又由川進湖北，擺脫了沿途追擊的官兵，已是十幾日不知道去向，據地方官中報稱，農民軍人數漸多，已是嘯聚了數十萬人，分十三家，七十二營，其中以高部最強，下面有李自成、張獻忠等悍將，一路上荼毒百姓，燒殺淫掠，凡過處必成白地，地方上受損甚重。

他每日因害怕有鼎革之事，又因張偉襲擊了後金後方，料想關外敵人短期內無力威脅國本，此時皇太極稱帝，他雖然覺得帝王尊嚴受到挑戰，心裏極是憤怒，卻也明白憑著關內明軍的力量前往討伐，只是自尋死路。只是此時被言官吵得心煩，當真是不知道如何是好。無奈之下，只得召集內閣諸臣，又召對當時的清流領袖左都御史劉宗周一同入內，在平臺召對。

他先是詢問了首輔葉向高農民軍的消息，得到的回答仍是千篇一律，什麼各部仍在追擊尋訪，賊兵已是膽寒，四處逃竄，來日必有捷報云云。

他此時正在心煩，卻又不好對閣臣發火，因向劉宗周道：「劉宗周，你身爲言官首領，不知道約束清流，只讓他們成日裏妄議朝政，企圖左右要脅朕躬，是何道理？」

劉宗周出列下跪答道：「臣雖身爲左都御史，卻不能擅自禁止言官上奏。況且六部的給事中並不歸臣統管，臣亦不能令他們不再上表。」

他不顧皇帝臉色，又接著道：「況且臣也以爲，那女真人太過大膽，居然敢建元稱帝，皇上也正是應該大振天威，有所舉措才是。」

崇禎生性多疑，此時聽劉宗周如此說，很是疑心他在暗示自己怕了關外的女真人，不敢有所舉措。他最忌諱人有辱他的聖德，又一向以剛毅自許，哪能容得臣下如此猜度，心頭大怒，向劉宗周喝道：

「那麼依你的見識，該當如何？關外大局糜爛已久，你現下讓朕大舉進兵，我問你，兵在何處，餉在哪裡？若是朕仍然加餉，你們又要說朕苦害百姓了！」

劉宗周不顧皇帝語氣，仍是不緊不慢答道：「皇上，如何用兵那是本兵的事情，臣身爲言官，只負責向皇上建言。若是臣鉗口不言，那是臣的過錯。若是兵威不振，則是本兵的過失……至於加餉，賊兵日盛，就是苦於加派久矣。」

「胡說！你既然說要出兵，那我問你，你可知關寧、宣大兵的情形？你可知爲了剿賊，調動了全國多少兵馬？建州女真的情形你又知道多少？大言炎炎，滿嘴胡說！」

劉宗周在地下碰一下頭，以示尊重皇帝的訓斥，又不慍不火，回答皇帝的問話道：

「那流賊雖云有數十萬人，不過大半是那些巨盜裹挾的百姓，因災害之年沒有賑濟，官府又加催邊餉，故而奮起而反。只要皇上善加撫慰，誅除首惡，那些流賊都是皇上赤子，又有什麼可懼的呢？建州女真經寧南侯張偉的重創，瀋陽一帶幾成白地，人口損失近半，儲存的金銀等物幾乎蕩然無存，雖說逆賊還有遼陽、廣寧等大城，還有十幾萬精兵，又從京師附近掠走不少財物，但到底是不能盡數彌補損失。那皇太極情急之下，雖是征服朝鮮，但是他損失太大，不是又三征朝鮮，專門前去搶掠今冬的糧食。他雖稱帝，卻連汗宮都無法修繕，仍是暫居原本的遼陽經略衙門之內，所謂稱帝，不過只是換個名稱罷了。現在大明的臣子聽到建州蠻夷竟然敢擅稱尊號，都懷著忠義報國的急切心情，指望皇上能乾綱獨斷，出兵平亂。宣大、關寧都是勁旅，只要皇上選派能臣統領，以宣大、關寧兵爲主導，統引全國兵馬，必能克期恢復遼、瀋，以慰列祖列宗之靈。」

崇禎不料他對各方局勢如此清楚明白，聽他說得頭頭是道，頗有道理。他自繼位以來勵精圖治，每日除上理朝政之外，再無其他樂事可言，這遼東一事是自神宗萬曆以來懸在明朝皇帝心頭的大患，他力圖中興，又怎對敉平邊患沒有興趣？當下息了喝退劉宗周的心思，專心聽他講完。待聽到劉宗周言道後金被張偉偷襲後實力大減，又因稱帝激起明朝漢人的憤恨，軍心民氣可用，調集大兵必能獲勝的說法，崇禎心中雖是不敢相信，卻也不免有些心動。

因原兵部尚書孫承宗出為經略，前去撲滅農民起義的烽火，崇禎已新立梁廷棟為本兵，便目視他道：「本兵以為劉宗周的話怎樣？」

那梁廷棟自上任以來，除了遼東方面尚且安穩，其餘各處已是烽火片片，適才聽了劉宗周的話已是令他極為不滿，只在心裏怨道：「啓東先生只顧自己建言，卻不知道邊地的事多麼難弄。那克餉、役軍、虛伍、占馬諸弊，早就弄得軍隊戰力極為低下，京營不說，十幾萬京營士兵無一能戰者。這也罷了，便是地方上的兵馬，又有幾個能打的？難道征伐後金，只靠十萬不到的宣大和關寧兵就成了？書生見識！」

見崇禎頗為意動，正在著急，又見皇帝詢問意見，忙出列答道：「皇上，打仗動兵的事非比尋常小事。臣以為，在流賊消息未定之前，不宜再興戰事。那建州蠻夷雖然稱帝，坊間也不過以為笑談，於陛下聖德無礙。」

遲疑一下，見皇帝並未有暴怒模樣，忙又道：「劉宗周所言張偉襲遼一事，固然屬實，不過八旗主力精兵實力未損，敵方不但尚有十幾萬精銳八旗，還可以背倚堅城，那遼陽、廣寧一地，都是當年咱們大明備邊的大城，別說野戰，便是攻城，咱們又該當如何？」

他正在侃侃而談，極言後金不可征，那劉宗周憤道：「梁大人，軍心民氣可用！我就不信，那八旗經此重創，難道還能如同當日一樣的團結善戰？便是那皇太極仍是堅強不可屈，難道他手下諸人就是鐵板一塊麼？死了那些旗人，難免有現在的旗兵家屬在內。難道八旗兵就不是人？兵凶戰危，原本就不能說必勝，不過打也不敢打，那還怎麼收復遼東失地，怎麼告慰祖先？」

他是當世理學大儒，門下弟子無數，一舉一動對當朝清議皆有極大的影響，現下以大義壓來，說的話也有理，梁廷棟雖是委屈，亦不得不小心答道：

「那女真人最是堅毅不過，劉大人有所不知，他們行軍打仗，常常有十天八天不下馬，出門打獵，只帶幾斤炒麵就能堅持七八日，因從小便是如此。再加上連年征戰，哪一家一戶沒有戰死或是受傷的？此番遼東雖是死了十餘萬旗人百姓，到底只是傷了筋骨。以女真人的強悍，再加上皇太極甚得人望，此番又以稱帝來鼓舞人心，若只是論戰，咱們殊無把握。唯今之計，還是以守爲主。待皇上中興大明，重整軍伍，那時候大軍出關，自然是王師到處，蠻夷盡皆伏誅。」

他的話在情在理，都是老成謀國之言，雖則崇禎心中頗是遺憾，卻也知道梁廷棟的話甚是有理，於是點頭嘉許，又向劉宗周喝道：「我知你頗有威望，此番言官們鬧個不休，總之還是要落在你頭上。你速速下去，之前的奏章，朕皆是留中不發，若還有人以遼事煩擾，朕必不姑貸！」

見劉宗周還要抗辯，立時喝道：「將他帶出宮外，押回府中，令其在府中思過。」

皇帝既然下令，侍候在旁的衛士自然不容劉宗周再說，推推攘攘著將劉宗周送出宮外，押往其府中不提。

劉宗周滿心想著能勸說皇帝征伐遼東，卻不料一片赤忱之心不被皇帝接納，心中當真是失望之極，他其實亦知想一戰定遼甚難，只是覺得這十幾年來，明朝以堂堂天朝上國的身分，對著小小的後金卻是屢戰屢敗，只能防著關寧一線，當真是被動挨打之極。現下趁著張偉襲遼的機會，以高昂的士氣主動邀擊士氣低落的八旗兵，劉宗周雖然只是理學大儒，卻也覺得這委實是難尋的機會。只可惜朝中諸臣皆被女真人嚇破了膽，除了一些直言敢諫的言官，竟然無人力陳此事，致使皇帝白白放走了大好機會，想來真是可嗟可嘆。

回得府中，他立時將自己關到書房，也不顧夫人勸說，立時命人研墨，寫了一份洋洋灑灑的奏章，直言皇帝之過，那奏摺上寫道：

「陛下求治太急，用法太嚴，布令太繁，進退天下事太輕。諸臣畏罪飾非，不肯盡職。故有人而無人之用，有餉而無餉之用，有將不能治兵，有兵不能殺賊。流賊本朝廷赤子，撫之有道，則還爲民。遼東極邊，建州勢力漸熾，陛下宜息平賊之兵，攸滅建州夷部……」

寫罷封章，便待令人送將出去，由內閣轉呈皇帝。

他直言皇帝之過也不是第一次，崇禎雖覺其迂，卻也知道他是當世大儒，雖然總是空談多於

實幹，卻正好用其才，使其爲言官，故而從不曾爲難於他。是以此番雖然又是指著皇帝的鼻子大罵一通，他也並不害怕。況且以他的秉性，便是皇帝爲難，亦一定會照實直說。

「父親，高先生和黃先生在外院等候，請您示下，是請入內堂正廳，還是帶到書房來？」

他的兒子此時只是弱冠年紀，因劉宗周治家教子有方，年紀雖小，卻是行止有禮，頗有書生氣了。劉宗周對他十分歡喜，令他平日便在書房伺候，若是有客來拜，則大半交給兒子處理。

這高攀龍與黃尊素二人，是劉宗周當年在東林書院的知交好友，兩人一直在南方未嘗入仕，此番一同來拜卻是少有的事。劉宗周一聽之下大喜，忙吩咐道：「快，請你的兩位世叔伯到書房來。」

他又驚又喜，不知道這兩位好友爲何遠道而來，又是夤夜來訪，想來必有大事。當下坐定不安，他身爲朝廷大員，卻一向以書生自詡，高黃二人是東林大儒，劉宗周不但與之交好，無論是學問人品，亦對二人十分佩服。當下搓了搓了手，終覺得枯等難耐，於是打開房門，親自迎將出去。

步出書房之後，他遠遠看到兩位好友連袂而來，原本打算再行幾步的他停住腳步，矜持地站於房門台階之上，卻聽到黃尊素遠遠向他笑道：「啓東兄，怎敢勞你大駕出迎，深夜來訪，原是我們失禮了。」

兩人加快腳步，行到劉宗周身前，齊齊一揖行禮，劉宗周還了一禮，向兩人笑道：「快不要弄這些客套俗禮，我輩讀書人可千萬不要沾染了世俗氣息，且隨我進來，咱們清茶當酒，好好地聊上一夜！」

三人相視一笑，便先後進了房內落座，劉宗周吩咐下人送上茶水，三人都是文心周納、謹言慎行的文士，雖然交誼深厚，又是許久不見，卻只是揖讓一番，便仍是一副沉穩模樣。

劉宗周便問道：「兩位前陣子不是在南京授課講學，怎地突然來京師，莫非有什麼爲難之事麼？」

高攀龍放下手中蓋碗，嘆道：「兄長有所不知，現下南京情勢不穩，一日數驚。我與黃兄商議，還是趁著道路未阻，早些來京師尋兄長。一則許久未見，甚是想念；二來南方情形混亂，還是暫離一下，以避流賊的好。」

劉宗周驚問道：「流賊不是許久沒有消息了麼？孫本兵經略大軍，已將他們自南直隸趕到四川，又被四川的土司秦良玉打敗，賊兵出川而去，據說是逃竄湖北，怎地又威脅南京了？」

黃尊素嘆道：「兄長有所不知，那流賊虛晃一槍，由湖北避開了官軍堵截，直接攻入了鳳陽，焚毀皇陵之後，又將兵鋒直指南京。南京城內駐兵原本就不多，南直隸的駐軍又多半被調去江北，我們逃出城時，南京城內人心惶惶，唯恐旦夕城破，官紳之家，大半都逃向江北去了。」

劉宗周的臉色瞬間變得慘白，站起身來，按住黃尊素的肩膀，沉聲問道：「鳳陽皇陵被毀？」

見眼前高黃二人雖然臉色蒼白，卻皆是重重一點頭，高攀龍更道：「四位皇祖的陵寢都被賊兵焚毀，連同整個城池都被賊兵燒毀，中都……完了。」

劉宗周站於原地，愣了半晌，方問道：「是不是謠言，怎地皇上還不知道？」

高攀龍搖頭道：「絕非謠言，當日我們接到消息，立時日夜兼程趕往京師，算來皇上此時，也該得到消息了。」

「啟東兄，鳳陽之事雖然令人髮指，與南京危急相比，到底還是小事。且不說南京是江南重鎮，關係到整個南方的安穩，便是太祖高皇帝的陵寢亦是在南京，若是有個閃失，那才是……」

劉宗周霍然起身，急道：「不知道皇上是否敕令孫本兵快些前去援助南京，朝廷的處斷如何，唉呀，現下時辰已晚，如若不然，我一定要進宮面聖！」

高黃二人忙站起身，好說歹說勸住了劉宗周，三人決意都不再睡覺，一心等第二天上朝後，得到朝廷的處斷方案後，再行歇息。

黃尊素見到劉宗周放於桌上的奏摺，閱讀過後，含笑向劉宗周道：「兄長，比干勸諫是一種辦法，逢龍是一種辦法，魏徵和東方朔又是不同。兄長的話雖是有理，就是太直白了，只怕皇上看了不悅。」

看劉宗周不以爲是，黃尊素知道眼前這位兄長不會將皇帝的情緒放在心上，故又勸道：「弟有一至交好友，姓陳名鼎，其子陳永華乃是寧南侯張偉的心腹好友，前一陣子那陳鼎從福建而來，與弟一夕長談之後，弟對台北和寧南侯襲擾後的遼東情形，反比常人多瞭解幾分。」

見劉宗周疑神細聽，黃尊素又笑道：「當日皇上冊封張偉為寧南侯、龍虎將軍，兄長是反對最力者，其實若論對大明的忠心，寧南侯比之袁督師亦是不遑多讓，兄長是有些偏見了。」

劉宗周冷哼一聲，向高黃二人道：「你們都說那張偉忠義勇武，朝廷可倚為長城，那麼，我問你們，擁兵自重、威權擅專、割地自立，這些可都是他吧？歷朝歷代，這種梟雄野心甚大，他的兵力越強，地盤越大，朝廷越是該當小心。以我的意思，張偉既然擊破遼東，說明他手上實力甚強。封他為侯，命為宣大總督，朝廷令其即日就道，調他來這薊北鎮守，又可抑其野心，又能用其力量，豈不好？」

他恨恨一頓足，怒道：「偏熊文燦受了他的賄賂，鼓吹什麼南方夷人海上勢大，非得他鎮守不可。又不知道那張偉花多少錢買通了朝中大老，錢龍錫、溫體仁都是極力為他說話。皇上在此事上又十分柔懦，只顧著壓制後金，卻不提防張偉勢強力大，只怕有一天他梟雄之心一露，禍起東南，那時候無人能制，只恐大江之南，再非大明的天下了。」

高攀龍見他憤怒，忙上前為他續上一杯茶水，又將燭光撥亮了些，方笑道：「啓東兄，稍安勿躁麼，讓尊素把話說完，如何？」

劉宗周原本還是憤恨，但見高黃二人都是滿臉塵土，神情皆憔悴不堪，心裏一軟，便溫言道：「吾輩讀書人一定要心中常常惕厲，以君父國家為己任，對武人一定要小心，他們大多是不

顧國家大義的小人。」又向黃尊素道：「也罷，你來說說看。」

黃尊素原本一門心思想好好鼓吹一下張偉其人，他與陳鼎長談數次之後，對台灣及張偉都是佩服不已，在他看來，台灣與三代之治，也相差不遠了。只是被劉宗周訓斥過後，只得小心翼翼說道：

「據陳鼎所言，張偉此人雖然跋扈，到底還是有大義的，對百姓也十分體恤，台灣原本是荒蕪不堪的化外之地，這幾年他憑著一己之力，沒有要朝廷的錢糧兵馬，發展成現下的局面，此人當真是不凡。」

見劉宗周神情不悅，黃尊素忙又道：「兄長你想，當初台灣全是海匪盤據，又有西洋荷人在島上，張偉以一己之力拿下全台，又收留大量的無地貧民屯墾，這豈不是功在國家？滅海盜，驅紅夷，又不顧損失兵馬，襲擾遼東，一戰打得皇太極元氣大傷，若不是有忠義之心，又是何苦？」

他所說的海盜紅夷云云，劉宗周並不放在心上，在他看來，遠邦的跳樑小丑，不過是嘯聚海上，圖些走私的利益罷了，於大明天朝來說，捻死幾個海盜，那還不是舉手之勞？只是張偉此番打得皇太極元氣大傷，焚毀了盛京不說，還將天命汗努爾哈赤的棺木運送到北京，一雪十數年來的恥辱，功勞之大，當真是無以復加。然則正是因其功勞太大，又彰顯了武功之盛，他攻入遼東之後，原本聲名不顯的張偉已被不少擔憂遼事的讀書士子滿口稱頌，便是朝中大員，也多有結交。不但是劉宗周這樣的守正文臣擔憂張偉勢大難制，便是崇禎皇帝本人，開初亦是頗有壓制之意，後來慮及關內關外麻煩甚多，張偉到底還是肯勤勞王事，若是待之不公，恐傷天下人之心，無奈之下，方有封龍虎將軍之詔命。

此中曲折，劉宗周亦難以對這兩位知交好友詳談，只得支吾道：「皇上也沒有虧待他，不是有封侯之賞了麼！況且，封為龍虎將軍，得以自專，這般的優渥，是本朝開國以來頭一樁，他還有什麼不滿足的！」

兩人因見劉宗周對張偉成見甚深，知道一時半會兒難以說服，只得又說了幾句閒話，提起張偉在島上辦學一事，劉宗周對此事倒是頗有興趣，詳細打聽一番後，點頭道：

「八股無益於世，這一點我也是極為贊同。那張志華肯用心辦學，捨得銀子，這倒是難得。只是一定要記得『中庸、慎獨』，方可以為國家造就出人才來。否則，只知制器，不知養氣，到底還是先天不足。」

他是理學大家，高黃二人素來十分佩服，此刻自然是諾諾連聲，點頭受教。

待聊到東方既白，劉宗周起身笑道：「我得去梳洗更衣，準備上早朝去。你們兩人必然是倦透了的，就在我府上歇下，待晌午我回來，咱們再談。」

高黃二人齊齊起身，向劉宗周躬身謝道：「不敢，啓東兄請自便。我二人這便要告辭了。」

劉宗周詫道：「這是什麼話！剛來便要走，你當我窮得連你二人也招待不起麼？」

高攀龍笑道：「不是這個話。兄長，我二人來京之前，就已將家人送上船隻，往那台灣去了。之所以兼程趕來，一是來通個消息，二也是來見兄長一面。台灣孤懸海外，又聽說張志華禁止私自外出，只恐以後相見甚難，故而特地前來辭行。」

黃尊素見劉宗周目視於己，便點頭一笑，道：「小兒黃宗羲已經帶同弟弟宗洛及拙荊等人，隨著高府家一起，坐船先去了。」

見劉宗周目瞪口呆，又低頭道：「寧南侯治下，不能說夜不閉戶，路不拾遺，到底是太平治下，又是官學昌隆之地。聽說台灣官府對教授、學子都是十分客氣尊重，俸祿也很豐厚，我輩讀書人還復何求？賊兵亂境，賦稅壓人，小弟家中只有薄田百餘畝，每年收的租只堪堪夠完糧納稅，倘有加派，則入不敷出矣。小弟一不忍加派田租，二不會鑽營媚上，這些年祖上傳下來的家產，不但沒有增長，反被小弟賠進去大半，若是長此以往，只怕連糊口也難。兄長不必相勸，我的田產房屋已然變賣，待當今廢除了加派，天下重復太平，弟自然會攜家小返回。」

劉宗周見兩人侃侃而談，雖神色如常，眉宇間卻是少有的堅定，只得將雙眼緊閉，揮手道：「去吧去吧！但記得上不要辜負聖上，下不要有負黎民，也就是了。尊素，你的兒子宗羲曾拜我爲師，你一定要囑咐他，千萬別走了歪路。」

黃尊素眼中慢慢流下淚來，哽咽著又向劉宗周拜上幾拜，方與高攀龍一同去了。

第七章　圖謀呂宋

再三思忖之後，張偉自知以台北現今的力量，絕然無法進行兩場大規模的戰事。他一年的軍費，再加上相關的官員俸祿，造船造炮的使費，幾樣相加，已經年開支八百萬兩不止，再加上今年的遼東戰事，以及大規模的移民使費，縱然是從遼東掠奪了大量的財富，再加上年入一千四百萬的財政收入，仍然無法支付兩場大規模戰爭的消耗。

劉宗周喟然一嘆，心道：「張偉遼東一戰，得了百姓之心也就罷了，便是連士大夫也對他十分崇敬，這樣也好，他身邊的讀書人多了，想來對他的勸諫和約束也多了許多。那元朝皇帝曾向孔子廟射了一箭，結果失了天下讀書人的心，國運不到百年就告完結。你小小張偉，難道敢違聖人之教麼，我卻是不信！」

他脫下家常的袍服，換上繡有仙鶴補服的官服，吩咐下人備轎後匆匆梳洗一番，便坐著轎子

往皇城而去。入皇城之前，自有隨侍的家人買來燒餅，讓他在轎中食用。

明清兩朝上朝的時間甚早，一般是天微微發亮，皇帝和大臣便要齊集外朝，早晨八九點鐘左右，朝會就已結束。是故明朝皇帝懶人甚多，經常有整年不上朝的皇帝，也是因其苦於大起朝會，故而索性居於內廷不出。像劉宗周這樣的儒生正臣，自然不會疏怠朝會，故而早早起來後，便在路上買些燒餅之類聊以充饑。

待到了太和殿大殿之下，所有參加朝會的公侯駙馬文武官員已然到齊，各人都已知道南京危險，鳳陽被毀，都面帶憂色，有那南方官員，更是憂心忡忡，唯恐自己的家產受損。各人都是議論紛紛，道孫承宗無能，喪地辱國，有那激動的言官，已在揚言要彈劾於他。

見劉宗周趕到，平素裏交好的各部官員便圍將上來，打聽他是何看法，自錢謙益被溫體仁搞臭還鄉之後，劉宗周便成爲東林領袖，清流翹首，各人自然要聽聽他的看法是否與自己相同。

劉宗周搖頭道：「孫本兵向來以知兵著稱，前次滿兵攻入畿輔，若不是孫本兵運籌帷幄，臨敵指揮，京師是否能守，還在兩可之間，大夥兒千萬不要胡亂攻擊。」

他一語既出，諸人自然再無他話。待崇禎叫了入內，便各自依班次而入。入了大殿之內，自然是高呼萬歲，跪拜如儀。各人因跪在地上，不知崇禎神色如何，待皇帝叫了起身，眾臣拿眼去瞧，方見皇帝一臉憂色，離得近的，還能看到皇帝兩眼佈滿血絲，看神情臉色，顯是一夜未眠。

「諸臣工，昨日傳來消息，中都被破，皇陵被流賊焚燒，還有兩位遠支郡王被賊人殺害！這是本朝從未有過的大變！」

崇禎說到此處，只覺一陣心傷，捂住了臉痛哭道：「失陷親藩，皇陵被毀，此皆是朕失德所致，朕百年之後，當真是無顏見列祖列宗。」

皇帝如此自責，殿上諸人自然無顏立足，便紛紛下跪相勸，有那知情識趣的，便也陪著皇帝痛哭起來，一時間，這太和大殿上立時成了菜市場般，拿話勸慰者有之，大聲要提兵前去滅賊為皇帝報仇者有之，陪著皇帝齊放哀聲者有之，勸皇帝向列祖列宗祈福者有之。

劉宗周待皇帝哀聲漸小，便向眾臣喝道：「陛下哀傷，臣工們需盡臣子的本分勸諫，你們卻一個個亂成一團，我身為御史，一定要彈劾諸位君前失儀之罪！」

各人在心裏暗罵幾句，自然忙不迭又站在班次行列之中，將身上整理一通，若真讓這人記了下去，倒也真是麻煩。

崇禎昨夜就召見了內閣諸學士，諸大學士皆是文臣，又哪裡有什麼善策上奏，那孫承宗尚無消息，崇禎擔心南京安危，一夜未曾安枕，此時只得發話道：「事已至此，諸臣有什麼話，只管說來，言者無罪。」

劉宗周趨前跪下，奏道：「陛下，臣以為，流民皆陛下赤子。雖然殺害親藩，焚毀皇陵，已是大逆不道。不過，流民數十萬人，哪能都是窮凶極惡之徒？臣請陛下下罪己詔，減免陝甘二省

的賦稅，陛下若以仁德之心寬恕那些從賊百姓，則賊勢必消，再以官兵進剿，則賊被滅。到時候誅滅首惡，亂事必消弭矣。」

他不顧皇帝重臣臉色，只顧說將下去。崇禎即位不到三年，雖然遼東戰亂不休，還圍了京城，又有流賊鬧個不休，到底他在位時日尚短，帳不能全然算在他的頭上。此時讓皇帝下罪己詔，對皇帝是個極大的羞辱。

崇禎卻是極感興趣，他在位十七年，罪己詔下了無數次，反正不要花錢，雖然難堪一些，他卻當真指望一紙詔書能消弭跟著「賊」兵的無辜百姓。當即斷然道：「卿言甚善！便由你來擬詔！」

見諸臣並無異議，崇禎又道：「兵部左侍郎楊嗣昌前幾日上奏，以四輔八正之策平賊，朕以爲此策甚善，已下詔令兵部切實議來，梁廷棟，兵部所議如何？」

楊嗣昌乃是前三邊總督楊鶴之子，此時正得崇禎愛重，又素以知兵見聞，梁廷棟雖然身爲尚書，在兵事上反不如他更得皇帝信任。雖是吃醋，卻也不敢在這當口和皇帝打擂台，便含糊應道：「楊嗣昌的見識很好，臣等也認爲可行。」

崇禎點頭微笑，道：「雖然國事煩憂，到底也有些忠忱之士肯爲朕分憂。」

皇帝發話，殿上諸臣自然是湊趣，當即便有些以溜鬚拍馬、歌功頌德見長的小臣上前，頌揚皇帝獨具慧眼，拔擢英才；楊侍郎心憂國事，能力超群，來日必能敉平叛賊，居功至偉云云。

「陛下，楊嗣昌實乃無恥大言欺君之徒，請陛下治罪！」

見是右中允黃道周出列彈劾，崇禎不悅道：「何以見得？卿不要虛言欺朕！」

「陛下，楊嗣昌蒙陛下信重，委以兵部侍郎，又督師宣、大，以備遼事。他不以遼事爲重，自寧南侯襲遼東之後，未見其有所舉措，已是大失人望。前月那皇太極稱帝，又以多爾袞領兵襲寧錦，楊嗣昌不曾派一兵援助，還放言女真不可輕敵，當以避戰爲上。此等畏怯懼戰之徒，還敢說什麼四輔八正，只是紙上談兵，以虛言欺詐陛下，請陛下治罪！」

「胡說！你知道什麼，成日只知道攻訐朝廷重臣，妄言大政！若不是念你是言官，一定要重重治你的罪。退下去！」

黃道周若是此時退下，崇禎雖是不悅，卻也不會再治他的罪。偏此人是倔脾氣，皇帝雖然發怒訓斥，他卻不服，又叩首亢聲道：「陛下寧下罪己詔，也不願加罪於無能大臣麼？楊嗣昌實乃無能之人，雖以知兵著稱，卻從不敢與敵一戰。」

抬頭向皇帝看一眼，雖見崇禎滿面怒容，卻又道：「前番朝議，楊嗣昌曾言寧南侯張偉的戰功算不得什麼，可是他自己卻不敢與敵交戰，這不是虛言狡詐之徒，又是什麼？」

他自然不知，楊嗣昌甘心在朝堂上得罪張偉，又得罪了一幫保舉張偉的大臣，實在是出於崇禎的授意，皇帝不欲張偉名聲太顯，雖未明言，楊嗣昌成日揣摩上意，又哪裡會不知道。當日在朝堂上對張偉大加貶低，若不是努爾哈赤的棺木便放置在皇極殿下，滿朝文武當真會以爲張偉襲

遼只是欺詐朝廷了。

「來人，將他拿下！命慎刑司廷杖一百，下詔獄！」

崇禎怒極，不顧黃道周身為言官，當即便令拿下杖責關押，其他文官言官都是大急，那廷杖之刑甚重，常有文官受杖不住，當場身死者，以黃道周的體格，最多能受得了四五十杖，百杖下去，只怕也用不著再下獄，直接便可以令家屬運回安葬了。

當下大殿內由劉宗周帶頭，一齊跪下求皇帝寬恕，溫體仁身為內閣大學士，知皇帝只是一時憤怒，此事倒正好可以賣清流一個人情，便也上前求恕。崇禎此時對他還算寵信，因又改口道：「也罷。改杖二十，遣返回鄉！」

黃道周平素為人冷嚴方剛，以天文曆法、數算書畫見長，雖然官位只坐到右中允，平日卻是甚得人望，諸臣苦苦哀告，皇帝仍然要杖責，黃道周心中一時心灰意冷，向中間寶座行了一禮，便隨著行刑校尉往午門而去。

明朝行刑杖打官員，一向是在午門進行。嘉靖年間，一次便在午門打死了一百多官員，後來萬曆、天啓，都曾在此杖打文官的屁股。黃道周硬挺著受了二十杖，已然下身鮮血淋漓，嘴唇亦是咬破，到底是逃了性命。由聽信而來的家人攙扶，回府養傷去了。待傷好之後，黃道周卻是接了何楷等人邀約，前往台灣講學。他以天文曆法見長，數學也極好，正是台灣需用的人才。又因他罷官在家，閒居無聊，便應了何楷所請，前往台北官府任教。

待崇禎下完罪己詔，又親赴皇極殿服素哭陵，詔命孫承宗加緊南行，調集南方各省兵馬剿賊。亂紛紛鬧了月餘，待崇禎二年年底將至，終於傳來消息，流賊在南京城外二十里處繞了一圈，又出了南直隸，向四川方向去了。

「糊塗！當真是一群混蛋！」

張偉接到羅汝才的密報，得知高迎祥又帶著十三家義軍由湖北入川，頓時跺腳痛罵，他當日密囑羅汝才派人與李自成等人聯繫，勸說義軍虛晃一槍，直往南方而來。整個江南是明朝財賦收入的重心根本，只要能隔斷南北，就等於攔腰將明朝截斷，崇禎雖擁有北方，然則到時候無餉無糧，又能拿義軍奈何？這樣三年之內，整個江南定然不是明朝的天下了。

誰知當時的義軍思鄉之情甚重，又沒有什麼遠大的政治理想。此時尚爲造反之初，無人能想到十餘年後自己竟然是推翻明朝這棵大樹的元勛，現下只顧著四處流竄，能多活一天便是有了賺頭。哪想什麼攻占南京，據有江南之事。此時明軍主力往江南而來，各營義軍皆吵著要跑，高李等人又有什麼法子？當下計較已定，仍攻四川，此時十三家義軍會齊，比之數月前攻川時又是另一番景象，各人信心十足，要打敗秦良玉，攻破四川，再由川圖陝，總之離老家越近，心裏越是安穩。

張偉痛罵一番，卻也無可奈何。知道這便是農民起義的局限處，這些以農民起家的義軍領袖，此時身邊大半是一些大字不識一個的農夫，雖然打了一些仗，對天下大勢卻仍是睜眼瞎子一個。故而此時別說開倉放糧，賑濟百姓，便是什麼姦淫掠奪，也並不新鮮。中都鳳陽被破，城內百姓被義軍屠殺殆盡，搜掠了值錢物事，搶了美貌姑娘之後，義軍又一把火將當年朱元璋花費鉅資修建的明朝中都焚成白地。這樣的一支軍隊，就是打下南京等處，也絕對不會有士大夫前往投奔，沒有儒士階層的支持，又沒有工商之利，沒有穩定的官僚階層收取田賦，這支軍隊在江南也是立身不住，仍然只能是以屠掠爲業。

「看來，還是先圖南洋，積聚力量，再說其他吧。」

張偉不死心地嘆一口氣，方決定縮回暗中伸往大陸的手，一意圖謀南洋。至於皇太極也在暗中與內地義軍聯繫，那就不是他所知曉的了。

「來人，請施琅都督帶同屬下，去總兵衙門等我，我隨後就到。」

吩咐下人去請施琅之後，張偉思忖一番，因吩咐下人道：「前日長崎總督送來的急件在哪？快去尋來，我要用！」

那家人找得滿頭是汗，卻一時怎地也找不到，張偉氣得暴跳起來，恨不得衝上去踹他兩腳，只是他一向不肯體罰下人，這一腳怎地也踹不下去。

柳如是因前去爲張偉準備出門的衣服，此時回來見了這般情形，忍不住噗嗤一笑，道：「爺，你的東西總是亂放，下人們如何能找得到？那公文我替你收了，就在書房架上的公文袋裏。」

張偉確是亂丟東西慣了，連累府中家人吃了不少排頭，此時柳如是一說，那尋找的家人立時奔過去，在放置公文的書架上摸索一通，便將那急件尋了出來，長喘一口大氣，遞與張偉。

張偉老臉微紅，向柳如是一笑，道：「虧得有妳這賢內助在。」

他也不顧話中大有語病，便待離去，柳如是先是俏臉微紅，後又向張偉笑道：「爺，你關著那兩個女人可是有段日子了，人家現下連漢話都說得挺順，昨日尋了我說道，要和爺稟報來歷。爺，有空便召見一下，她們也怪可憐的。」

張偉略一沉吟，答道：「政治上的事情你們女人不要管，那兩個女人身分非同一般，我已派了人去遼東打聽，非得問出底細來。此時我見她們，若是虛言騙我，我又有什麼辦法識得？妳別管，總之提防著別讓她們自盡，也不必讓她們做活，權當養了兩個閒人便是。」又笑道：「聽說那年少的女子下得一手好棋，竟能做妳的對手，可有此事？」

「是啊。那次我在後院打棋譜，她湊了上來，與我下了幾盤。雖說佈局欠妥，也不是什麼老手，但棋路凶狠，大殺大伐的，跟她模樣兒可不像！」

張偉心中略有所悟，一時卻想不出所以然，只得向柳如是一笑，又吩咐了幾句年關時向例的規矩給她知道，便揚長去了。

自柳如是來了張府之後，張偉於家事上已輕鬆許多，除了軍國大事，其餘俗務一概不理，皆交給柳如是打理。如此這番，全台上下，已將柳如是視做張偉內人，只是名分未定，柳如是又是張偉從花船上贖買帶回，雖說未經人道，尙是完璧，到底名節上已虧了一層。自吳遂仲以下，一幫文官都害怕張偉將柳如是納爲正室。若是如此，像何楷及新來的那些個儒士們，可又有話說了。

待他到了總兵衙門，施琅早已靜候在大堂之上，因張偉吩咐，自又帶了屬下一群心腹艦長同來。此時台北水師已是實力大增，水手之外，又另外配備了專門用於海戰和小規模登陸戰的火槍兵，再加上後勤補給人員，全台水師已有配備二十四磅和十三磅火炮的大型戰艦二十二艘，中小型炮船和運送兵員物資的運輸船五十五艘，沿岸的巡邏炮船一百餘艘，連同四千陸戰火槍兵，整個水師計有兩萬三千人左右，實力不但遠超名存實亡的明朝水師，便是比之雄霸南洋的荷蘭東印度艦隊，也是不遑多讓。

此時由施琅領頭，數十名艦長分列左右，待張偉一進衙門，除了施琅外，各人都跪將下去，口中皆道：「末將見過大人。」

張偉只一笑，兩手虛扶一下，令各人站起身來。見施琅上得前來，向他道：「總兵大人，今日召集眾將，有何吩咐？」

「尊侯，且先坐下，稍安勿躁。」

張偉先令施琅坐下，笑道：「今日召大家來，先說說荷蘭人請求貿易開放，讓他們與倭國貿易的事，大家說說，咱們該當如何？」

他這般問法，眾將皆是面面相覷，不知道如何作答爲好。張偉建立台灣官僚體系時早就有言在先，文官不准干涉軍事，軍人不准干預政務，規矩立下之後，就是那何斌亦是絕不參與軍務。他現下問及貿易一事，眾將軍一則不敢違令，二則這些老粗又哪裡懂得什麼貿易，當下各人都是呆若木雞，不知道如何作答爲好。

張偉見各人不答，又道：「不是讓你們說政務，這海外貿易一事也是海上的事麼，你們這些艦長說說看，我該不該答應荷蘭人的要求？還是和他們打一仗，讓這些傢伙知道知道厲害？」

他這麼一說，各人方明白過來，便有那激動的跳出來說道：「荷蘭人也太不知道好歹，當年大人帶著我們把他們從台灣攆走，還以爲得了教訓。哪知道大人宅心仁厚，他們還以爲咱們台灣好欺，既是如此，請大人下令，咱們立時便開去南洋，尋找戰機！」

「是了！大人當年若是把所有的在台荷人盡數屠了，再把來援的荷人軍艦都擊沉，今日他們就知道厲害了！」

「大人，開戰吧。倭國是咱們辛苦打下來的，憑什麼便宜這些紅毛鬼子？咱們台灣水師的實力不在荷人之下，再有還可以得到英國人的支持，據屬下所知，英荷兩國矛盾日生，沒準哪一天就幹起來了。咱們現在打他們，英國人肯定是站在咱們這一邊。」

張偉擺手止住了一夥叫囂不止的軍人，轉頭問施琅道：「尊侯，你看此事如何？江文瑨連送急件而來，說是倭國外海不住發現荷人軍艦，看來，要麼同意其國所請，要麼就得打一仗了，咱們的水師，稱得上必勝麼？」

施琅皺眉道：「兵無常勢，更何況海上作戰，瞬息萬變。一顆炮彈可能改變一場海戰的結局。要我現在說誰勝誰敗，那是紙上談兵，不準的！」

「唉呀，又不是讓你打包票！」

「若論艦隊船隻數量，火炮威力，還有咱們的陸戰隊，這些加起來，比之荷蘭的東印度艦隊只強不弱！不過，論起實戰經驗，還有水手和軍官的水準，咱們比他們還是稍差一些。再加上若是打起來，大人多半是想遠圖南洋。荷蘭人的大本營在巴達維亞，離咱們較遠，打起來，咱們補給不易啊。」

說到此處，施琅搖頭道：「在台灣或是倭國附近海域交戰，勝負在五五之間。若是勞師遠征，勝負在四六之間。當然，大人若能說動英國人出動艦隊與我們合作，那麼自然又是另一說。」

張偉笑道：「上次的事，英國人以爲上了我的當。雖然在貿易上比之當年多賺了許多，還是有不足之意。他們做夢都想在南洋或是中國沿海弄到一塊殖民地，我就不能遂了他們的意思！請神容易送神難，到時候萬一像狗皮膏藥一般黏在身上，那也是大大的麻煩。是以此次與荷人爭執，不能再指望英國人。他們自己爭海上霸權是一回事，我請他們又是另一回事了。」

他這般說法，滿座盡知荷蘭人海上實力的艦長盡皆沉默不語。雖則軍人戰死沙場並不為恨，不過實力並不如人，在座的軍官們也沒有蠢到以為一己之力便能擊垮強大的荷蘭艦隊。

施琅苦笑道：「若不是台灣水師擴張太快，艦上軍官和水手都是當年英國人訓練出來的精銳，那麼我還敢拍胸口與荷人一戰。大人，現下咱們船是有了，只是好的水官和炮手，都需要時間訓練和實戰的經驗，那時候才好打大規模的戰役啊。」

張偉默然不語，看著那些面露難色的艦長，心中失望。他一向不問水師，全力交給施琅，當初又請了英國人訓練水手。現下看來，技術和軍艦有了，卻沒有英國人的海洋霸氣，亦沒有漢軍的鐵血敢戰，雖擁有精良裝備，可惜沒有內在的精神。

嘆一口氣，知道中國歷來不是海權國家，倒也怪不得眼前的這些艦長，他們能蒙施琅賞識提拔，想來也是極優秀的人物。只有多打一些仗，方能培養出台灣水師的魂魄來。因向施琅笑道：「荷蘭人可能暗中揣摩打探過形勢，知道我拿他們沒法，這才一直在向我施壓，又用軍艦來試探我的底線。我已經令江文瑨與荷蘭人聯繫，全盤答應他們的要求！」

將案上從倭國送來的急件舉起，笑道：「荷人已經與我的全權代表江文瑨簽定和約，我給他們倭國的貿易權，他們也對我門戶開放。除了供給英國貨物外，台灣的物產也將向荷蘭人供應。我承認荷蘭人在南洋的統治權，荷蘭人尊重我在倭國海和中國沿海的霸主地位，自以兩家和好，不再敵對。諸君，近期內可以無憂矣！」

因見各人都是臉上變色，張偉又笑道：「事情已經商定，荷蘭人偏生事多，還要我派人去巴達維亞正式簽約，我已答應了他們。何廷斌做爲我的全權代表，克日便赴南洋，與他們簽定文本協議。」

「大人，這條件也太損人利己了吧？」

「大人，荷蘭人的條件都是嘴皮工夫，什麼承認您是倭國和台灣之主，他不承認成麼？咱們的貨原本就能賣到南洋，他們的貨物卻從來進不了倭國。這樣的條件，太吃虧啦。」

「縱然是咱們無能，在倭國和台灣近海開戰，荷蘭人又能討得了好？何苦定這種條約？」

施琅沉聲喝道：「都住嘴，在大人面前有你們說話的分麼？還有點規矩沒有！」

張偉見眾官都是一臉不服氣模樣，心裏倒是頗有幾分高興，故向施琅道：「大家都還有這個心，我很高興。若是我一說，他們都是一副如釋重負模樣，那這夥人才當真要不得。」

他站起身來，在大堂繞上一周，方用輕鬆的語調向眾人道：「你們定是奇怪，文事已定，自然用不著再動刀兵，那麼，召你們這些武人來做什麼？」

「大人召我們來，必有用意，只等著您吩咐就是了。」

說話的艦長便坐在張偉身前，因見張偉站著，不安地挪動一下屁股，想要站起，張偉將他肩頭一按，笑道：「不必如此。你姓林，原本在鄭一的手下混飯，我記的可對？」

那艦長原本是個老實漢子，人已近中年，雖然是踏實肯幹，腦子也頗靈活，在鄭氏水師卻只是個低層頭目，還是投降台灣之後，憑著本事一步步幹到艦長的位置。身分地位乃至收入都水漲船高，對施琅和張偉都是十分尊敬佩服。

此時張偉動問，他忙藉著答話站起身來，笑道：「大人，屬下原本就是鄭老大的手下，是前年大人擊滅鄭氏水師時，投降過來的。蒙大人和施都督不棄，拔擢屬下至大艦的艦長之位，屬下心中當真是感激萬分。」

張偉見他說起來喋喋不休，滿嘴的頌聖感激之辭，知道是老實人嘴拙，拍馬逢迎都不會挑時候，忙打斷他道：「你能做到艦長，不是別的緣故，是你爲人外粗內細，又虛心好學，可比那些肚子裏沒有幾分貨色，卻自持身分的人強多了。」

因又將他按下，起身回座道：「既然都知道我召你們前來必有用意，那麼我也不再兜圈了，尊侯，便將咱們商議好的決定，向各人說了吧。」

說罷端起案上茶碗，低頭喝茶，聽那施琅向屬下訓話道：「回去便召齊艦上水手，在岸上休假的，探家的，請假外出的，全給我叫回來。自今日起，沒有我的允准，任何人不得下艦。船上的補給都令軍需官裝備齊整，特別是火藥彈丸，一定要艦長親自檢視，若有不足，即時補足。待戰事起來，若是哪條船上因準備不足吃了虧的，我必定是要殺人的！」

他說一句，底下站著的屬下便一齊應諾一聲，待他說完，方有適才的林姓艦長吭哧吭哧問道：「施大人，咱們是和荷蘭人開戰麼？」

施琅搖頭道：「現下開戰，便是得勝也是慘勝。此番發兵，攻打的是呂宋！大人苦心積慮，總算令荷蘭人得了甜頭，又相信大人無意與他們爭雄。大人和西班牙人開戰，也正中他們的心思。西人在南洋勢弱，連當地華人也壓制不下，十幾年前，西人鼓動當地土人，連同西班牙人一起屠殺了近三萬的漢人，此番發兵，一則是大人雄圖，二則也是要給當地人漢人撐腰報仇！」

見各艦艦長摩拳擦掌，比之剛才議論打荷蘭人時卻是兩副模樣，張偉又氣又笑，喝道：「都給我下去，西班牙人實力比之荷蘭人一半不到，若還是不成，將你們一個個都砍了腦袋！」

他也不聽底下那些艦長捶胸頓足，指天誓地的賭咒發誓之言，放下茶杯轉身便進了內堂。比之攻打呂宋一事，倭國的情形更令他頭疼。

自江文瑨主政長崎之後，台灣自產和中轉貿易的貨物源源不斷地流向倭國，很多貨物倭國極爲需要，然而被迫開放貿易後，大量的金銀流出，卻又使那些身居上位的大名藩主們極爲不悅。

當日長崎一戰，原本打的是幕府的權威，諸藩大名乃至天皇中央都暗地裏暢快不已，待看到敵人霸占了港口，將那些物美價廉的貨物源源不斷地送來，又滿載著一船船的金銀運走，全倭國稍有見識的上層政治人物，乃至一些關心時事的武士都心痛萬分。雖則倭國蓄積了大量的黃金和白銀儲備，若是以這樣的速度發展下去，只怕過上幾十年後，全倭國人只能用原始的以貨易貨來交易了。

之所以出現這樣的情形，是因當時的貿易方法和手段與後世的互惠互利式現代貿易不同，像張偉在倭國那樣的傾銷法，以完全不對稱的先進的貨物產品衝擊倭國的市場，又完全是以貴重金屬爲交易砝碼，倭國購買的產品越多，本國的製造業所受的衝擊越大，生產力越弱，購買的外來物品則越多，如此惡性循環，一直到全倭國被榨乾爲止。

西班牙人與葡萄牙人在南美，也正是用這樣的辦法將整個南美的白銀儲備一掏而空。與鄭芝龍當年的貿易水準不同，張偉擁有大量的工廠出產，又擁有比鄭芝龍更加強勢的貿易權益，而鄭芝龍尚且能靠對日貿易每年賺錢到超過百萬白銀的利益，張偉的利潤自然是遠遠超過於他。

在壟斷倭國貿易一年多的時間裏，他已經從倭國掠奪了六百多萬兩的白銀，雖然倭國擁有當時世界上三分之一的白銀儲備，全倭國上上下下的各級階層已然感到了白銀大量流失的現實，原本在張偉預料裏三年內不會出問題的倭國，上下各級階層都已經在暗中團結、動員，形成了足以借由一個小火花引發大型戰爭的準備。

以張偉現在的兵力，已經完全可以迅速擊潰倭國列島任何規模的落後軍隊，以他補充後的近四萬三衛軍，再加上萬騎、龍武，還有亞洲規模最大的強大火力的艦隊，倭國以現在的財力，再加上被封鎖後無法從國外進口先進的武器，縱然是做好了戰爭準備，也只是長崎之戰更大規模的重演罷了。只是如今爲了與荷蘭人達成和約，張偉下令開放長崎，任由荷蘭人自由進入。這樣，原本就緊張的倭國局勢將由荷蘭人的介入變得更加複雜。倭國人仇恨張偉的態度很可能甚至是必然被荷蘭人利用，在得到荷蘭暗中支持，甚至荷蘭人有可能冒著和張偉撕毀和約開戰的危險，來明著支持倭國。對於倭國這樣的肥肉，爲了得到它，貪婪的歐洲人絕對可以冒任何危險。

再三思忖之後，張偉自知以台北現今的力量，絕然無法進行兩場大規模的戰事。他一年的軍費，再加上相關的官員俸祿，造船造炮的使費，幾樣相加，已經年開支八百萬兩不止，再加上今年的遼東戰事，以及大規模的移民使費，縱然是從遼東掠奪了大量的財富，再加上年入一千四百萬的財政收入，仍然無法支付兩場大規模戰爭的消耗。

「長峰兄，來信覽悉，倭國情形吾已盡知。兄務要鎮之以靜……」

待寫給江文瑨的書信寫完，張偉長出一口悶氣，知道此信一去，江文瑨的長崎總督必定是幹得氣悶之極。不過以他的性格，原本就並非是好事尋釁之徒，有他約束著性格強悍的左良玉，想來短期內不會給倭國人動手的藉口。

張偉令人將書信用火漆封好，迅即至港口交由倭國來船帶回。他步出大堂之外，站於總兵衙門階下的石敢當前，撫摸著張牙舞爪的石獅，想道：「與荷蘭人的下一次戰爭，只怕就和那倭國有關了。」

冷笑一聲，站於原處，向身邊侍立的施琅道：「當年的西夏國主李元昊曾經在某一場戰事中被圍，他居於城上，揚鞭向城外指道：我知道一件事，創造歷史的人不是你！」

他大笑道：「聽聽！那李元昊雖然是夷人，卻有這樣的英雄氣概，咱們都是漢人，難道還不如他麼？尊侯，該當由你來向紅夷們說：我知道一件事，南洋的主人絕不是你！」

崇禎二年行將過去，這一年的大事頗多，大明的京城被圍，周邊的中小城市盡數被後金彪悍的騎兵攻占，大量的百姓被掠到遼東苦寒之地，財富被盡數掠奪。而已經改國號爲清的後金，其遼東重地也被南來的漢軍大肆掠奪破壞，殘餘倖存的滿漢百姓，連同新掠來的關內漢人，便在皚皚白雪的覆蓋下，苦苦熬著日子，過年，對他們來說，只是象徵著冬天快要過去，不住凍死人的日子行將結束罷了。

而陝北的農民耐不住官府和地主的雙重壓迫，憤而起義。此時那些起兵造反的農夫們，正在遊鬥於湖北與四川的交界處，拖著十幾省幾十萬的官兵四處奔走。過年，對他們來說自然只是妄想了。

不論內地百姓如何苦捱日月，有幸居於台灣的民眾卻仍然興致勃勃的購置著年貨。張偉三年前便開始了南美貿易，由南美帶回來的菸草、花生、紅薯、玉米等作物大量在台灣種植。台灣土地肥沃，氣候溫潤，又有如此眾多可以分季種植的農作物，再加上張偉除了在來台五年的民眾中收取極少的糧食做爲賦稅外，其餘一概不收。比之內地的什麼正賦、加派、官差、田賦，負重之輕簡直如雲泥之別。除了維持必要的糧食儲備外，爲防穀賤傷農，張偉又大量購置糧食賣到缺糧的北方。他的海運船隻比之明朝落後的漕運又快捷安全，乂是省錢省心，是以全台百姓不但是衣食無缺，手頭也並不乏錢使用。

大量的工廠、礦山吸引了大量勞動力，台北台南又因貿易和內需產生了大量的商行、店舖，張偉以一個兩百萬人不到的小島，不但解決了溫飽，還使得全島上下人等的收入遠遠超出當時世界上任何一個國家的平民。

臘月二十八這天，張偉與何斌分別巡視各家工廠，又派人送上肉酒等物慰勞礦山上的工人，待兩人會同一起巡查新近設立的菸廠之時，天色已是烏黑一片。好在台北大街及馬車上皆有官燈照明，雖比之汽燈或是電燈仍是晦暗不明，到底還是比兩眼一抹黑強上許多。

「志華，這菸廠當真能賺錢？我卻如何也想不通啊。」

何斌看著菸廠工人熟練地將曬乾捻碎後的菸絲放入精選的白紙之內，又快速地一支支黏在一起，又將捲好的捲菸一支支放入菸盒之內，再一盒盒的放入箱內，便算是生產完畢。

張偉看何斌一臉呆相，不由得噗嗤一笑，答道：

「廷斌，你不抽菸，自然不知道這捲菸的妙處。你想，抽菸的人總得需要一個菸鍋袋吧？想抽的時候，還得往菸鍋袋裏裝菸，裝好了還得通氣，吸的時間長了，還需要洗刷菸鍋裏的菸油，這是多麼不方便。我現下弄的這個，其實也沒有什麼改變，仍然是一樣的菸絲，只是我換了個角度，把必需的菸鍋袋給省了，放在紙盒裝在身上，是不是方便許多？只需點燃便能過癮，何其方便省事。」

何斌低頭想了片刻，終於笑道：「志華，你的鬼主意可真是多。那個什麼火柴廠，便是和菸廠一樣的道理吧？」

張偉答道：「正是，火柴弄起來也是十分簡單，削好的一根根小木棍，裹上咱們礦山裏取出來的硫磺，裝在一面有磷的小盒裏，晾乾之後，便可以一擦就著。這不但是方便點菸，便是家常取火，也是方便得很。」

他躊躇滿志的笑道：「有這兩樣，在洋鬼子大量仿製前，我們又可以大賺一筆啦！廷斌兄，在家等著數銀子吧。」

何斌嗤道：「算了，且別拿這話來誘我。這些個工廠、商船、商號商行，近半有我的股份，不過，來台這幾年，我甚少能拿到股紅，大多讓你拿去擴軍打仗，我且問你，什麼時候還我的錢？台灣人的日子越來越好過，個個都富得流油，大半都拿錢出來購買商行工廠甚至礦山的股份，唯獨我，日子是過得越來越緊。志華，你有王霸雄圖也罷了，我何斌可是只想做個富家翁啊。」

張偉聽他說完，卻只不答，拿眼去瞧他身上衣著，只見何斌身著細綢直身，大袖飄然，頭頂四方平定巾，腳著絲履，手中持的摺扇扇面卻是唐寅親繪，腰間懸著一方漢玉玉珮，因笑道：「廷斌兄，這一身行頭，該能買幾門火炮了吧？」

何斌氣道：「成了，我不和你說，待你將來娶了媳婦，我尋弟婦要錢去。」又笑道：「柳如是明年該十六了吧？正是好時候呢，志華，不必扭捏，都一把年紀了，這些年該挑花眼了吧，我看柳如是色貌才藝都好，人也賢淑知禮，看她眉宇也是個能擔當、懂事理的人，年紀雖小，卻出落的大家閨秀一般。怎樣，這些時日以來一直放在身邊，與其偷吃，不如直接娶了，也省得人說閒話。」

張偉與柳如是相處日久，自然知道何斌說的都是正理，因正容答道：「就請兄長幫我做媒，打下呂宋後，便與她將婚事辦了也好。」

兩人談談說說，一路行出工廠門外，何斌望向大街上熙熙攘攘行走的人群，見各人都是行色匆匆，手提肩挑的將年前所需的物品買回家中，故嘆道：「志華，這樣的盛景，便是當年太祖成祖時，大明國力極盛的時候，想來也是見不到的。」

張偉笑道：「光武帝劉秀晚年，大臣們勸他封禪泰山，他曾說：即位這麼些年，百姓的日子一點也沒有好過，仍是穿不好，吃不飽的。朕有什麼臉面去封禪呢？吾誰欺，欺天乎？」咂一咂嘴，笑道：「他還算是老實皇帝，知道自己治下的百姓過得如何，可嘆史上什麼文景之治、貞觀之治，百姓究竟過得如何？當真是只有天知道了！本朝太祖時，雖然大殺貪官，仍然是殺之不絕，成祖時便有山東唐賽兒起義，百姓日子要是過得好，能造反麼？拿這些狗屁皇帝和我治下的台灣比，笑話！」

何斌對他這些悖逆之言早聽得多了，當下也不以爲意，哈哈兩聲之後告辭而去，張偉看向他背影，心中想道：「後世人西方史學家曾言：一個宋朝看門小兵的生活水準都遠遠超過了西方小國的君主，現下西方趕上來了，咱們中國人也需得加把勁才是。」

年關一過，張偉在台北發表文告，正式譴責西班牙人在馬尼拉對華人的屠殺行徑，表示身爲中華上國的海防官員，必然將會對西人的無恥行徑給予無情的懲罰。

那些將貨物送往呂宋的中國商船迅即將這一消息帶到了西班牙設在呂宋的總督府中，西人總督納悶之餘，不禁想起當年明廷回覆的訊息，幾十年前馬尼拉大屠殺後，明廷的態度從這一句話中表露無遺：「此輩甘心就夷之民，無足憐惜。」

在十六世紀打跑了明朝海上巨盜林風之後，西人始獲得了中國閩浙兩廣一帶的貿易權，因呂宋較爲貧瘠，西人曾哀嘆道：「此地既無香料，又無金銀。」實則呂宋礦藏豐富，只是當時的探礦水準落後，是以無從發覺罷了。在獲得中國的貿易權利之後，因中國物資豐富，離呂宋距離甚近，又有大量的華人居於呂宋島上，於是明朝政府允准之後，西班牙人又以優惠的條件鼓勵中國商人前來呂宋貿易，十六世紀中葉，每年還不過十幾二十艘船，待到了明朝末年，每年來往呂宋中國的船隻至少也有幾百艘，中國商船運來的貨物種類繁多，有吃穿用的各種物品，如牛馬騾驢、雞鴨等家畜、家禽；各種生絲、絲織品，棉布、麻織品等紡織品；瓷器、鐵、銅、錫、鉛等器具；食品、水果及胡椒、肉桂、丁香、糖、麵粉等食用品；其中最大宗的是生絲及絲織品，大約占九成。

中國商船到港後，先將貨物運入港內的華人商店，然後由當地的華人再將貨物賣給菲人及西班牙人。西班牙人依靠中國商船運來的貨物不但解決了在菲島的生存需求，且他們還將中國商船運來的絲綢、瓷器等物品轉販到其美洲殖民地，從而形成了所謂的「太平洋絲綢之路」，這一貿易被西方學者稱爲「大帆船貿易」，中國絲綢、瓷器由此傳遍世界。西班牙人借由「馬尼拉大帆船」每年可獲得幾百萬比索的淨利。而中國也借由這些貿易，得到了大量的南美白銀。

便是張偉本人，也與何斌同買了十幾艘大型帆船，先是由中國運送貨物到呂宋，再由呂宋至南美，每艘船每年至少可以獲十餘萬兩白銀。

那西人也可從中抽取稅賦好處，兩邊正是合作愉快的當兒，卻突然傳來這位中國台灣的總督與西人決裂，發表告示，表示要懲罰當年的西人屠殺華人一事，這自然讓自以爲純潔守信的歐洲人納悶無比。

納悶之餘，西人雖然不在乎當時的明朝政府，卻對擁有大量先進戰艦的張偉頗有忌憚之意。於是思量一番，納悶的西班牙人一面加強戒備，一面提防當地的華人造反，又派了使者前往台灣，與張偉協商。

台灣的漢軍眾將卻也是納悶，年關過後，台北水師及漢軍就開始閉營備戰，種種軍需物資源源不斷地送到軍艦和運輸船上。張偉不但沒有先行派兵，反倒發了一個公告，打仗講的是出奇致勝，不去偷襲敵人也罷了，居然還弄得大張旗鼓，這可當真不知道葫蘆裏賣的是什麼藥了。

這一日張偉於總兵府大集眾將，一面又召集了西班牙呂宋總督派來的使者，眾將雖是納悶，倒也不敢怠慢，各自身著戎裝，自桃園軍營趕來。

待所有人等聚齊，聽得張偉在堂上向那西人使者笑語問好，親切致意，又哪有半分怒意？各人頭暈眼花之餘，又聽得張偉向那使者笑道：

「尊使費心，請一定要把我的問候帶給總督大人。這幾年蒙他照顧，我可是賺了不少銀子，哪能和他生分了呢。此次的事情，麻煩使者一定要幫著好生解釋，兩家友好下去，一起賺錢，這才是正道啊。」

又好生哄了那使者半天，令諸將皆上前問候致意，漢軍及水師諸人雖是滿肚子的彆扭，再加之語言不通，只得笑嘻嘻上前招呼了，嘴裏說些什麼，暈頭腦脹之餘，只怕是誰也不知道了。

待張偉親自下堂將那使者送出大門之外，又微笑揮手送別，將一包包台灣土產及金銀送上使者車上，各人已是憋了一肚皮的鳥氣。

眾將只見張偉威嚴剛毅的模樣，哪曾見得他如此低聲下氣。待張偉笑咪咪回到堂上，劉國軒忍不住怒道：

「大人，這西班牙人無端殺我漢人，大人年上斥責的正是大暢人心，怎地人家一派了使者來，又做出如此模樣？若是大人怕了他們，便教國軒領著龍驤衛軍前往呂宋，區區幾千人把守的呂宋島，國軒可在十日內將他們的人頭盡數斬下！」

張偉斜他一眼，笑道：「是麼？若是你能飛到呂宋島上，我倒也能信了你這番話。不過，你打算如何上島？西人就算是在南洋沒有什麼艦船，到底也有十來艘炮船，還有幾十艘沿海小艇。是，這些台灣水師都能解決，也算不了什麼。可若是西人與荷人勾搭成奸，待我們大軍出動，他們兩國來個前後夾擊，那我這些年的辛苦，是不是全然付諸東流了？」

他轉變語氣，原本平和溫潤的語氣瞬間變得冷峻陰森，向諸將說道：「兵者，國之大事！縱然是荷蘭人志在倭國，與那西班牙人又並不和睦，我到底也得試上一試，方知他們到底是個什麼心思。文告一發，荷人那邊就等著看熱鬧，半點動靜也無，倒是連著催問倭國開放貿易的事，我已斷定，此事荷蘭人絕然不會插手。諸將，咱們動手的時候到了！」

見堂下各人皆是摩拳擦掌，躍躍欲試，張偉坐下來，啜一口茶，笑道：「才半年多沒有打仗，各人都手癢了？」

向孔有德道：「龍武軍我月前去看了一次，訓練的很好！此番呂宋一戰，用不著龍武新軍。不過將軍不能疏怠，我將龍武全軍交給將軍，可是指望將來派大用場的！」

孔有德連忙應了，又出列熟練地給張偉行了個禮，這才笑咪咪地退下。

此番出戰，想來一定不會動用成軍半年，又一直訓練格鬥的龍武軍，呂宋一戰，應是純火器軍隊的對決。張偉不忘安慰幾句，孔有德自然是胸懷大暢。

他滿心歡喜退下，其餘漢軍諸將卻是一腦門的官思，呂宋全島約是台灣的十倍，人口數目雖是不曾統計，估計也有二三百萬人，其中尙有十多萬華人。全呂宋七千多個大大小小的島嶼，呂宋之戰自然是以海戰爲主。西班牙人在全呂宋駐軍不過四五千人，光憑著台灣水師自備的四千陸戰隊便能與之一戰。戰線長，補給不易，再加上敵軍勢弱，張偉勢必不會多派軍隊登島。做將軍的誰不想多立戰功，各人皆是眼巴巴看著張偉，指望此次出征能有自己的份兒。

張偉自是知道諸將的心思，只是此事難以兩全，只得皺著眉頭笑道：「這仗將來有的打呢。打一個小小呂宋，別爭得跟烏眼雞似的，像什麼樣子！」

見各人都低頭微笑，張偉又道：「都甭想了。呂宋的事，我已決定。打是小事，重要的是守。那西班牙雖是歐洲小國，不過論起實力來並不在英國、荷蘭之下。他們的殖民地只怕比大明的疆域還要廣大，咱們這裏得手了，還得提防人家來反攻。堂上的諸位將軍都是勇武之士，論起行軍打仗都是好手，不過論起親民、守禦、小心謹慎、識大體曉政治的，那該屬誰？」

他話未說完，各人便一齊往周全斌望去，劉國軒搶先向周全斌道：「恭喜呂宋總督周大人啦！」

周全斌聽他話語中略有醋意，卻也不放在心上，站起身來，向張偉一躬，恭聲道：「大人，全斌以爲大人曾言軍人不得干政的舉措甚好，派駐呂宋的軍隊需將軍統領，不過文武分開，政事還是需要大人派文官過去爲好。」

張偉點頭應道：「誠然。全斌此言有理。軍人確乎不能干預政務，是以全斌先去，待打下呂

宋全島後，看看再說。」

又笑道：「先這麼著，十日後神策衛全軍上船，隨台北水師一同進發。」

說罷揮手令諸將退下，自回府邸。

待十日後，張偉交代了台灣諸務，因慮及呂宋島土著甚多，雖有不少漢人在那島上，到底不如台灣島容易治理。故又特地挑選了諸多幹員隨行，便是那呂唯風亦是奉命同行，只待打下呂宋全島，便可撫境安民。

以呂唯風的意思，還打算在台北台南的官學中挑選新畢業的人才同行，以爲官員佐輔，張偉卻道：「這些人多半二十不到，雖然在官學中學了滿腹的知識，到底不是積年的幹吏，還是留在台灣再歷練幾年，再行委用較妥。你現下將他們帶了去，那呂宋島兩眼一抹黑的，好好的人才也得毀了。」

第八章　兵臨海外

那夥漢人聽不懂張偉所言的中庸仁恕是什麼，卻是聽到適才漢軍士卒所喊的軍令，各人都是從屠殺中僥倖逃生的，對那些屠殺漢人的凶徒恨之入骨，聽到張偉下令一個不饒，都是大喜過望，那失去親人的便又立時跪下，當天禱告，勸親在天之靈可以瞑目矣。

呂唯風這數年來幫辦政務，每日都窩在那軍機處值房內，成日的批示公文，呈寫節略，引見官員，協理諸衙門的事務。只不過幾年工夫，精神雖然仍是健旺，模樣卻已是比當年出使倭國時憔悴蒼老許多。

因笑道：「這一年來，我手下使喚了不少台北官學畢業的孩子，都是頭腦清楚靈活、見識超凡的好苗子。難得的是沒有腐儒酸氣，敢想敢做，不拘泥。我心裏委實喜歡，所以想的左了。」

張偉聞言一嘆，眉宇間現出憂色，向呂唯風道：「這都是復甫兄的功勞！我只說了個大略方針，他就用心做將起來，無論是西洋的算術、天文、地理、乃至政治、哲學，他都單獨開了課程，甚至重金禮聘洋人教師前來台灣。中學爲體，西學爲用麼！光說那地理中的繪製海圖，就比咱們中國人用眼睛和腦子記憶強過百倍吧？這幾年台灣水師人才甚缺，若不是從官學中招募了幾十個地理學得甚佳的孩子，這些船造將起來，卻沒有人會看海圖，開出去就可能觸礁，那有什麼用？現下復甫兄在台南辦學，所有的台南子弟盡皆入學，比之當年台北官學草創，又是強過許多。只是這台北官學，自從交給何老夫子，論語說的多了些，經世致用的卻少了許多。這樣下去，我只能免了他的學正，再另尋賢明了。」

呂唯風先是不語，待他說到要免了何楷學正，忙打量四周，見都是張偉心腹親兵，才放心埋怨道：「大人，您的身分，說話可不能太過隨意。適才的話要是傳到何兄耳裏，只怕不待你免，何兄自會帶著弟子離台而去。」

「是，我也是太過著急，我千辛萬苦不怕花錢，可不是想教出一群老夫子來！」

呂唯風笑道：「大人是關心則亂。雖則何學正愛講經義，到底官學分科甚多，何兄又不能將學子們都抓去聽他講課，大人儘管放心！」

又壓低聲音，向張偉道：「自何楷來台，已經引了閩、浙、兩廣，甚至有兩湖、南直隸的不少名士來台。且大人破遼之後，聲名大顯，士林間皆道大人雖是跋扈，到底是有忠義之心。光是年前，就有不少士子乘船來台，一則是年前南方局勢不穩，賊兵四處搶掠屠城，二則也是大人威名，加上何楷等人在此，方引了不少讀書人來台。大人不重讀書人，以為書生無用，其實咱們漢人最重儒生，鄉間有事，多半是請宗族族長或是年高德重的儒士來評斷，一個老儒生振臂一呼，比當地的府縣官兒還管用呢！大人只需善待這些儒士，將他們看管約束在台北城中，不使他們妄議政治影響大局，那憑著這些儒士名流的聲望，與大人將來大有利焉。」

張偉沉思片刻，向他笑道：「你說得對！這陣子我一直考慮對呂宋的戰事，雖然知道年前來了不少避亂的文士，但也沒有放在心上，經你這麼一說，倒是撥得雲開見月明！你說說，來台的文士中最有名的是哪幾個，我挨個去拜訪一下。讀書人最重禮，我可不能失禮於人。」

說罷便笑，等那呂唯風回答。

他嘴說是因呂宋戰事耽擱此事，到底也是因心中極是厭惡百無一用的書生，故而從不將此類人等放在心上。經呂唯風一提點，想起此類人用來收攏人心、改善形象卻是最有用處。朱元埻強過陳友諒、張士誠，就是因其善用鄉間的儒生。那朱升不過鄉下一老儒，在朱元璋善待儒士的感召，至集慶獻「廣積糧、高築牆、緩稱王」的基本戰略，朱氏得天下，便在這九個字上。張偉雖是用不著什麼老儒來獻策，到底是一直行的是霸道，在人前一直是以梟雄形象著稱。在南洋倭國等海外，張偉不需要改變什麼形象，將來進入大陸征戰，能迅速穩定後方，平服亂局的，則必然是這些滿嘴胡柴的儒生。是以連張偉這般的強勢人物，也當真是不能將儒生拋下。

他臉帶微笑，不將心底對傳統士大夫的鄙視顯露出來，兩千餘年尊禮儒家的傳承當真是不可輕撼，那些目不識丁的農夫在田間地頭遇著文人還要恭稱一聲「先生」，張偉想改變社會，便得先向這個傳統低頭。

「大人，年前過來的名士甚多，南京危急時，不少人從下關碼頭上船出海，直逃台灣。其中最有名的，當是當年與顧憲成一同成立東林書院，號稱『東林八君子』的高攀龍、黃尊素，還有那江南國子監生吳應箕，這三人聲名最顯，是爲來台士子的領袖。大人需一一拜訪，以得文人之心。」

那吳應箕原本是崇禎六年在蘇州虎丘大集兩千士子，聲言「吾以嗣東林」的復社領袖之一。他以國之監生的身分，八試南闈不中，一直到崇禎十一年方中了副榜秀才，爲人方正忠直，最得士林敬重。那個有名的《留都防亂公揭》，便出自其手。後來南明弘光朝覆滅，他在家鄉募兵抗清，後英勇就義。張偉雖鄙薄文士，對明朝末年號稱「家事國事天下事，事事關心」的東林黨人卻有幾分敬意，對當年在南明時期紛紛起兵抗清的這些文人志士更加佩服幾分，以手無縛雞之力的窮困書生，只憑藉在鄉間威望，斷然起兵抗擊異族入侵，可比那些貴戚、武將、大臣們高尚許多。

張偉突地想起一事，向呂唯風問道：「那黃尊素可是有子名曰黃宗羲麼？」

呂維風詫道：「正是。我曾上黃府拜見黃老先生，當時黃老先生身邊侍立一青年男子，老先生言道：這是吾子宗羲。大人如何得知？」

張偉含糊道：「黃尊素老先生爲東林八君子之一，我早前派人打聽過他的家世，是以知曉。」心中只想：「這位著述《明夷待訪錄》，我心中最敬佩的明末大家，竟然已在我的治下了！」

黃宗羲多才博學，於經史百家及天文、算術、樂律以及釋道無不研究。他提出天下設立君主，原本是要利天下，結果君主把天下視爲私有，苦害天下百姓。士子出仕，不應以報效君主爲念，而要以天下爲己任；又提倡以相權制約君權，以民權制的政權，以監督體系制約腐敗，在盧梭等人的民主論述尚未出來前的數十年，中國就有黃宗羲這樣土產的顛覆數千年專制傳統，非議君主，強調分權而治的先賢，張偉讀其傳略，總是心生佩服。只可惜康熙以雄才大略自詡，卻從來沒有把這他的真知灼見當一回事，雖然尊禮不已，卻也只是把他當成與其他儒士那樣，視爲「遺老」，尊禮榮養罷了。

張偉一直苦於制度，全仿西式顯然不符當時的國情，那百姓大字不識一個，全憑儒生和宗族的左右，弄什麼議會之類，只能成爲野心家操控影響的工具。若是張偉仍復專制，固然在他生時可以致中國富強，但一旦身死，中國仍然會回到治亂興亡的老路上。這一心病一直懸在心內，如何治天下卻比打天下更令張偉頭痛。此時聽得那黃宗羲已在台灣，張偉大喜過望，黃宗羲此時已二十出頭，思想經歷雖未成熟，但必然已有不同常人的學識，只要張偉稍加點撥引導，他必然能思索出一套適合的政治體系來。

張偉喜上眉梢，因向呂唯風道：「走，這便去黃府拜謁尊素先生父子。」

呂唯風瞠目結舌，呆看著張偉道：「大人，這會兒便要開船往征呂宋。結交讀書人固然重要，也比不上征伐大事啊！待大人從呂宋回來，再去拜訪黃府便是了。」

張偉聞言一愣，步到船艙內窗前，向外一看，只見船上眾水手已是起錨升帆，此時風向正好，那桅桿上主帆已然順風鼓起，只需待鐵錨完全升起，再將碼頭纜繩一解，這定遠戰艦便會如離弦之箭一般，瞬息間駛向大海。

因嘆氣道：「怪我怪我！唯風，下次有這種事情，需早些提醒我！此次失之交臂，待我回來，一定要好生向人家賠罪才是。」

又召來船艙外隨侍的一名親兵，吩咐道：「命艦長派人放小船，你這便上岸，持我的信牌，命吳遂仲即刻往黃尊素府上拜見，好生安撫黃府上下人等，若是有什麼缺用的東西，只管支取給他們，待我回來再做理會。」

見呂維風一臉納悶，顯是不知道他為何如此厚待黃府上下，便又令道：「是我忘了，吩咐吳遂仲，所有年前來台的名士大儒，都需要好生照料。對了，在我回台之前，任何人不准放他們離台而去，可明白了？」

「是！」

見那親兵拿著權杖轉身而去，張偉方稍稍放下心來。向呂唯風笑道：「你帶來的佐輔官都在哪？」

不待他回話，又笑道：「想來是在下面的船艙內，這便帶我過去。眼見他們拋卻台灣舒適日子不過，前去蠻夷之地為官，俸祿和品級雖是高了，到底也是拋妻別子的，我且得去宣慰一下。」

說罷起身，由那呂唯風帶路，下了船艙與前往呂宋的台灣官吏說笑取樂。

中國人與西人不同，又是什麼落葉歸根，又是父母在不遠遊，西人中為博取富貴，不惜遠涉重洋，什麼家人父子，全然不放在心上。此番張偉因要先攻宿霧外島，那宿霧島原本是個彈丸小國，自葡萄牙人冒充為西班牙人在島上大加殺戮後，西班牙人又在島上殖民多年，稍有不順者便遭屠殺。這些年來宿霧土人深恨所有白人，卻是無力反抗。

那呂宋島上原本分為若干個小國，占城渤泥等國還於明成祖時，多次由國王親身前往中華朝貢，對明朝一向是十分嚮往。張偉知道民心可用，再加上宿霧尚有些漢人存身，是以先期便帶同了數十名幹練官員，只待一攻下宿霧，便可依靠漢人和宿霧土著對明朝的好感，展開統治。

原本想著提高俸祿和品級，便會有不少官吏報名前往，誰料自招募之日起，一直到臨行前數日，居然只有寥寥無幾的幾個小官報名。張偉一問之下，方知一則是此去先期還要打仗，眾官害怕死傷；二則在台灣很好，雖然去外國瞬間便有好處，亦是無法打動人心。張偉苦惱之餘，只得悍然下令，用古老的抽籤法選定了隨眾官員，各人生死由命，富貴在天，這才斷絕了台灣上下試圖躲避這次差使的暗流。

此時見到那些嘟著嘴兒，睡在艙室裏暗嘆時運不佳的官兒，張偉也只得強堆起笑容，耐心勸慰。離著台灣不過兩月不到的路程尚且如此，張偉真是很難想像這些官員被派到北美或是南美時的反應。與百姓不同，稍有身家或是學識的中國人，在沒有走上絕路前，絕不可能奔赴海外。

待船行一月有餘，因水師先行，戰艦已到宿霧外島港口。施琅派小船來報，請張偉在大船上稍待，待攻下宿霧外港口，由周全斌帶著神策衛登陸占據全島後，再請張偉上岸。

那西班牙總督在宿霧島外不過安排了幾艘小型近岸的炮船，嚇嚇土人尚可，遇到大股的漢軍水師炮艦，不過發了幾輪炮彈，還沒有一顆擊中漢軍水師，便被盡數擊沉。

那宿霧島上駐防的兩百多名西班牙軍隊，不過每人放了幾槍，因見大股的漢軍登陸，便立時放下槍來投降。他們屠殺手無寸鐵的華人及土著自然是十分凶橫，遇到大股手持火槍的軍隊，便立時選擇了投降。

因張偉下令，這些西人在二十餘年之前於馬尼拉屠殺了兩萬多漢人，手上沾滿了中國人的鮮血，故特令漢軍不得收留俘虜。先期上岸的漢軍雖見那些西人將手中火槍放下，舉起雙手步出防線，卻仍是管自開槍，待一排排的西人士兵被打倒在地，那些醒悟過來的士兵再想持槍抵抗，卻被四千漢軍水師陸戰隊員打得渾身是洞，鮮血長流。不到一個時辰，宿霧外島便再也沒有一聲槍響。

「嘿！尊侯，你辦事怎麼如此野蠻，快命人將這些屍體拖走，這麼血淋淋的，嚇壞了百姓可怎麼辦！」

待張偉登陸島上，行到西人宿霧駐軍和行政首長的府邸之前，只見四處躺著被打死的西班牙人的屍體，因張偉即刻便要召見當地土著首領，還有那漢人代表，故而立時命施琅派人將屍體拖走，用泥土將血跡遮掩。

站於這小島最高的建築物之前，張偉極目遠眺，只見四周都是西班牙人所建的軍營、商行、教堂等建築，數里之內，別說土人房屋，便是連棵稍大的樹木也沒有，因笑道：「這西班牙人倒是小心，這麼建造房屋，四周還有木柵防禦，四周又皆是平地，土人便是想反，也是隔著老遠便被打死了。」

「是，末將適才命人攻擊，也是撓頭，唯恐他們隔著老遠開炮。誰知道這島上雖有炮台，那些小炮卻都被西人總督運到馬尼拉港口去了，這邊只留了些小炮船防守港口，這可不是自毀長城麼。」

張偉一笑，答道：「他們在宿霧島上經營最久，早已沒有人敢挑戰其威。呂宋本島則不同，土著眾多，又有大量漢人，還有每年來往不絕的商船，自然是要小心那邊。」又問道：「適才命人去尋島上土人和漢人中能說上話的來見，怎麼半天不見一個人影？」

那水師軍官答道：「末將早已派人去請，只是島上平民在適才海戰時便聽到炮響，想來是躲在叢林之中不敢出來。末將這便多派人手，快些尋些人過來。」

張偉站在原處，直等得兩腿痠麻，方見一眾漢軍士兵押著一群十餘人的平民迤邐而來。便向打頭的果尉問道：「當中可有漢人？」

那果尉回話道：「大人，若是只尋土著，咱們早便可以回來交差。幾里外的小木屋裏，便尋到了這幾個年老土著。只是怎麼也尋不到漢人，後來還是在小樹林尋得了這些漢人。」

張偉冷眼瞧去，只見那幾個漢人衣衫破爛，身形萎頓，有一年老漢人，因見張偉拿眼瞧他，立時嚇得全身發抖。

張偉問道：「你們都是漢人？」

那幾人先是不敢答話，待張偉用閩南語連問幾聲，方有一中年男子勉強答道：「軍爺，我們都是。」

「你們在此做何營生，何時過來此地？見了族人，怕些什麼！」

那人又答道：「稟報軍爺，小人是在嘉靖年間到得呂宋，一向是以給呂宋人做鞋謀生。到這宿霧島上，不過是十幾年前的事。」

遲疑一下，又偷眼看張偉等人的服飾，突然跪地哭問道：「請教軍爺，可是從大明過來的？」

張偉見他兀自怕得發抖，便先將他扶起，又溫言道：「是，我是大明的福建總兵官，聽說你們在呂宋被紅夷欺侮，便帶兵來為你們做主。你不要怕，起身來，我問你話。」

那漢子一哭，身後諸漢人立時把持不住，亦是聞聲哭將開來。

張偉聽他們哭得淒慘，一時間倒不好相勸，直待過了盞茶工夫，待他們哭聲漸息，方才連聲勸慰，總算將這群哭泣不止的漢人勸住。

又問道：「你們明明知道我們是漢人，還怕些什麼？」

那原本怕得發抖的老者答道：「軍爺，二十多年前紅夷大殺漢人，先是紅毛鬼子自己動手，後來漢人太多，殺不勝殺，便招募了當地土人和漢人中的敗類，發給武器，一齊動手。十幾天內殺了三萬多漢人，那馬尼拉附近的河流兩邊全是屍體，老漢的大兒子便是被漢人敗類用繩子捆起，連同十幾個族人綁了石頭，一起推到河裏淹死的。我若不是逃得快，當日也死在那裏了。一直過了半年，那附近的河水仍有屍臭，河裏的魚吃了人肉長肥，所有的人都不敢吃魚。」

說到此處，那老者氣得渾身發抖，怒道：「紅毛人殺漢人也罷了，那些土人和漢人中也有敗類幫著一同殺，如若不然，就那幾千紅毛鬼子，咱們就和他們拚了，又能如何？」

張偉亦是氣得臉色鐵青，《明史》上載呂宋漢人被屠戮了三萬人，西班牙人的官方記錄是兩萬五千人，他每次讀史到此，都是氣得牙根發癢，此時親眼得見當年大屠殺的倖存者活生生站於眼前，口說手劃講起當年的慘狀，張偉只覺胸前一口悶氣堵塞，如棉花團一般沉甸甸的難受。

因也怒道：「這老者，待我打下呂宋本島，由你尋些當日未死的漢人指認凶手，凡是當日參

與屠殺的，你們說出來，我將他們一律殺死，爲大家報仇！」

那老者初時一喜，後又仰著臉問道：「大人，那些西人紅毛，又該當如何？」

張偉聞言一笑，向身邊的漢軍士卒道：「你們說說，來此之前，我是如何吩咐你們的？」

那些漢軍士卒正都被那老者所說一事氣得胸口發悶，此時聽張偉問話，便將憋了半天的悶氣大聲喊出道：「大人有令，上島之後，凡白人紅夷，不論男女老幼，一律誅殺！」

「聽到沒有？嗯，我不講什麼中庸仁恕，我的章程就是以牙還牙，以眼還眼！紅夷殺我同胞，我便將他們也盡數殺了！這樣，或許可以以鑒來者？」

那夥漢人聽不懂張偉所言的中庸仁恕是什麼，卻是聽到適才漢軍士卒所喊的軍令，各人都是從屠殺中僥倖逃生的，對那些屠殺漢人的凶徒恨之入骨，聽到張偉下令一個不饒，都是大喜過望，那失去親人的便又立時跪下，當天禱告，勸親在天之靈可以瞑目矣。

張偉又將那些土人召來，經當地會說土話的漢人翻譯，方知經葡萄牙人一番屠殺之後，原本不過數萬人的宿霧島便折損了兩千餘人。

那宿霧國王正在深恨之際，卻又來了西班牙人，那國王卻不糊塗，任西人如何巧言利誘，卻只是不與其合作。於是西人盡屠國王一家，炮轟島民，四處殺人。後來又下令士兵居於民舍，將多餘的房屋盡數燒毀，經過此次大殺之後，宿霧島上幾乎無有生還者。眼前的這些土著和漢人，還是這些年從馬尼拉渡海而來。因島上西人不准百姓建造房屋，各人只得在島上樹林及海灘附近造些一人多高的小木屋，勉強度日。

張偉聽完，向身邊臉色鐵青的周全斌道：「全斌，你一向說紅毛夷人知禮守信，卻不知他們還有這樣的一面吧？」

周全斌氣道：「全斌去澳門與那葡人打過幾次交道，只覺得他們做起生意來是一把好手，又守時守信，又善造機械，從幾萬里外漂泊而來，當真是不易；又臣屬大明，平日裏甚是恭謹，卻不料他們原是這樣的畜生。」

又納悶道：「他們占據澳門時，也沒有這般窮凶極惡啊，怎地在這南洋，卻如同食人生番一般？還有那西班牙人，一邊同咱們大做生意，借著咱們中國的貨物發財，又爲什麼大殺漢人呢？這一下子就殺了幾萬漢人平民，他們怎地下得了手！」

張偉先是一嘆，又負手信步而行，召周全斌與呂唯風二人在身後跟隨，行到遠處，見那些百姓與漢軍士兵已然聽不到他們的說話，方向周全斌道：「全斌，我原本就是擔心你不清楚此事。現下你親眼見到，那麼我吩咐起來，便省事許多了。」

他悠然道：「漢人被殺，我看著也委實心痛、憤恨，不過立身於西人的立場，若我是這呂宋總督，只怕也會大殺特殺。那紅夷人都是身處歐洲，距南洋數萬里之遙，他們來此何事？貿易？這可是笑話了！全斌，唯風，我同你們說，咱們中國人一向是本分的以貿易賺錢，這些紅夷表面上是來南洋貿易，其實只是兩個字：掠奪！中國人就是太會做生意了，呂宋的華商將中國與西班

牙人的貿易權牢牢控制在手中，不但威脅他們的統治，還將大量的中國絲綢等物拋向他們的南美殖民地，便是西人在歐洲的母國，也是有大量掠奪來的金銀又返流到呂宋，再由呂宋被送往中國內地。如此這般外流金銀，那西人如何不著急？他們的國王下了幾十次命令，卻仍是不管用。於是華人被屠，也就成了難免的事。」

見周呂兩人聽得目瞪口呆，張偉又道：「咱們打下呂宋，自然還是要用來賺錢。紅夷是別想來了，當地的土人都呆頭呆腦，不會妨礙你們。如此的寶地，你們得好生去做！」

見周呂二人點頭應了，張偉又道：「尊侯已帶著艦隊去馬尼拉港口，此前咱們已派了細作偽裝商人進入馬尼拉城，聯絡當地的漢人。原本想著可以在施琅攻打港口的時候在城內作亂放火，吸引軍隊回防。現下看來，當日漢人被殺得太慘，各人都嚇破了膽，未必會有人敢出頭。」

周全斌沉吟道：「呂宋的西人並不多，連軍隊帶平民，也就是四五千人。估計正規的陸軍部隊，最多不過兩千人左右。以水師的實力，可以很輕鬆的攻破港口，至於城市，就由咱們神策軍來主攻就是了。」

「是。那西人在南洋不過有此一地，用做貿易中轉，而非移民之地。他們的重心在南美等地，那邊的力量就強上許多。即便如此，仍需小心。他們人雖不多，這些年必然也會養些土人做輔助兵，還有，他們在此經營日久，漢人想來多半是倒履相迎，那土人就難說得很了。」

周全斌聽出張偉話中意思，點頭應道：「全斌明白。當年這些西人不過幾百人，幾條戰艦，就能占了十倍於台灣的呂宋，我想，咱們漢軍未必就不如他們！」

張偉略一點頭，笑道：「響鼓不用重槌，你去吧。」

見周全斌匆匆去了，又向呂唯風道：「原想著先在宿霧紮下根來，沒想這好好的地方讓這些紅夷糟踐成這副模樣。也罷，此地便只留些駐軍防守，打下呂宋本島後，便將留下的居民都移到本島上去。」

見呂唯風並無他話，便笑道：「咱們且去這島上的兵營中暫歇，估計三五日內，呂宋那邊也就大局已定了。」

呂唯風緊隨他身邊而行，因見張偉神色輕鬆，舉止如常，全然不將馬尼拉那邊的戰事放在心上，便問道：「大人，那邊的事情您不管啦？」

張偉哂然道：「不論是水師艦船還是步兵實力，咱們都遠超他們，這樣的仗若還是打不好，我去了又有何用？」

又道：「我此番過來，一是咱們都沒有在海外治理管制異族的經驗，我親身來看一下，也好臨機處斷。二來此地漢人甚多，以我的身分前來宣慰最好。光憑這些西班牙人，還不值得我親來一次。你當尊侯他們是死人麼。」

他駐蹕宿霧之後，只留下自己的親兵護衛，又命人四處尋訪流散的土人漢人，只待呂宋那邊打完，便可將人全數運將過去。

閒暇無事，便在這小島上四處遊逛。這呂宋的島嶼因是熱帶海洋氣候，其風光景致卻又與台灣不同。此時正是呂宋四季氣候中的旱季，天氣炎熱，卻又不似雨季那般高熱濕潤，海風一陣陣吹在人身上，當真是舒爽之極。

這宿霧島原本是葡萄牙人麥哲倫命名，島上皆是平原，綠蔭片片，四周海水湛藍，靠近海岸的淺水裏便有大片的美麗珊瑚。張偉心曠神怡之餘，知道此處實爲養貝取珠、割取珊瑚的好所在。對著如廝美景，心裏卻只是想著黃白之物，暗念兩聲罪過，卻是急聲喚來呂維風，將此事吩咐了。

「大人此番說是率軍出戰，依我看來，竟是消閒歇息來了；再尋上幾個美人，那可就更加有趣啦。」

神策右將軍肖天原本是早先移民台灣的閩南人，張偉一至台灣，他便投軍報效，算是最早得用的老行伍，因功而升至右將軍，因爲人詼諧有趣，善講笑話，在漢軍中甚得人緣。便是在神策衛內，也比性格陰沉的左良玉、好勇鬥狠的曹變蛟更得軍士愛戴。

此時他與施琅、周全斌、曹變蛟領著一幫神策校尉站於鎮遠艦船頭，眺望不遠處的馬尼拉港，西人的海軍艦船早被封鎖在港口之內，被前方的漢軍水師大艦轟擊得抬不起頭來，雖然馬尼拉港口內亦有炮台不住的向水師開火，只是加起來的火力也只能和漢軍遠字級大艦一艘相當，眼前那些軍艦被一艘艘轟沉，水面上已然快沒有抵抗力量。施琅命請來船上的神策諸將，只待一會兒岸邊炮台火力被壓下，漢軍陸軍便可在海上力量的掩護下登陸。

周全斌聽那肖天口說手劃，玩笑開到張偉頭上，只是不理會，又拿著望遠鏡看了半天，方向施琅道：「尊侯兄，一會兒我命肖進元帶神策右軍先期上岸，向馬尼拉城逼近。你需將戰艦開到岸邊，用炮火支援。那軍艦能逼近麼？」

那曹變蛟聽得周全斌令肖天打頭陣，眼角一跳，卻不作聲，只聽得施琅答道：「來此之前我已命人打聽過，這西人的大艦也有直接靠港的，當時他們選擇此處立港便是因吃水夠深。我又命人假做商人前來窺探，果真是如此。全斌儘管放心，咱們必定是全師向前，用炮火壓得他們抬不起頭來。」

周全斌點一點頭，不再詢問，又向肖天道：「肖進元！你平素裏嘻嘻哈哈慣了，適才敢拿大人來議論，你長得幾個腦袋？」

見肖天急忙低頭，不敢抗辯，便令道：「你快下艦，乘小船去後面的運輸船上，待前面軍艦靠前，自會有旗語通知你們登岸。半個時辰內，你要把岸邊的軍隊給我攆開，要把那馬尼拉城圍得水泄不通，若是有一點疏忽，跑了一人，我就打你的軍棍！」

肖天聽他語氣嚴峻，雖不信他當真會打自己的軍棍，到底是屁股要緊，忙不迭應了，帶了親衛參軍下船，一行人回到神策右軍所乘的大船之上，只等著旗語命令一來，便可向前。

此時已是正午時分，炮戰打到此時，岸上的抵抗已是越來越微弱，在漢軍密集的炮火攻擊下，敵軍炮台上已鮮有還擊，若是用望遠鏡看過去，便可見炮台上盡是橫七豎八鮮血淋漓的屍體。一艘艘西班牙軍艦紛紛起火沉沒，艦上的水手跳入海中，拚命地向岸邊游去。躲在一邊的西人商船因沒有配備武器，不曾參戰，因此卻也不曾受到漢軍的攻擊，此時便派下了小船，前往營救。

曹變蛟因見前方海面上的西人水手不住地爬上商船，便向周全斌問道：「大人曾說此戰不收俘虜，不論老幼婦孺全數殺了。就由末將帶了手下，划船前去商船之上，將那些商人水手盡數殺了？」

周全斌知他是因不能先期上岸鬱積成氣，故而此時閒極無聊，要去殺人洩恨，故溫言撫慰道：「不必著急，攻下城後，這些人一個也跑不了。」

卻聽得施琅此時沉聲命道：「來人，向後面的兵船打旗語，命他們划槳向前，打上岸去！」因帆船操控不易，不適合登陸時快速移動，張偉便命人特意打造了由風帆及槳手雙動力的運兵船，船身寬大平穩，船艙內設大型通間船艙，用堅木釘成一層層的臥鋪，兵士們便睡臥於船艙之內。平素吃飯或是活動，便可至其餘的艙室，這樣弄法，可比當時的歐洲人的吊床式小型船艙舒適許多。船身兩舷都設有槳位，一旦到近海登陸之時，便可以將木槳放出，快速划動，向岸邊衝刺。

此時前方傳來旗語，肖天知是水師軍艦已粉碎了岸邊抵抗，便令道：「全速划船，全軍準備登岸！」

待船行至港口海面，避開了尚在燃燒沒有沉沒的西班牙軍艦，一直衝到碼頭之前，船身調整方向，放下跳板，船頭甲板上早已持槍肅立的漢軍士兵依次跳上岸上去，前隊迅速展開戒備，護衛在其身後上岸的漢軍。

漢軍原本以為在岸邊還會遇到敵人的抵抗，卻不料這些對待平民凶狠之極的西班牙人卻實在缺乏戰鬥的意志。打過幾次惡戰的漢軍老兵們四處尋不到身著紅色軍服的敵兵蹤影，禁不住皆是啞然失笑。

待神策後軍的四千多漢軍全數登岸，展開陣形，將岸邊的敵軍工事全數占領，所有的漢軍士兵竟然是一槍未發。有小股的西班牙人不及逃走，卻是見到了身著黑衣的漢軍士兵便高舉手中火槍投降。

「先行押下，派些人看管。」

肖天雖是平素裏嘻笑怒罵，無甚威嚴，在這戰場上卻也是令行禁止。漢軍軍令甚嚴，那軍法部的軍法官四處巡視，若是被他們捉住什麼把柄，除非張偉親下赦令，不然便是神仙也救不得。

「將軍，大人是命盡數殺之，將這些人看管起來，徒耗人手，又違了大人的命令！」

見是隨軍的軍法校尉領著幾個副官站於身前，原本在戰場上仍是笑咪咪的肖天反倒立時將笑容收起，板著臉答道：「貴官管得太寬了！戰事沒有結束前，我隨時可以執行大人的命令，若是我始終沒有遵命，那時候你再來質問不遲！」

那個校尉甚是年輕，胸前佩帶的卻不是尋常漢軍將士胸前的騰龍鐵牌，軍法部的將官們胸佩的鐵牌上皆是刻著兩把對稱相疊的長刀，中立一斧。用這樣的標識牌來區分軍法官與普通的軍官，也是說明軍令森嚴之意。就這麼一面小小的鐵牌，平日裏頗使那些行爲不檢的將官們頭疼，加上軍法官們又傲氣十足，挺著胸往你身前那麼一站，那鐵牌上的刀劍閃著寒光，當真是令那些犯事的漢軍將領著頭疼不已。

這肖天生性隨意慣了，在台灣時曾幾次因觸犯軍法被請過去訓斥。他雖身爲漢軍神策衛的右將軍，卻是連馮錫範的面也見不到，直接就在軍法部的外堂被一個小小的果尉依著法條訓斥了一番。

看著那小軍官人模狗樣站在堂前，肖天卻只能忍氣吞聲的被他訓斥，那飛濺的口水直噴到臉上，當真是要多窩囊就有多窩囊。

見那軍法官板著臉離開，肖天立時又在臉上露出微笑，心道：「你小小年紀，知道什麼。此時眼見就要攻城，便在那些洋鬼子眼皮底下殺人，還有人敢投降麼。」

他身邊的神策右軍的眾軍官見主官心情大好，一個個亦都是面露笑容，有那平素拍慣馬屁的，便待上來逢迎。肖天將臉一板，喝道：

「都是混帳行子！你們當來此逛妓院麼，一個個笑得跟嫖客一般。都給我將隊伍整頓好了，佈防碼頭的留下駐守，往四面搜索的快帶人跑著過去，走漏了敵人拿你們是問！剩下的隨我向前，在敵人炮火射程外佈防，等大隊到了，咱們這搶先登陸的功勞就到手了。都給我把精神抖起來，別看著敵人稀鬆就一個個昂首挺胸的，你當是來會操呢？一不小心打了敗仗，有幾個腦袋？」

各級軍官因敵人打得太過膿包，心理上早就鬆懈了，此時聽他一喝，各人皆凜然遵命，提起精神帶著屬下，依著肖天的吩咐往前方而去。

肖天因身為一軍主將，也有一個張偉下發自洋人手中高價購買的望遠鏡，此時在這碼頭離馬尼拉城尚有近兩里的路程，他將腰間的望遠鏡摸將下來，放在眼前向那城堡方向望去。看了半日，方向身邊眾人笑道：「這洋人的城市當真是怪。弄了那麼高的尖頂做甚，能住人嗎？」

這馬尼拉城現下只是西班牙人建築的大型城堡，內有總督府邸，商會、教堂等西班牙式的建築，城堡之外，方是當地土人和華人的居所，這些民居拱衛散佈於巴石河北岸，將城堡牢牢環在中心。

因二十餘年之前的那場屠殺，馬尼拉一時間竟然找不到鞋匠、木匠、理髮師、中轉商人，再加上巴石河內皆是被殺漢人的屍體，城內臭氣熏天，城外的河水不能飲用。原本居於靠海南岸的大量百姓遷移至北岸，遠離當時的城堡中心地帶。此時雖過了二十多年，已有不少漢人忘了當年慘痛，從中國沿海及南洋諸島又絡繹遷來。此時的馬尼拉城，又有大量的漢人聚集。

肖天放下望遠鏡，向身邊的諸將笑道：「現下南岸住人少了，倒是方便咱們許多。不然一會兒大炮轟將起來，那些個百姓亂紛紛的，還怎麼打仗。」

不待諸人答話，又皺眉道：「不知道這南岸的漢人百姓逃光了沒有。大人早就吩咐派商人偽裝前來知會漢人暫避，也不知道究竟如何了。」

提起這呂宋的漢人，不但是他，便是身邊那些見慣死傷的老行伍們亦是皺眉，各人都知道當年西人屠殺漢人一事，一面是悲其不幸，一面是怒其不爭。當日的西班牙人在呂宋不過一千餘人，被殺的漢人竟有三萬。若是有人振臂一呼，漢人們不是全無抵抗，任人宰割的話，那西班牙人如何能殺得這般順手？這也罷了，現下不過是過了二十多年，又有大股不怕死的漢人渡海而來，當真是教人哭笑不得。

他們卻是不知，這馬尼拉漢人的苦難不過是剛開始，一直到十八世紀末，呂宋漢人一共經歷過五次大規模的屠殺，一共有十幾萬漢人慘死在這片國土上。南洋各國之人都又懶又愚，比之精明肯幹的華人差了許多。於是自上而下，不論是官員還是百姓，對大發其財的漢人都極爲仇視。每次若是國家有了變故，或是遇了大災大難，首當其衝的便是南洋各國的漢人。可憐自稱中華上國的漢人們，在這南洋便如同歐洲的猶太人一般，被人用來做平息民憤轉移視線而大殺大搶的可憐民族。

第九章　占領呂宋

當日西班牙人攻打馬尼拉時，當地的土王抵抗，西人用炮艦整整轟擊了十天，將整個巴石河南岸轟得寸草不留。此時漢軍剛用大炮教訓了這些以堅船利炮到處欺壓落後民族的驕傲白人兩天不到，他們便已經吃不住勁，要來商量投降，光榮和平了。

待周全斌領著曹變蛟的神策中軍上岸，漢軍水師的陸戰部隊也盡數隨同前來，一萬二千多大軍在馬尼拉的港口處不遠列陣而行，在水師炮火的掩護下向前推進。

那馬尼拉城堡內原本不過十幾門小炮，放置於城堡之內。射程原就不足，威力也是極小，漢軍又是大炮轟擊，又是大股的步兵向前推進，城內的小炮左支右絀，只不過向海面還擊幾炮，便被漢軍水師戰艦上的二十四磅重型火炮打得啞了火。城堡尖頭的閣樓紛紛被轟塌，磚頭木料紛紛落將下來，將那些佈防在城下的西班牙步兵打得抱頭鼠竄。

待退往城堡之內，漢軍的炮火卻又延伸轟擊，一顆顆炮彈不住地落在城堡之內，待漢軍步兵肅清巴石河南的民居，一路推進到城堡不遠處時，漢軍水師的大炮已是轟擊了整整一下午。因天色漸黑，漢軍止住攻擊，就地紮營。

因遼東攻城一事，漢軍將領在沒有登上呂宋之前，心中頗有些忐忑不安，瀋陽一戰，漢軍的精銳老兵死傷甚多，那些將領們至今想起來仍是心痛不已。待一見了那周長不過三里的歐式城堡，各人均將心頭大石放了下來。饒是如此，仍是決定不用強攻，此處與當日在遼東不同，不需要急著攻下城池，若敵人不降，便圍城而轟，斷其飲水糧食，還怕他飛到天上去不成？

第二日仍是晴空萬里，這呂宋天氣也是極怪，六至十一月是雨季，終日大雨不絕，而此時正是乾季，全島整月也休想有滴雨下降。施琅等人待東方太陽升起，便又立時命炮手瞄準射擊，將那馬尼拉城炸得雞飛狗跳，房屋建築不住坍塌，城內那原本就微弱的抵抗意識越發的低落。

到中午時分，漢軍大陣抵達城外，城堡的城牆內外早已見不到半個人影，在密集炮火的攻擊下，城門內外只留下一具具屍體罷了。

見炮火暫歇，城內的西班牙總督皮爾丹斯料想是敵人步兵前來攻城，派了副官前去觀測，那副官只在城堡內被炸飛了半截的瞭望塔上一看，立時嚇得雙腿哆嗦，魂飛魄散。匆忙跑回總督府將城外情形一說，那總督立時決定投降，派了這副官打著白旗往城門處而去。

一路上所有的士兵軍官皆已看到，各人都將一顆心提起，指望著總督大人能商定一個既體面又能保障安全的投降協議來。

當日西班牙人攻打馬尼拉時，當地的土王抵抗，西人用炮艦整整轟擊了十天，將整個巴石河南岸轟得寸草不留。此時漢軍剛用大炮教訓了這些以堅船利炮到處欺壓落後民族的驕傲白人兩天不到，他們便已經吃不住勁，要來商量投降，光榮和平了。

周全斌見那副官打著白旗而來，料想敵人是要投降。此時若是接受敵人投降，教敵人放下武器後再盡數屠殺，自然要少損兵馬。他騎在馬上，看著那副官戰戰兢兢而來，嘆一口氣，命道：「驅逐那洋鬼子回去，趁著城內此時士氣低落，用雲梯登城，衝將進去！」

漢軍因沒有攻城器械在遼東吃了大虧，張偉回台後便記取教訓，不但打造了雲梯，還有那鐵頭車、衝車等物，專為攻城而用。

這馬尼拉城堡甚是矮小，也沒有壕溝木柵護城河之類的輔助防禦設施，城頭的防禦設施又早被火炮轟平，待周全斌一聲令下，上百具雲梯被漢軍高高架起，搭在城堡牆上，漢軍士兵紛紛衝將上去，城內的敵軍還沒有放得幾槍，便被數量占優、火槍亦是先進很多的漢軍驅趕開來，待城門被先期衝入的漢軍打開，大股漢軍立時如潮水般衝進去。

「肖天，你帶著親兵護衛進入城內，四處肅清敵軍的抵抗，若是有降者，命人集中看管，帶到城外！」

見漢軍士兵紛紛入城，炒豆般的槍聲在城內響起，周全斌立命肖天入城指揮，又向曹變蛟令

道：「肖天領人四處肅清街道和普通的民居，你領著本部兵馬，直奔總督府，我料城內也就那裏會有些像樣的抵抗，你不要給他們集結冷靜的時間，要直殺進去，將總督給我擒來！」

「好！末將這便過去，若是跑了總督，末將提頭來見！」

他聽了命令，立時如出柙猛虎般帶著身邊親衛，提點了本部精銳，興沖沖向城內而去。

周全斌抿嘴一笑，知道他憋得久了，一股氣就快爆發，此時派他過去，以他好勇鬥狠的性子，城內那些戰鬥意志薄弱之極的敵軍必定迅即被他打垮。

此時若是以劉國軒或是張鼐的性子，必定親身而入，直接指揮。甚至若是張瑞前來，便是連預備隊也不會留，帶著全師盡數殺入。周全斌比之其餘漢軍諸將，卻是穩妥保守許多。不但人留在城外，還留著四千預備隊準備應付突發狀況。

「爲將者，敗敵致勝才是首要之務。無論如何，我是不會身先士卒的。」周全斌與劉國軒等人說笑之時，劉國軒常以衝鋒在後以便逃跑在前的話來引逗於他，周全斌總是微笑著如此作答。

漢軍大部衝入城內不到兩個時辰，城內已是甚少聽到槍聲，待曹變蛟派人來報，城內總督府已被他攻破，當場便斃敵三百有餘，衝入總督府內的廚房，在火爐旁邊抓住了滿身大汗的總督。

周全斌露齒一笑，知道以曹變蛟的性子，當時便是有人舉槍投降亦是被他殺死。因見城內俘虜不斷空手而出，想來是肖天已肅清了城內大部，也不待他來報，知此時城內已經安全，便帶著餘下的漢軍入城。

但見一路上皆是敵兵扔下的槍枝，脫掉的軍服，那些靴子帽子扔得到處都是。周全斌啞然失笑，這樣的無能軍隊，居然也不遠萬里來此殖民，還偏生殘暴霸道無比。

又見一隊隊的降兵雙手抱頭，灰頭土臉的從眼前經過，周全斌拿眼去瞧，卻見不遠處，肖天正騎於馬上飛馳而來。

「周將軍，城內已再無抵抗。所有的敵兵都被我捉了起來，偶有漏網的，也是不足爲慮了。」

「甚好，我已派人去宿霧港稟報總兵大人。待他來前，咱們需把所有的敵兵和百姓驅趕到城外。」他做一個抹脖子的手勢，見肖天不忍，又道：「這事交給曹變蛟去做，你只負責將人趕出城去就是。」

待周全斌趕到總督府內，只見曹變蛟精赤著上身，全身染滿鮮血，見周全斌瞪他，滿不在乎地笑道：「周將軍，末將沒事。適才用大刀片子砍了個痛快，這血都是敵兵的。」

「你去尋肖天，他有事交代給你。」

將曹變蛟打發出去，周全斌踏著滿地的鮮血，步入修築得精美絕倫的總督府內。西班牙的塞維亞式建築風格與當日荷蘭式建築截然不同，更加的精緻華麗。兩邊的迴廊與天花板上，盡是些精美的壁畫。

皺眉看著一路上四處噴濺的鮮血，周全斌情知此處難以駐蹕，便令人前往城內的教堂，將教

堂內打掃乾淨，佈置一新，只待張偉前來，便能入住。

又令身邊的親將校尉四處宣慰百姓，約束士兵。凡是趁機搶掠，或是妄殺平民的，交由軍法官處置。城內所有的西人房屋、商行、倉庫，皆是立時封鎖。

待張偉兩日後從宿霧前來，城內已是安然如常，除了街角處仍有未及沖洗的血跡和被炮火轟塌的房屋外，再也看不出一絲戰爭的蹤影。

「全斌，那個總督呢？」

張偉端坐於教堂之內，聽著各人彙報戰事經過。因此戰實力相差頗爲懸殊，也無甚可說，因笑問道：「你們將他如何了？」

周全斌略一躬身，答道：「大人未至，敵軍頭目屬下們自然不敢擅自處置，現下還押在總督府內。」

張偉擺手道：「我對見他全無興趣，一個無能之輩，還不值得我去浪費時間。一會兒派人在城外巴石河邊，立一個木桿，將他絞死，以慰被殺的漢人亡魂。」又問道：「城內城外的西班牙人都搜索捉齊了麼？」

「當日西人皆齊集城內，除了少量滯留未歸的，全數被殲。這幾日陸陸續續派人在河北搜索，只抓了十幾個人。其中有好幾個是滯留在外傳教的神父。」

周全斌看一眼張偉，又道：「當日除了打死一千多之外，其餘被俘的數千人都交由曹將軍處置了。一則是難以看管，二則當日大人有命，是故屬下們斗膽先處置了。」

「喔？」

那曹變蛟見張偉看他，便站起身來，稟道：「總兵大人，末將知當日這些西人殺害我漢民多半是在巴石河邊，是故當時率兵將這些西人分隊押將過去。派人用繩子捆了，十幾個人一串，都用刺刀攆下河去，全數淹死。那些洋鬼子男人倒是硬挺，知道必死後，並沒有露出什麼熊樣，一個個臉白得跟石灰也似，就老老實實受死，是以差使辦得頗為順當，半天就把那幾千人全數殺了。嘿嘿，只可惜了那些美貌小娘們，一個個嬌滴滴的，就這麼扔在河裏淹死了。」

說完大笑，不顧房內諸人的臉色，得意道：「以彼之道，還彼之身。這件事屬下做的委實痛快，長出了一口鳥氣！」

「胡鬧！」

張偉勃然大怒，站起身來指著曹變蛟鼻子罵道：「當日西人屠城，棄屍於城外河內，弄得幾年不能飲用河水。你現下把人又丟進去，咱們以後還吃水不吃？你去，快帶人將河裏能撈上來的屍體都給我撈上來，天氣炎熱，為防疫症，都給我燒了。」

那曹變蛟灰頭土臉地去了，堂上諸將想到此時天熱，只怕河中屍體已有臭爛的，此番他的差事，可當真難辦得很了。那年輕一些的忍不住，當著張偉的面就笑了出來。

張偉卻只是不理會，向呂唯風吩咐道：「武事已畢，底下的事就該咱們好生去做。先把人局穩了，再選派漢人中得力的爲輔佐，將這呂宋牢牢控制下來。你現下就去巴石河北，四處尋訪本地漢人中素有威望的，或是大宗族的族長之類，帶他們到城裏來。」

呂唯風領命而去，至巴石河前，卻見不遠處曹變蛟領著幾千漢軍正在河邊處置屍體，呂宋天氣炎熱，已有不少屍體輕度腐敗，一陣陣若有若無的腐臭味隨風飄來。

呂唯風皺眉道：「這河沒有橋麼？」

奉命潛入呂宋的探子早已趕來候命，此時聽這位未來的呂宋最高行政長官問話，自然是不敢怠慢，忙回話道：「小人來時曾經尋當地土人打聽過，因紅夷懼怕北岸的土人和漢人暴動，再加上他們平常甚少過河，是以不准搭建橋樑。兩岸的百姓們若要過河，只能用渡船。」

「那麼你去尋幾艘渡船來，我們往上游走走，再過河。此地的臭氣，我委實受不得了。」

他雖是面膛黝黑，滿臉皺紋，卻是官宦子弟世家出身，若不是父親在緹騎拿捕東林大儒周應昌時首倡市民暴亂，想來他此時還在南京安享富貴。那一日家產被抄，父親被逮問之後慘死獄中，母親妹妹在抄家時跳井而死，他則在那些聽聞訊息趕來的南京市民庇護下倉惶出逃，原本的富貴尊榮之家瞬息之間家破人亡。一路上他惶惶然如喪家之犬，原打算逃至福州投奔族中親戚，卻在福州城門處被一隊奔馳而出的錦衣番子嚇得幾乎癱倒在地。舉目無親，無可奈何之下，便一橫心投了當時暗中招募流民的何斌，往化外孤島而去。

人生際遇倒也奇妙，他若不是家破人亡，想來不過只能在家補個國子監生，碌碌無爲，終老一生。誰料出使倭國後受張偉賞識，將台灣政務交給他與吳遂仲等人，他兢兢業業幹了幾年，現下又被張偉帶到呂宋，想來將來這十倍於台灣的大島，就要交由他統治。

「他日若遂凌雲志，敢笑黃巢不丈夫！遲早有一日，我要把明朝的皇陵，都如那後金福陵一般，盡數掘了！要把明朝的貴戚親王，殺個乾乾淨淨！」呂唯風嘴角露出一絲冷峻的笑容。

見半日尋不到渡船，呂唯風怒極，向那幾個探子喝道：「枉自派了你們過來，連幾艘渡船也尋不到，要你們何用？」斷喝道：「來人，每人掌嘴十下！」

那幾人原本是福建沿海的海盜，並非台灣直接治下的子民，是以呂唯風可臨機處置，不需交付審判。他一聲令下，身邊由漢軍下撥護衛他安全的親兵便上前將那幾個人架起，劈哩啪啦打將過去，只打得那幾人眼冒金星，口鼻中鮮血直流。

「你們定然心中不服，是麼？那渡船想來是被當地的土人藏了起來，甚或是暫且沉在河底，以防損失。兵凶戰危之際，保全家產，這也是人之常情。」

他頓了頓，冷冷一笑，說道：「我打你們，不是爲現下你們辦事不力，是打你們貪生怕死，不肯踏實效力。雇你們的時候，一個個將胸口拍得很響，都道自己是亡命之徒，一定能在呂宋給西人製造混亂，事實如何？別說這邊的情形安如泰山，就是連艘渡船都不知道事先準備！你們拿了錢，卻不辦事，打你們都是輕的！」

見那幾人口鼻中兀自鮮血長流，又嚇得木木呆呆，不敢回辯，呂唯風命從人拿出幾錠大銀，交給那帶頭的，道：

「虧你們都是殺過人的豪傑，幾個耳光就打成這副呆樣？當真是教人瞧不起！銀子拿去，一會兒到巴石河南尋醫生，買些草藥敷上，餘下的買酒喝，以後跟著我踏實辦事，辦得好了，銀子我有的是。若是還敷衍了事，那就不是打耳光這麼輕鬆了。就是這樣，咱們去尋些木頭，製成木伐過河。」

那些個探子原本是沿海的大盜，刀頭舔血的狠角色。此時卻被呂唯風又打又搓，揉捏得如同三歲孩童一般，便是那些護衛的漢軍和隨行的官吏，亦是看得目瞪口呆，不知道平日裏沉默寡言、爲人和善的呂爺，竟有如此殺伐決斷、陰狠手毒的一面。

當下各人默不作聲，隨著呂唯風尋了些輕木，製成幾個大木伐，呂唯風又吩咐人去尋曹變蛟，請他派兵在河上搭建浮橋，以便來回。這才上了木伐，帶著一眾從人分批渡河而去。

上了木伐，往那民居之處行去，見身邊眾人都是噤若寒蟬，原本說笑不禁的都是沉默不語，呂唯風突然一笑，道：「你們都覺得我有些霸道，是麼？」

見無人應答，他豎起兩個手指，道：「只兩條：一、吩咐的事，一定要盡力去辦，盡了力辦不好，我不責怪。二、敢在我背後嘀咕是非，絕不輕饒。我向來說話只說一次，今日你們都聽到了，日後若有些得罪，可別說我不教而誅。肯聽使喚，經心辦差的，我也絕不會虧待，該得的賞，一分一毫也不會少了你們。就是這樣，大家分頭去辦事吧。」

他得到張偉信重，身為方面大員，手握生殺大權。除了駐防漢軍不歸他管，將來呂宋所有的民政自然是歸他處置，此時吩咐下來，眾人皆是凜然遵命。好在他說的章程倒也簡單，也不是暴虐無理，各人心下稍安，立時聽了他吩咐指派的任務，各自分頭行事去了。

呂唯風駐節巴石河北，召集周圍漢人代表，安撫民心。又請示調來一營兩千的漢軍，在巴石河北大肆搜索那些平日裏賣身投靠於西人，甚至當年隨同一起屠殺本族的漢人敗類，該關的關，該殺的殺，亂紛紛直忙了十幾日。待張偉巡視棉蘭和巴拉望島返回，他便帶著選出的漢人及土人首領，一直返回馬尼拉城堡之內，等候張偉召見。

他與周全斌等人這些日子以來忙得屁滾尿流，分兵駐防以防暴亂，調節漢人與土人矛盾，處置戰亂流民，修繕破損，查點庫存，光是那些碼頭中被俘的西班牙商船上的貨物金銀，便派了幾千人點檢了六七日，再加上庫府中的儲存，此次伐呂宋一戰，當真是所獲甚多。僅是那西班牙的運銀船，便被俘獲了三艘，整整五十多萬從南美各處搜羅來的金銀，就這麼落入張偉之手。

張偉各處奔波，召見各處的土人國王，那些遵命侍候的，自然是溫言勉慰，甚至大筆的賞金給下去，也毫不在意；那些自恃身價抗命不遵的，他命行文發令，讓漢軍出兵剿滅。四處巡視下來，雖是飲食無常，餐風飲露的，又被日頭曬得烏黑，精神反比在台灣時悶坐處理公文健旺許

多。

張偉此時端坐城內整修一新的總督府內，捧著一大杯當地特產的椰汁啜飲，心中舒爽愜意，便向呂唯風笑道：「一騎紅塵妃子笑，無人知是荔枝來。看來我也得奢侈一下，日後常年用船送這椰子至台，不但我愛用，估計台灣也有不少富人買得起，這也算是一筆財源。」

又見周呂諸人都是眼圈發黑，神情萎頓，知是他們這些時日太累了，便又笑道：「等我召見完當地漢人，這裏的事也差不多了，待我回台之後，你們就可輕鬆一些，不必在這裏聽命了。」

周全斌勉強一笑，提起精神湊趣道：「大人既然愛用椰汁，回去時便先多帶一些。這裏事忙，只怕一時半會兒的，呂大人還顧不上這些呢。」

呂唯風亦笑道：「大人，難得來此一遭，雖然大事已定，到底還需你多鎮守一些時日為妥。台灣那邊信使不斷，諸事如常，大人倒也不必急著回去！」

張偉搖頭道：「我到底不能放心，況且打下呂宋的事，朝廷那邊沒準會有說法。如何應對，也需我回去臨機處斷，別人不好做這個主。」

又向二人正容吩咐道：「此次我們殺戮過甚！那西班牙雖是歐洲小國，幾十年前海軍遭慘敗而致實力大損，到底此次被我們得罪了。我占了呂宋，等於奪了他們一半以上的財源，自此他們在美洲殖民地的貨物不能過來，亞洲到南美的商路也被掐斷，若是西人舉傾國之力來戰，勝負也是難說得很。是以你們一定要文武共舉，呂唯風要在短期內收攏人心，將呂宋漢人抱成一團，挑選精壯以爲鄉勇，協助漢軍守衛。土人那邊，也需分化利用，有打有壓。此事如何處置，就由唯風自己掌握。」

他長篇大論的吩咐，周呂二人自然是唯唯諾諾，連聲答應。張偉因見兩人精神不振，便停住話頭，笑道：「我年紀未老，倒是有些囉嗦。既然派你二人在此，凡事都需你們自行其事。若是戰事大起，那我自然還是要來的。」

說罷起身，步出內室，在總督府議事大廳內召見那些被推舉而出的漢人代表。

呂宋與巴達維亞等地不同，自經過上次西人大屠殺後，原本還有些在此幾百年的世家大族紛紛被滅，就是僥倖生還的，亦是忙不迭逃離此地。故而此時漢人雖然尙有十餘萬人，卻甚少有同姓大族，便是認了宗親，也只是虛應故事罷了。此時被精心挑選來的，全是當地漢人中素有威望者，無論德行本事，都得到呂宋漢人的敬重。

張偉知道這些人影響甚大，雖不比那些真正的世家大族的族長一言九鼎，卻也足以在這呂宋攪風攪雨。他不敢怠慢，台灣以小搏大，一口吞下比自己大十倍的呂宋，要建立高效的統治，一定要得到當地漢人的支持。而不是如西班牙人在呂宋統治三百多年，當地百姓離心離德，始終無甚起色。以漢人制土人，掌握當地的財權政權，甚至將來開辦學校，輸入儒、道，規定漢語爲第一語言，只需百年左右，這個礦產豐富、風光美麗的大島，就可以完全漢化，當真成爲中國的周邊防禦圈的中堅力量。

待引見完畢，張偉一一致意問候，就在這議事大廳內設宴，與各人杯酒言歡。以他的身分地位，比起周全斌等人強過許多。他雖不是皇帝，這些呂宋漢人卻素知他割據台灣，爲一地之雄主。再加上他爲明朝的侯爵、龍虎將軍，官位比之周呂諸人高出以萬里計。海外漢人在當時與後世不同，俱以身爲中國之人自豪，是以有舉家居於海外幾百年，卻仍能識漢字，說漢語。

張偉在明朝位高權重，爲龍虎將軍又能自設僚屬，這些漢人又怎能不傾心巴結，指望日後漢人統治呂宋，自己也能飛黃騰達，博個封妻蔭子？當下紛紛向張偉叩頭效忠，俱云將軍威德加於海外，吾等小民以性命託付，一切唯將軍馬首是瞻。只有那幾個老成些的，擔心西班牙人來攻，不過在那些看到漢軍陸軍與水師實力的漢人眼裏，那區區紅夷又算得了什麼？

待天色向晚，一群人喝得酩酊大醉，紛紛向張偉告辭而去，手中或提或拿，都是張偉命人備好的禮物，一個個踉蹌而行，不消一會工夫，便全然消失在夜色之中。

待這些漢人全數離開，原本還略有醉意的張偉立時清醒過來，命下人打了冷水送上，洗漱過後，向隨侍在旁的呂唯風道：「漢人到底不比土著，你需得善待。一兩年內，除了修道路橋樑、辦學校、收民勇，免收賦稅，台灣的那些個法條律令，你可以斟酌施行，待完全在這裏紮下根來，再言其他。」

呂唯風自然連連稱是，見張偉疲乏，便要告辭而去。卻被張偉叫住，又吩咐道：

「待我走後，將這總督府拆除，改爲大明的衙門，將所有的教堂兵營等西式建築及這馬尼拉城堡拆除，擴建爲堅厚的城牆，我會在台灣運炮過來，不但城上，還有碼頭，也要多修炮台。這些都需用民力，就由你多費心了。」

呂唯風雖是面露難色，卻是不敢駁回，知道此事關係呂宋戰守的大事，便沉聲答道：「唯風明白。別的事先放一放，自當是先鞏固防禦。若是被那西人打了回來，那自然是萬事皆休。」

張偉點頭笑道：「你明白就好。此事需大量的人力，自然是由你在當地土人中想想辦法。你不叫苦叫難的，我很高興。」說罷拍拍他肩，便待至後房歇息。

呂唯風眼見他要入內，忍不住問道：「大人，擴建城牆是該當的，爲什麼還要拆除所有的西人建築？」

「你沒見那些漢人入得府來，看這府邸內繁華瑰麗，一個個都是面露羨慕之色麼。這些事看起來是小事，不過時間久了潛移默化，對將來咱們推行全島漢化不利。不但是城內的這些建築要盡數拆除，就是分佈於四處的那些傳教的教堂、西式醫院等等，都給我盡數拆了！就是一塊磚，也得是中國式樣。唯風，明白了麼？」

聽得呂唯風連聲應諾，張偉不再說話，負手進得內室睡下。大事已定，他這幾日便可回台。雖然難以全然放心，不過周呂二人之才他早已知之甚詳。若是此二人仍然不能安撫呂宋，那麼除非他棄台灣和大陸於不顧，全部心思皆用於此地不可了。

到第二日天明，張偉用罷早餐，正待帶著親隨過巴石河，親赴華人聚居的區域宣慰一番，卻有一水師小軍官奉了施琅的命令前來，道是來了一艘荷蘭兵船，打著旗語要進港。

廳內所有的漢軍將領一聽此言，立時都向張偉道：「大人，該不會是荷蘭人有意要插一手？這頭一艘兵船是來試探大人的態度，若是不合，只怕大隊軍艦就衝過來了。」

張偉初時亦是吃驚不已，待見漢軍諸將紛紛立身而起，他反倒鎮靜下來，笑咪咪道：「以漢軍水師的實力，便是打起來又能如何？我料他們此來，必定是有別事。若是要和我開戰，沒有必要如此，這不是脫褲子放屁麼！」因命道：「快去港口知會施尊侯，命他放船過來，派人將船上的荷人使者送到此處。」

他原本已行到正門處，聽得此信後，便立時退將回來，返身坐於原本西班牙總督的坐椅之上，命諸將分列左右，只等那荷蘭使者到來。

第十章　荷蘭來使

見張偉仍是一臉猶豫，那使者咬一咬牙，向張偉道：「若是書信來往，或是派遣使者，大海茫茫，我方恐有意外洩密的事件發生。而要與張將軍討論的事情很重要，是以一定要請將軍親自去一下巴達維亞才好。」

各人都不知此番是戰是和，心情到底有些異樣，舉止上便僵硬許多，各人皆是呆著臉吃茶。諸將都是打過大仗的人，自然不是害怕，只是此時身處海外，敵情不明，心裏自然是老大的不自在。

張偉見室內半分聲響也無，各人皆如泥雕木塑一般，便向曹變蛟笑道：「曹將軍，聽說你精赤上身衝入這總督府內，用大刀片子砍翻了幾十個敵兵。那些個洋鬼子見到你如同見了閻王一般，紛紛棄槍而逃，總督府不到一個時辰就被你拿下來了，此事可是有的？」

曹變蛟咧嘴一笑，他此次攻入總督府內，殺得府內屍山血海，每刀下去，便是有一西人士兵死於刀下，因殺得痛快，連身上的錦衣棉甲都脫將下去。

血戰到最後，那些早已不用冷兵器的西人士兵見他如同惡魔凶獸一般，一路上望風而逃。由著曹變蛟渾身浴血，提著長刀一路攆將進去，將那些喪失鬥志的兵士們盡數砍死。此時聽張偉提起他當時之事，曹變蛟不由得咧嘴笑將起來，只是當著張偉的面不敢說嘴，靦腆一笑，謙遜道：「末將只是盡職罷了。」

張偉將眼一瞪，喝道：「盡職？我命你爲神策右將軍，是命你統領大軍的，你反倒充做小兵，直殺進去了。你若死了，誰來指揮？下次若是再犯，我直接將你貶成小兵，讓你向前砍個痛快！」

曹變蛟原本以爲張偉要褒獎於他，在原地立起身來，滿臉堆笑，只待張偉誇讚幾句，便可當即謙讓。誰料被張偉批頭蓋臉的訓斥一番，他滿臉的笑容收不回去，一時間仍是傻笑著站於原地，當真是尷尬非常。其餘漢軍將士見了，亦是笑將起來。

張偉見諸將都神色輕鬆，便又正容道：「各人都坐穩了，拿出漢軍的威儀來，沒的把自己嚇得如泥人一般，教那洋鬼子看了笑話。」

待碼頭的漢軍水師將那荷人使者帶到，進入內室請示，張偉命道：「傳！」一行十餘人的荷蘭軍人魚貫而入，打頭的卻是平民裝扮。

一眾荷人入得廳內，因外面陽光刺眼，故而站在原處停歇片刻，待眼睛適應了廳內的光線，方看到房內正中端坐了一位中國將軍，正目光凜然看向這邊，那打頭的荷人微微一躬，向張偉用純正的漢語問候道：「張將軍，本人是荷蘭東印度公司特派代表，向您問安。」

張偉點頭微笑道：「感謝貴公司的好意，先生們，請坐。」

待這些荷人紛紛落座，張偉便問道：「尊使漢語說的不錯，是在哪裡學的？」

那荷人使者已落座，聽得張偉動問，便將身子一欠，答道：「我少年時便隨父親到了巴達維亞，與許多漢人相識，從小便開始學習，是以漢語講得比許多荷蘭人好。」

張偉一笑，又問道：「使者此番奉命前來，想來定是有很重要的使命。不知道貴公司有什麼事情要與我商量？」

「公司上層於二十多天前聽說將軍攻打西班牙人，經過開會研究，決定不但在道義上完全的支持將軍為自己民族復仇的正義行動，在實際運作上，也將盡力配合將軍。」

「哦？貴方將如何配合？」

那使者見張偉不露聲色，有些不安，咽了一口唾沫，答道：「荷蘭東印度公司經全公司投票決定：一、給予將軍道義上的完全支持！西班牙人在呂宋殘忍殺害了無數的無辜平民，這簡直就是歐洲的恥辱，由此，我們決定發表公告，完全支持將軍此次的正義行動。二，公司派遣駐巴達維亞的艦隊，向葡萄牙開戰，攻打爪哇島東北部的萬丹港，以此支持將軍。」

「哈，這可真是怪了。我打的是西班牙人，貴國攻打葡萄牙人與我有什麼相干？」他向身邊漢軍諸將笑道：「這不是南轅北轍，反了麼！」

漢軍諸將自然要湊他的趣，各人亦是大笑起來。

那使者無奈，只得耐心解釋道：「貴國上下都知道那葡萄牙一百多年前便來到貴國，是一個主權獨立的國家。其實不然，早在四十多年前，那葡萄牙便被西班牙人吞併，成爲西國的附庸，雖有國王和國號，其實兩國早就同體，稱爲聯合王國了。將軍打的是西班牙人，那葡萄牙人能與將軍善罷甘休麼？」

「哦？原來那位號稱『根據上帝的恩寵，即統治海洋這邊和非洲那邊的國王，還是對幾內亞、埃塞俄比亞、阿拉伯、波斯和印度進行航海、通商和征服的領主』的強大國王，竟然只是人家的附庸？」

張偉縱聲大笑，向那使者道：「你們歐洲的事情當真是滑稽，國王稱號這麼風光，卻只是小國一個，只是個大國的附庸。」

他又挖苦道：「幸好他只是個小國國王，如若不然，只怕就號稱是全世界的領主了。」

那使者頗爲尷尬，笑答道：「這些貴族確實是滑稽。請將軍放心，我們荷蘭自從西班牙獨立出來後，奉行獨立、和平、民主的政策，是一個光榮的共和國，決然不會如他們那麼殘暴凶橫。」

張偉收斂了笑容，頗想痛罵這位大言不慚的使者，但知此時一定要與荷蘭保持友好，在心裏嘆一口氣，問道：「你們打萬丹，可是要將葡萄牙人驅趕出香料群島？」

「正是。打下了萬丹，便可以統一全爪哇。」

「只怕還是不成。東爪哇和中爪哇的回教國家馬打藍國，對你們荷蘭人可沒有好感。還有蘇島上的亞齊國，實力很是強大，他們可也是一直想著麻六甲呢。你們就是奪了萬丹又能如何？」

那使者顯是想不到張偉對南洋局勢如此瞭然，一時間驚疑不定，過了半晌方答道：「待打下萬丹，我國自然會再想辦法。」

張偉話一出口，便很是後悔。如何攻下南洋諸島一直是他心中所思，適才因慮及於此，匆忙間脫口而出。此時便趁著那使者的話頭，答道：「南洋的事我不過是過來呂宋時聽人說了一些，倒也不是很明白。既然貴公司已經有了決定，那麼我自然是要支持的。貴使前來，可是要我派兵相助麼？」

「倒也不是。公司總督聽說將軍現下就在呂宋，離巴達維亞很近。因當日貴我雙方簽訂合約時將軍未曾親至，我方很是遺憾。現下總督大人派我前來，特地請將軍到巴達維亞會面。爲消除將軍對安全的疑慮，我方已向各方發佈公告，表示了邀請將軍會面的誠意，是以，爲了荷蘭共和國的榮譽，我方決然不會做出對將軍不利的舉措，請將軍放心。」

他先是以荷蘭將與葡萄牙開戰的消息來拉攏示好，又強調保障張偉的安全，以表示荷蘭總督邀請張偉前去的誠意。張偉雖是釋疑，想來自己此時不過是個小島的主人，便是剛打了呂宋，還得防備西班牙的反撲。荷蘭人與自己剛剛簽訂和議，商定了貿易範圍，斷然不會在此時出什麼損招，專程來對付自己。在高傲的白人眼中，張偉不過是一個懂得依靠西方武器打仗的東方將軍，又有什麼好怕的？專門設一個陰謀來對付，倒也沒有這個可能。

他雖然不疑有他，卻只是奇怪，不知道這荷蘭人為什麼一意要請他前去。便向那使者問道：「不知道總督先生一定要請我前去，有何用意？」

「請將軍前去，並無他意，只是想與將軍當面商量你我雙方合作一事。對與將軍的合作，我方很是重視。因當年在福爾摩薩島的不愉快，我方擔心將軍對未來的合作前景並不樂觀，是以一定要與將軍當面商談。若不是此時總督先生正佈置於葡萄牙人的戰爭，我方爭奪爪哇全島的戰事正打得激烈，總督先生會考慮親自前來呂宋與將軍會晤的。」

見張偉仍是一臉猶豫，那使者咬一咬牙，向張偉道：「若是書信來往，或是派遣使者，大海茫茫，我方恐有意外洩密的事件發生。而要與張將軍討論的事情很重要，是以一定要請將軍親自去一下巴達維亞才好。」

此時荷蘭與葡萄牙已然翻臉交戰，想來那印度附近海域的葡萄牙船隻戰艦都被荷蘭人打回了麻六甲以西，這一片海面全是荷蘭戰艦，又哪有什麼「意外」可以發生，張偉納悶半天，一時不得就裡。

「英國！」

張偉心中霍然敞亮，由於他的介入，英國這幾年在亞洲實力大漲，再也不是一六〇九年被荷蘭艦隊擊敗，被迫簽定協議，退出東南亞，每年販賣的香料只能占荷蘭三分之一的慘狀。這幾年他們經營印度，在與張偉的合作中大嘗甜頭，已在南洋大發其財。國內的資產階級有鑒於南洋貿易的豐富利潤，早就開始大造軍艦，準備與荷蘭一較雄長。原本還要在二十年後爆發的英荷大海戰，隨時有可能提前爆發。

「很好，兩個此時的海上超級強國即將打起來，那麼，就讓我想辦法周旋其中，爲中國謀取最大的利益。」

想通原因，便向那使者痛快答道：「既然總督先生有如此的誠意，來而不往非禮也，我豈能失禮於人？我即刻與你一同出發，前往巴達維亞。」

他既已滿口答應，那使者完成使命，心情一時大好，便左顧右盼，打量起四周陳設來。

這呂宋自落入西班牙人之手，所有的荷蘭人便無緣再踏足於此。荷人原本是西班牙人治下，自獨立後勢力漸長，早已不把原本的祖國放在眼裏。無論是商船數目，還是戰艦噸位，荷人皆是遠超西人葡人。是故荷人腳步遍及全球，在英國人的北美大本營佛吉尼亞海面，通航的商船居然要得到荷人的允許方能通行，過路的英軍艦船，需降旗向荷蘭軍艦致敬，才能通過。

唯獨在這亞洲，因葡萄牙人先來一步，占了麻六甲等地，將狹小的航線控制在手，荷蘭人想盡辦法，卻是攻打不下。那葡萄牙人在建造麻六甲防禦之時，將當地土王的宮殿石材及墓地的大石塊盡皆搬運至碼頭，修建成龐大穩固的岸防炮台，正面強攻，那是想也別想。荷人與葡人原本倒也和睦相處，縱然是航道被人控制，荷人也是忍了。誰料自從葡萄牙被西班牙人吞併之後，荷蘭艦船通過麻六甲越來越難，近日以來，許多荷蘭商船不得不改裝易旗方能通過。這讓已成海洋霸主的荷蘭人如何能夠忍得住這口鳥氣？

張偉此番攻打呂宋，打的正是荷人死敵。聽聞消息，荷蘭人自是心懷大暢，欣喜之餘自是不免想趁機混水摸魚，趁著西葡兩國的目光被張偉吸引過去的良機，打下爪哇東北部的萬丹，將那裏的葡萄牙人攆下海去。自此之後，便可獨霸爪哇，將香料群島人口最多的大島占爲己有。

他四處打量，卻聽張偉張口問道：「貴方打下萬丹後，可還有下一步的舉措麼？」

「將軍，這得看西班牙和葡萄牙人的反應。若是他們調集大股艦隊過來，那還得先在海上打一仗再說，如若不然，則兵發錫蘭，將錫蘭的葡萄牙人也趕走。」

張偉淡然一笑，不置可否，心中卻明白，荷蘭人打下葡人防禦力量不強的萬丹並非難事，便是拿下錫蘭也甚是容易。這些地方與荷人屢攻不下的澳門不同，地方大，登陸點多，海戰攔截不了荷人，待荷人衝上陸地，地面力量遠遠不及荷人的葡人自然是非落敗不可。

荷人眼紅萬丹每年三百多萬斤的胡椒輸出，還有錫蘭島上可比價黃金的肉桂出產，早就對這兩個地方垂涎欲滴，之所以拖到今時今日方才動手，還不是指望著短期內由張偉攻打呂宋的行爲觸怒西葡兩國，吸引兩國的兵力。縱使不然，西葡兩國先行攻打荷蘭，他們也可借著相助張偉的理由，讓張偉出兵相助，大大增加自己的籌碼。

「如意算盤打得很好啊！不過，誰是誰的算盤珠子，還說不準呢！」

見那些個荷蘭人仍在好奇的打量四周，張偉笑道：「此處你們是第一次過來麼？西班牙人在這裏花費了大量錢財，幾十年來建造的華麗非常，各位若是有興趣，趁著我屬下收拾行裝的時間，可以四處略逛一逛。」

他淡然一笑，又道：「錯過此次，這裏將被夷爲平地，再想看，卻是不大可能啦。」

那些荷蘭人聞言愕然，那使者便道：「這麼精美華麗的建築，將軍爲何要將它拆除，可真是太可惜啦。」

因見張偉笑則不答，眾荷人忍不住心中暗暗嘀咕，將諸如野蠻的東方人、古怪的東方人之類的腹誹立時加在張偉頭上。當下各人告他一聲罪，四處參觀去也。

待張偉的行裝收拾已畢，又向周呂二人安排妥貼，便派人將那些荷人請將過來，安排午飯，只待吃完之後便可以帶同他們登船出海。

張偉雖是在此不久，周呂二人卻需長駐，是以帶了一群台灣大廚過來伺候，便在這總督府議事大廳之內開宴。這些荷人雖在南洋吃過中國館子，卻哪裡有這些精挑細選的大廚一半的水準？當下各人吃得眉開眼笑，直欲將舌頭吞落腹中。

那荷人使者雖欲斯文，不失荷蘭人的面子，卻也是忍不住食指大動，滿嘴皆是塞滿了食物。突然想起一事，向張偉問道：「將軍，請問此地被俘的西班牙人呢？我臨來之際，那西班牙人透過當地的主教向總督大人交涉，請求將軍將俘虜放回。若是有什麼條件，儘管開出。」

他此話一出，舉座相陪的中國將軍盡是愕然。曹變蛟嘀咕道：「一邊打生打死，一邊幫著敵人要戰俘，這是哪國的道理？」

張偉卻是知道，相幫著要戰俘，便是所謂的西方騎士精神的表現了。故哂然一笑，向那荷人道：「當時戰況太過激烈，破城之時，這裏的西班牙人全數戰死了。」

那群荷人聽得那使者翻譯後，呆若木雞，停住筷子呆望向張偉。各人都知道什麼「戰況激烈，盡數戰死」云云，想來是張偉的推脫之辭。這些西人要麼盡數被殺，要麼就是張偉不肯交出。歐洲人從來不講究什麼力戰而死，哪如東方人那般盡力死戰？

當下那使者強笑道：「將軍若是不憤西人當年屠殺一事，可向他們的國王索要大筆的贖金。扣著不放，會引來他們國內大軍盡出，這可是大大的麻煩。」

張偉不悅道：「我說全數戰死，便是戰死了！若是他們不服，儘管過來便是了。」

他目光向那使者及眾荷人一掃，眾人只覺得全身一陣冰寒，又聽他語帶威脅，說道：「我們中國人打仗就是這種規矩，要麼是我們全數戰死，要麼就是敵人。和我打仗，就得準備接受這種後果。」

他數年前攻打台南，將駐守台南的荷蘭人盡數俘獲，後來接受荷人的戰爭賠款，便放人了事。在座的荷人誰不知曉？此時聽他蠻不講理，又不好質問：「當日將軍爲何要放了我們荷蘭人的俘虜？」

各人只好啞然而坐，不再作聲。反正面臨報復的又不是荷蘭人，這些人轉念一想，張偉將西班牙人得罪的越深，西葡兩國的目標便對準他多一些，對荷蘭人的南洋攻略大有好處。各人想到此節，自然釋懷，於是盡皆歡然而飲，不再多管此事。

待各人吃飽喝足，上船出海，周全斌及呂唯風自領著軍政要員們於岸邊送行，待張偉乘船遠行，在海邊天際中消失不見，周全斌方向呂唯風道：「我這便回營安排防務，警戒敵情。民政之事，大人交代軍人不得過問，以後便全然依靠呂兄了，若有什麼需要，全斌自然是隨時支持的。」

呂唯風聞言一笑，也不客氣，當即便點名道：「肖將軍，明日就請點齊你的本部兵馬，隨我一同督管馬尼拉城附近的土人，我要大集土人，明日就開始修築岸防炮台。」

肖天聽得他吩咐，心裏卻是老大的不自在，待看向周全斌，見他微微點頭，只得一笑答應。呂唯風見再無他事，向周全斌一笑，領著一幫屬下迤邐而去。

曹變蛟向他背影一啐，怒道：「什麼玩意，當著周將軍的面就這麼托大。」

周全斌橫他一眼，喝止道：「他修築炮台，也是爲了呂宋防禦，炮台修得牢固，咱們的兄弟就能少死幾個。這是兩利的好事，他完了差使，我們得了實惠，人家還同你客氣什麼？我警告你們，若是有誰對呂大人不敬，小心我的軍法無情。」

張偉當日衡量許久，確定以周全斌配合心機深沉、行事霸道的呂唯風，正是因周全斌知大局識大體，性格又溫順內斂，若是適才換了張鼐或是劉國軒，這兩位軍政最高首長，只怕便要因呂唯風的態度而吵鬧起來。

自張偉離去之後，呂宋這邊便開始招賢納士，集募土人大修城防水利，呂唯風又記得張偉吩咐，徵集了大量當地土人，由張偉從內地募集來的積年挖礦的老手領著，往呂宋本島南部的山區尋找金銅鐵等礦。

這呂宋礦藏豐富，在南洋當屬第一。西班牙人經營多年，卻只顧著貿易掠奪，來此之初曾經泛泛的探過，沒有收穫也就罷了。張偉卻是深知呂宋金礦礦產之富，遠超常人想像。據後世的資料，呂宋的金礦總藏量當在一億噸以上，便是外層淺顯易挖之處，也是一筆驚人的財富。如此的大財源，他又怎能放棄？

此時呂唯風諸事未定，還只是派了幾千人專程尋礦，依張偉吩咐，若是局勢穩定，便常年以大規模的人手尋礦。當時的尋礦手段落後，除了人海戰術，也是別無他法。

施琅到底不能放心，呂宋這邊他暫且又脫不了身，是以不顧張偉連聲反對，硬是派了裝有六十四門火炮的遠字級大艦六艘，其餘十餘艘炮艦和補給船隻，再加上運送過去上岸邊護衛的兩千水師陸戰火槍兵，張偉隨身的實力足以用來偷襲拿下西爪哇了。

待他隨著那艘前來相請的荷蘭軍艦到了巴達維亞的港口之外，那岸邊駐防的荷人艦船和岸炮部隊都是嚇了一跳，一直待那引路的荷人軍艦入港解釋，那荷人岸防司令卻怎地也不敢放行。

隨行的諸人無奈之下，只得隨身帶了五百兵士隨行，其餘皆駐紮在岸邊，軍艦就在炮台大炮射程之外戒備，如此這般諸事妥貼，張偉便由那使者引領著上岸，向那十餘里外的巴達維亞城內而去。

此處卻與那西班牙人建造的馬尼拉不同，荷人雖不欲在此殖民，到底此處乃是南洋重心所在，不似那西人只是用呂宋港口來轉運貨物，從中牟取暴利，而駐防的重心卻是在墨西哥及南美。荷人的東印度公司總部便是設在此地，整個亞洲的指揮和貿易中心亦是在此。是以這巴達維亞在數十年間由中轉貿易的小型港口，一舉榮升為當時整個南洋的大型商業城市。

這城中人口品流繁雜，那當地的馬來土人自不必說，川流不息的印度商人、中國商人、當地華人，甚至有那非洲黑人手提肩挑的在張偉等人眼前晃過。那些騎在高頭大馬上揚長過市的白人，更是絡繹不絕於途。

張偉手底下的士兵們大多來自台北台南的鄉下，哪裡曾見得如此奇景，待看到滿街的新奇貨物，各色珍奇古玩如同賣白菜一樣分列左右，各兵的眼都看得直了，這南洋貿易的富庶他們都曾略有耳聞，卻不想竟繁華成如此模樣，當真是烈火烹油，盛極難續了。

他們看到如此，便以爲南洋之富庶中國難比，便是台灣，亦是略有不足。張偉卻知此地的繁華是以壓榨整個南洋土人，致使當地土人的財富流向歐洲而造成的。這巴達維亞不過適逢其會，成爲一個轉口的大城罷了，若論富庶，當然是財富最終的流向——歐洲。

漢軍士卒們看當地的土人覺得新鮮，土人們看到他們，卻更覺奇怪。這夥人身著黑色長襖，頭戴紅笠圓帽，胸佩騰龍鐵牌，腰縛鐵罐，腳踩皮靴，走起路來橐橐作響，無論是肩扛的新式火槍，還是走路的步調神態，都與那白人軍隊相似，看模樣個頭，與南洋諸人形象雖有小異，卻也是黃種人無疑。不知道是哪裡跑來的軍隊，如此威武模樣，竟然不是在土人眼裏無敵的白人，這可當真是百年難見的奇景。

漢軍隨在張偉身後行不到兩里路，身邊已是密密麻麻圍了數萬的土人圍觀。有一些漢軍被周圍人群看得窘迫起來，持槍的手心被汗水沁濕，腳步也有些凌亂起來。

那些圍觀的土人開始倒也老實，只是緊跟著這夥子奇怪的軍人行進，小心低語，間或輕笑兩聲。他們對白人軍隊敬畏非常，對著這些相貌個頭與自己差不多的黃種人軍隊，卻沒有那般的忌諱。待走到後來，見到有一漢軍因緊張絆了一跤，各土人索性放開喉嚨大笑起來。

張偉見身後漢軍神情越發緊張，漸漸有些不成模樣，便向身後的親兵頭目王柱子道：「傳令下去！各軍都給我將胸膛挺起來，把殺氣放出來！這些土人不過是些愚民，讓這些個紅夷洋鬼子管豬仔一樣管得服貼，哪有咱中國人一半的勇氣和智慧？怕他怎地？幾百萬土人打不過幾千洋鬼子，咱們台南呂宋兩戰，屠了多少？把腳步都給我放開，站直了走！」

「是！聽大人的準沒錯。」

王柱子原本也覺得窩囊，被人如同戲子一般圍觀，還有那些土人婦女的目光，更令他渾身不自在。此時被張偉一說，便覺得這些烏黑的土人愚不可及，比之漢人當真是天差地遠。待聽到張偉說起當年攻伐台南，現下攻屠呂宋一事，雖然語意淡然，並不曾厲聲呼喝，卻是說出了崇尚鐵血，以戰功賞爵立身的漢軍士卒們最驕傲自豪的事。

待王柱子昂首挺胸，將張偉的原話背誦複述給身後的漢軍士卒們知曉，各人皆是覺得熱血沸騰，心中一股豪情湧將起來，立覺眼前這些圍觀好奇的土人又算得了什麼？便是他們畏之如虎的白人統治者，老子也是一刀捅一個對穿，也沒覺得白人的血有什麼稀奇。當下各人都將神情一變，踏在地上的腳步頓時顯得分外有力。

那些土人原本還嬉皮笑臉旁觀，待漢軍們整個神態一變，如同衝鋒行軍時的殺氣瀰漫開來，眾土人方明白眼前這支軍隊並不似他們想像那樣一般懦弱無能，而是一支由幾千年文明累積起來的自信，再加以先進的武器裝備起來的無敵雄師。各人都是臉上色變，紛紛後退，低語著猜測這支軍隊到底來自何方。只是漢軍身上又沒有寫明，他們雖是胡猜一氣，卻是怎地也猜不到這支軍隊是何來歷。

張偉的兩百隨身親衛因沒有了馬匹，也各自扛了把火槍，緊跟著騎馬在前的張偉，分列左右保護。張偉自是不在意周圍人圍觀的眼光，他們卻是緊張萬分，萬一裏面有一兩個不懷好意的歹人，抽冷子射上一槍，那可真是了不得的大事。

如此簇擁著張偉前行，兩邊的土人稍一靠近，便被親兵們用槍托擋了回去，那死皮賴臉向前的，漢軍們也不客氣，幾槍托過去，便將其砸趴過去。兩旁圍觀的土人雖是心裏不服，忍不住嘀咕幾聲，卻是誰也不敢靠近了。

饒是他們如此緊張開路，張偉前面擋路的人群卻仍是不少，他雖謹慎騎馬而行，卻不料那馬踏到一塊石子，忍不住一縱馬啼，將大道邊上的酒家放置於路邊的桌椅踏倒，那酒店老闆聽得聲響，急忙奔將出來，卻見是一幫黑衣軍人立於店門之前，瞠目結舌之下，硬是將一股怒氣逼將回去。

張偉向他笑道：「咦，這店老闆，看你的模樣，可是漢人？在這裏好多年了，生意可好？」

那老闆聞言一愣，無論如何也想不到這群黑衣軍人居然口說漢話，笑咪咪向他致意問候。他一愣之下，只是擦著油手不答話，卻見那馬上大官身邊有一位健壯軍人向他喝道：「老闆，我家大人問你的話，還不快些回答！」

張偉向王柱子一瞪眼，喝道：「對咱們漢人，也是這般的語氣？他們在海外謀生不易，此時見到家鄉的人，有些感慨也是人之常情，你這般凶橫做什麼。」

說罷跳下馬來，向那老闆笑道：「你不必慌，我這親兵臉長得凶，心地卻是很好。看你的衣著打扮，還有頭頂束髮戴巾，想來定然是大明的子民，我問你，你是哪裡人氏？怎地跑到南洋來了。」

「回大人的話，小民正是大明福建泉州人，萬曆初年間舉家來了南洋，在此已是幾十年，歷經三代啦。」

「在此生活的可好？」

那老闆看看四周，見四周土人聚集甚多，暗中咽一口唾沫，答道：「原本也還好，此地土王對漢人甚是友善。咱們漢人來南洋已有數百年的時間，本地的廣州和福建人甚多，賦稅比之內地又輕。咱們漢人又一向勤勞能吃苦，頭腦也比土人靈活得多，只要踏實肯幹，沒有不發家的。這些年來，因來了白臉洋人，將土王攆下台去，賦稅重了一些，也還過得去。只是他們一邊鼓動土人和我們為難，一邊又將釀酒賣酒、行商、理髮、補鞋等營生全數交給漢人專營，其實這土人原本也不會這些，洋人們故意交給我們專營，禁止土人，反倒將漢人和土人弄得越發的對立。這些年來，漢人和土人衝突不斷，咱們人少，幹不過他們啊！若不是還有些大家族在洋人面前撐著場面，土人們不敢過分為難，只怕漢人們在此地便難以容身了。」

第十一章　爪哇之行

周圍的土人尚且懵懂，那些人群中為數不多的漢人，卻知這一支威武之師原來是來自明朝內地的漢人軍隊。他們不明白張偉與明朝名為君臣實為割據的實情，只知道眼前這支軍隊乃是由漢人組成，由大明內地而來。原本還是小聲議論，後來以訛傳訛，反成了張偉領兵前來護衛南洋漢人，將要以軍隊駐紮防巴達維亞云云。

張偉嘿然一聲，也不好多說。這種挑撥離間，分而治之的辦法，正是西方人統治全世界殖民地的不二良方。就是到了二十世紀，還有非洲剛果的兩族因殖民統治時的矛盾而發生了種族大屠殺。此時荷蘭人挑撥漢人與馬來種土人的關係，當然是出於分而制之的考慮。漢人聰明能幹，又有天朝上國的自信，荷蘭人想來也是頭疼得很，雖不如西班牙人那樣搞種族屠殺，卻暗中弄這些手腳，倒也是十分可惡。

當下安慰那老闆道：「既然土人們不甚過分，也就罷了。待我與此地的總督說項一番，令他們對漢人多加些保護，也就是了。」

說罷翻身上馬，令親兵們拿了銀子賠付老闆損失，也不管那老闆如何推讓不要，逕自騎馬去了。

經此一事，周圍的土人尙且懵懂，那些人群中爲數不多的漢人，卻知這一支威武之師原來是來自明朝內地的漢人軍隊。他們不明白張偉與明朝名爲君臣實爲割據的實情，只知道眼前這支軍隊乃是由漢人組成，由大明內地而來。原本還是小聲議論，後來以訛傳訛，反成了張偉領兵前來護衛南洋漢人，將要以軍隊駐紮防巴達維亞云云。

到後來一傳十十傳百，整個城中的漢人大半聽得音信，待張偉行到城中總督府外不遠，四周圍觀的皆是喜笑顏開的漢人居民，雖不敢大聲歡呼吵鬧，卻忍不住向漢軍士兵們微笑致意。有那膽大的便靠近前來，向漢軍士兵們搭訕詢問，有問內地消息，也有認同鄉，攀宗族的，漢軍士兵們得了張偉命令，除了隊伍不准亂外，對當地漢人的問題卻是有問必答。這些漢軍士兵大半也是來自沿海，和眼前這些漢人多半是同鄉，一路行來，倒有大半攀上了宗族親戚。

張偉初時還聽得好笑，待他於總督府門前下馬，準備那總督出府邸迎接之際，卻已是緊皺雙眉。南洋漢人因背井離鄉，宗族勢力比諸國內已是又強上幾分。他將來若是得到宗族助力，自然是事半功倍，若是南洋宗族並不心服，只怕他身爲漢人也是占不了多大的便宜。

眼見那引路的荷蘭使者進入白色圓頂的總督府內，張偉於府前草坪靜候，身後漢軍早已不再理會那些漢人，一個個列隊於張偉身後，持槍靜立。周圍警戒的荷軍也感覺到壓力，一個個將槍橫將起來，慢慢圍攏，戒備在總督府四周。

荷蘭人屬歐洲的日爾曼人種，與純正的西班牙人不同，個頭更加高大，一個個金髮碧眼，身著灰褐色軍服，看起來當真是威武雄壯。張偉身邊並未帶有漢軍將領，只有參軍王煊隨行，故向他問道：「王崇嶽，你看這荷軍陸軍如何？若是五百荷軍對五百漢軍，我軍勝算如何？」

王煊不似江文瑨那般直言無忌，也不似張載文那般少年氣盛，他性子沉穩深沉，張偉問得無理，他便只是一笑，也不理會。

那親兵隊長王柱子聽得張偉相問，卻不管不顧的答道：「大人，別看他們人高馬大的，論起戰力來，我看咱們三百兵就能打他們一千人！」

「嘿，柱子你別說嘴。人家當年可是向國內打過報告，只兩千人就能橫行中國，一萬人就能打敗中國所有的軍隊。號稱什麼來著，一個西班牙人能打五個中國人，一個荷蘭人能打十個！」

張偉見王柱子氣得胸膛發紫，臉色鐵青，又見荷人軍號官一聲令下，十幾個號手吹將起來，顯是荷人總督即將出來，忙向他笑道：「人家現下也知道錯了，不是巴巴的將咱們請來了麼。」

說罷，不再理會他神情如何，將自身衣飾略一整理，便向那總督來處前行幾步，似笑不笑，看向那荷蘭東印度公司的總督。

那總督自是不敢怠慢，亦是急步向前幾步，搶先將雙手向張偉伸將過來，握在手中，向著張偉嘰嘰咕咕幾句，見張偉神色不變，知道是他聽不懂，情急之下，嘴巴一扭，憋出兩個字來，道是：「泥嚎。」

張偉肚裏暗笑，表面上卻也做出一副莊重模樣，向那頭髮略略發白，約莫五十出頭的總督回話道：「總督閣下，你好。」

他前半句那總督自然是聽不懂，後面的「你好」，他卻是聽得真切，當下一副釋然模樣，向張偉嘰哩咕嚕幾句，又對著張偉一個熊抱，然後單手向張偉一讓，道一聲：「請！」

他個頭足有一米九出頭，比張偉高出老大一截，此時挽著張偉同行，只得將腰半彎，行走間甚是彆扭。張偉卻是不管，他這些年身處上位，早已見慣這些虛僞客套場面。此時這總督有求於己，自然是百般客氣，若是哪一天有了利益衝突，只怕親熱挽著張偉的手立時會掏出一把手槍來。既然如此，又何必同他太過客氣？是以也不管那總督如何，仍是不緊不慢向前行去。

待入得總督府邸正門之內，見那大廳中黑壓壓站了百餘號人，大半是金髮藍眼的白人，亦有一小部分土人漢人，衣著華麗，侍立於白人身後。

張偉入內之後，見大廳正中有一長桌，兩邊分列坐椅，想來便是談判對話之所，因擺脫了總督，大步向前，便坐於長桌一方。

那總督在心裏嘀咕一句：「不是說中國人都溫良恭儉讓麼，怎麼這個中國將軍如此的不客

氣？」表面上卻仍是滿臉堆笑，亦是大步向張偉對面落座。向翻譯道：「你轉告張將軍，我對他的到來，歡迎之至。下面，我將為他介紹本地東印度公司的一些要員，還有當地的土人及中國人的代表。」

見張偉微笑點頭，便揮手過去，廳內一排排的荷蘭人及當地的頭面人物一個個走近前來，那翻譯不住的報名介紹，張偉聽得那一串串的洋名，當真是繞口難記，聽的三五個還好，待那翻譯介紹到十個以上，張偉早就頭暈眼花，將心一橫，只是一個個點頭問好，也不管其人是誰。

一直待介紹到當地漢人頭目，張偉眼前一亮，站起身來，向各人笑道：「張偉無禮，當著諸位的面居然踞坐如常，適才被這些高個子洋人擋住視線，竟然不曾看到諸位父老，當真是得罪了。」

那十幾名漢人顯是當地的名門望族，豪強大家的主事之人，見張偉站起恭敬問好，各人皆是連忙拱手問候，還禮不迭。

他原本大剌剌坐著不動，便是有洋人高官，亦只是點頭微笑罷了，然而見了無官無職，在南洋地位遠低於白人的漢人們，卻是連忙起身。那些前來迎接的漢人哪一位不是久歷成精的人物，雖是因他給足了面子而欣喜，卻也暗中警惕。那幾個老成的漢人更是偷眼看身旁諸荷人的臉色，見有荷人神色不愉，便忙將笑臉收起，做出一副平淡模樣。

張偉卻是不管不顧，又向各漢人道：「此來當真不易，海上顛簸，路途遙遠，不過能見到諸父老賢達，張偉又有何辛苦可言！」

他自說自話，不顧眼前諸漢人尷尬，逕自拉住了各人的手，一副歡欣鼓舞模樣。又見眼前有一老者，衣著不似其餘漢人華麗，雖是一襲青布長袍，腰掛一古樸玉珮，站在十餘漢人中間，卻是氣度最是不凡，冷眼瞧向張偉，竟似渾然不把他這福建總兵官、龍虎將軍寧南侯看在眼裏。故向前幾步，向他笑問道：「這位老先生，請教台甫？」

「有勞將軍動問，老朽愧不敢當。鄙姓吳，名清源。將軍遠來，不曾遠迎，望乞將軍恕罪。」

他雖是嘴上客氣，神情模樣卻仍是十分傲氣，渾不將張偉放在眼裏。張偉肚裏暗氣，卻知道吳姓是南洋漢人第一大姓，世家望族，豪富無比。無論是錢財、聲望、門客，乃至與荷蘭人的關係，甚至在明朝南方的影響力，都不是張偉輕易能得罪的。因咽下一口唾沫，將一肚皮的鳥氣壓下，又與那吳清源寒暄幾句，方笑咪咪回座。

他這麼折節下交，不以身分貴重而輕忽這些南洋平民，他們縱然是世家大族，到底張偉身為明朝大官，又是侯爵之尊，如此客氣，倒令這些暗中得了指示，不得與張偉接近的漢人們心折不已。

當下引見已畢，各人免不了說些久仰將軍威名的客套話。那荷人總督見廳內亂紛紛吵鬧不休，皺一皺眉，向身邊副官吩咐幾句，將無關人等盡皆帶了出去。有資格留在房內商談或是旁聽

的，自然只是那幾個荷蘭東印度公司的上層人士。

「張將軍，身為一直仰慕您威名的朋友，我歡迎您的到來……」

張偉略一擺手，向那總督笑道：「閣下，你我都是位高權重的人物，有什麼話不如開門見山，直接說出來的好。轉彎抹角的客套，似乎不必。」

那總督微微一笑，輕輕將雙手一拍，讚道：「張將軍果然與傳說中的表現一樣，當真是這麼爽快果斷，痛快之極。那麼，我便與將軍直說。此番請將軍過來，有許多急務要與將軍商量。這當務之急，便請將軍給荷蘭東印度公司一個承諾：將軍的軍隊，絕對不會到香料群島這邊來。你我雙方以呂宋為界，互相尊重利益。我向將軍開放香料群島的各種商品貿易權，將軍則向我開放市場，將倭國和呂宋的市場與荷對半均分。不知將軍意下如何？」

張偉眼角微微一跳，心道：「來了！」將欲取之，必先與之。洋鬼子反而不同，有求於人，倒是先行恐嚇，仗著海軍實力強大，用恐嚇威脅來讓張偉就範，然後再與張偉商量對付英國人的條件，再給些甜棗與他。所謂胡蘿蔔加大棒，一向是洋鬼子的不二法門。那呂宋本國的購買力有限，雖有利而不大，但呂宋的地理位置卻是向南美貿易的最佳中轉地，占了呂宋，哪怕面對著西葡兩國的報復，時間長久，為了賺錢，仍需利用呂宋，荷蘭人想分一杯羹，也是題中應有之意。

心中瞭然，卻是不露聲色，向那總督答道：「倭國貿易開放的事，我早與貴方有了協議。至於呂宋，呂宋的市場絕對不會向貴方開放。貴方在呂宋原本也沒有利益，為什麼我打下來，便要雙手奉上？香料群島的貿易，我亦全無興趣，這個提議，我不會同意。」

「張將軍，貴我雙方正是合作愉快的時期，將軍的回答，未免太過草率。」

張偉不露聲色，仍是笑道：「利益面前無朋友。閣下若是一定要呂宋，那我們只有兵戎相見，勝者爲王！」

他語意雖是淡然，話語中卻是火藥味十足，那些荷人想不到他身在別人的地盤仍敢如此強勢，一個個氣得臉色鐵青，便有人向他怒道：「張將軍，請注意你的言辭，若是有了衝突，只怕對將軍自身不利！」

「哈，難道荷蘭人是說話不算話的無賴麼？況且，貴方請我來，自然是要把利益做大，尋求幫助，得罪了我，有害無益。難道各位來此不是爲了求財麼？」

那總督將那被張偉激怒的荷人安撫一番，用荷語低語一陣，向張偉笑道：「張將軍在南洋的海軍實力很強，不過還是比不上荷蘭。請將軍衡量一下自身實力，再言其他。」

話鋒一轉，又道：「當然，我們不會令盟友爲難，也不會以勢壓人，只要將軍真心與東印度公司合作，那麼貴我雙方就以呂宋爲界，互不侵犯，如何？」

見張偉微微點頭，顯是答應此議，便又笑道：「只是貴方與英國人來往密切，而我方與英國人卻並不是那麼友好，雙方在很多方面都有磨擦，若是兩邊起了戰端，張將軍您將站在哪一方呢？」

「我自然是兩不相助。你們雙方都是我的朋友，我沒有道理為了一方而與另一方敵對。」

他一句話就將荷人的試探擋了回去，此時氣氛較張偉初來時已是不同，張偉姿勢高傲，語氣強硬，不但不像上門來友好睦鄰，倒像是前來征服的統治者。荷人們在亞洲如何見過如此的強勢作風，早就心中不服，此時張偉雖慢條斯理，語氣平和，卻將荷人的試探氣球一個個擊得粉碎，將那總督嗆得難受之極。

眾人雖是憤怒，卻也知此時斷然不能同他翻臉，且不說此人身為龐大的海軍及陸軍實力，令荷蘭人很是忌憚，就是他帶上岸來的五百衛士，荷人也沒有把握短時間內全數消滅。況且岸邊還有張偉的艦隊存在，一旦翻臉，立招報復。加上此時荷人已與西葡兩國動手打起來，正需要張偉這個盟友分散火力，再加上英國人潛伺在後，只等著尋找機會打荷蘭一記悶棍。

各人思前想後，卻是拿這位二百五將軍沒有辦法。那總督倒吸著涼氣，齜著牙道：「張將軍一路勞頓，火氣較大，咱們暫且休會，待請張將軍用過午飯，再行會議，如何？」

張偉原是無可不可，此時卻故意推辭道：「我身為明朝大將，此地漢人甚多，我意在此地四處巡視一番，宣慰我國僑民。各位的盛情我領了，等晚上或是明日再領。」

說罷起身，向各荷人致意，也不顧荷人目瞪口呆，趁著他們沒有公然阻攔，昂首挺胸，推開大門而出。他一出門，身邊的衛士自不必說，那些隨行的漢軍立時持槍將他護在當中，向總督府外行去。

房內的荷人見他竟揚長而去，各人皆是憋了一肚皮的鳥氣，亂紛紛向那荷人總督道：「總督閣下，我們何必受這蠻子將軍的氣。難道沒有他的幫助，我們就動手不得？」

「張偉的海軍實力不弱，在南洋其實不在我們之下，我想還是得想辦法得到他的承諾，這樣我們沒有後顧之憂，才能專心對付英國人！」

「不對，總督閣下，聽說中國人最講什麼信義。他與英國人交往在我們之前，只怕很難幫著我們與英國人爲難吧？」

「他的海軍官兵全是英國訓練出來的，實力漏洞英國人全都知曉，只怕也幫不上我們多人的忙。」

「是誰提的這見鬼的提議，請這個囂張跋扈的中國將軍過來？若是他和本地的漢人們有了勾結聯繫，暗中搗鬼，誰能負得起這個責任？」

張偉甫一出門，留在廳內的荷蘭人立時吵成一團，支持和反對的兩派互相怒視，各不相讓。其實在張偉到來之前，所有的荷蘭東印度公司的高層皆是同意與此人加深合作，誰料張偉今日一番表現，立時使過半的荷人對其惡感大增，除了仍以理智和利益權衡思維的人仍在堅持與他合作，已有少數人強烈要求總督嚴懲這個將白種人不放在眼裏的驕橫將軍。

「諸位先生，請安靜！難道各位沒有看出來，這位張將軍在故意激怒我們？在沒有得到我們與他合作的具體要求和底線之前，這位聰明的將軍故意用傲慢的態度來挑逗我們，怒火沖心會使

我們過早的暴露與他合作的底線。」

他嘆口氣，鬱鬱不樂道：「適才我也被他激怒，沒有注意到他眼中那種促狹的眼神。在我們拿他沒有辦法的情形下，他用這種無禮的招數試探我們，而我們卻不能有所反應。如此這般，氣勢已先被他拿去。用中國話來說，這叫先聲奪人。此時他在巴達維亞街頭收攏人氣，擴大影響。如果我們不趕緊搞定和他的條約，這個膽大妄為的將軍能做出什麼來，誰能保證？」

他話一說完，便有一荷人上層附和道：「不錯。據我們派過去迎接他的使者回報，這位中國將軍還是一個屠夫，殺人狂。」

他壓低聲音，向房間內眾人低聲道：「根據種種的情報分析，在呂宋的西班牙人，包括婦人和兒童，都被這位表面上和善親切的將軍下令殺死了。」

房內之人雖都不是善男信女，在掠奪殖民地的時候不知道殺害了多少平民，此時聽得和他們一般的白種人被人屠殺，卻仍是有一種難以說明的情緒浮上心頭。

有一人打了一個冷戰，喃喃道：「上帝，這個傢伙當真是太惡毒了。怎麼連兒童也不放過！」

另有一人冷冷答道：「這還沒有什麼。葡萄牙人早年攻打麻六甲，不是強徵平民的商船，一夜間放火燒死了幾千人，後來攻破土人城市，一樣殺了個雞犬不留。我只是奇怪，這個人如此膽大，他不怕西葡兩國的瘋狂報復麼?!」

一群荷人免不了舔唇咂嘴，感嘆一番，卻聽那總督總結道：「他越是令西班牙人發狂，對我們就越加有利。最好是他把西葡兩國拖住，自身也泥足深陷才好。我原本也不指望他轉頭幫我們打英國人，只要他不搗亂就成。他的海軍雖然不是超強，可是他有亞洲最強大的火器部隊，訓練有素，裝備精良，又都是嗜血的狂徒。你們剛才沒有看到他帶來的五百衛隊的威勢麼？」

他斷然說道：「只要他答應我們的條件，我們便立時回報國內，尋機與英國人決戰，解決荷蘭最大的威脅！」

他們亂紛紛吵做一團，張偉卻是悠然自得，此時正漫步於巴達維亞街頭，專尋那些漢人裝扮的百姓說話。雖然時近晌午，卻是不肯依荷蘭人的建議，帶著一眾手下去休息用餐。

一直逛了大半個時辰，眼看街面上行人漸稀，顯是各家已都到了用飯的時候。他便尋來跟隨的一漢人通事問道：「今日在廳內迎接我的吳清源老先生，你可知道他家住何處？」

那通事原本是本地人，哪有不知道的道理，當下卻不肯馬上就答，只是笑問道：「將軍問吳老爺家住何處，是要去拜訪麼？」

張偉看他一眼，見他雖是滿臉堆笑，卻是心不在焉，因問道：「通事是本地人吧？」

「小人正是。此次被總督大人挑來伺候大人，當真是小人三生有幸。」

張偉點頭一笑，向那通事道：「此時跟著我亂走，如同芒刺在背吧？荷蘭人定然吩咐過，不

准你帶我與當地漢人多加接觸，是以你有些緊張，對麼？」

見那通事不答，張偉又道：「你且放寬心！荷蘭人都拿我無法，阻擋不得。你一個小小通事，難道要你抵罪麼？我正是要去吳老先生府中拜會，你前頭領路，有甚處罰我自會幫你說情。你若仍是害怕，待我離開此地，可帶了你同行。」

見那通事仍是一副爲難表情，顯是仍不肯帶張偉前去。張偉因將嘴一努，那王柱子將刀半抽，怒喝道：「荷蘭人殺得你，難道我家大人殺不得你？你便是帶路，也未必丟了性命。你若仍是推三阻四的，我立時一刀砍了你腦袋！」

見那通事仍是一副爲難模樣，渾不將他的威脅放在眼裏，王柱子大怒，將腰刀抽出，架在那通事的脖子上，勒出一道細細的血痕，喝罵道：「老子最是瞧不起你這些狗奴！侍奉洋人如同祖宗一般，再敢拖延，管教你人頭落地。」

「成了，快把刀放下，通事若仍是不肯帶路，咱們就多找幾個本地人來問路就是，這麼多嘴巴，還怕問不出路來不成？」

那通事跟隨荷人多年，最是忠心不二，早就忘記自己身爲漢人，以他在總督面前的身分地位，尋常的白人都是不如，又哪裡將王柱子的威脅放在心上，因知他必然不會動手，是以雖然鋼刀架在脖子上仍是夷然不懼，只是兀自冷笑不已。此時聽得張偉要大張旗鼓拉人問路，將動靜鬧將起來，他自忖雖是得寵，卻也不能和吳家那樣的世家大族相比，當下後背上微微沁出汗來，原本鎮定的臉孔立時變得焦急起來。

張偉看在眼裏，肚裏暗笑，又向王柱子吩咐道：「你快去，多帶人手，逢人便問，多打聽幾次，總該能問得到路。」

那通事聽在耳裏，立時向張偉道：「張將軍不必如此，小人立時帶大人過去便是了。」

張偉如此鬧騰，他已然有了解釋藉口，只要能夠交差，自然會讓張偉放縱手下去胡鬧。當下由他在前，張偉領著一眾屬下跟隨在後，一群人浩浩蕩蕩，向城西的吳府而去。

王煊與張偉並肩而騎，見左右皆是親信，便向張偉道：「大人，你此次未免太過冒失。若是適才那些荷人當場翻臉，只怕我們現下正在逃亡路上。荷人防備嚴密，縱然是漢軍拚命而戰，能不能逃出海去，只怕還在兩可之間。屬下不懂，大人既然來了，又何必如此刺激荷人，逼得他們和咱們為難呢？」

張偉搖頭一笑，向王煊道：「政治上的事情十分複雜，你好生看著吧。待下午荷人態度必然會有大變，到那時，我便可以要得更多更大的好處。」

「咱們的實力沒有強橫到這個地步吧？再者，大家與英國人合作許久，怎地可以為了利益拋卻盟友。英國人那邊不說，就是咱們台灣內部，也有不少英國教官存身，海軍上下大半是英國人訓練而成，大人若是斷然與英國人翻臉，只怕台灣內部亦會反彈。」

「你能見識到這一步，還不明白我的用意麼？火中取栗耳！英荷二國這些年都知道南洋地區

是塊肥肉，英國在印度發展這麼些年，還不如在南洋做一年貿易賺得多。那些香料運到歐洲價比黃金！還有咱們的生絲、瓷器，都是幾倍的暴利。這兩國這幾年大造艦船，都準備和對方火拚一場，現下只是少一根導火線罷了。嘿嘿，我正是要從中搗鬼，讓兩邊都誤以爲我支持對方，這麼一來，他們乒乒乓乓打起來，到最後漁翁得利的是誰？」

張偉冷笑幾聲，又道：「其實打下呂宋後，以台灣的消化能力，根本無力再行南顧。況且還有倭國在我的臥榻之側，隨時會找我的麻煩。我哪有心思現下就打南洋。讓他們鬥吧，以這兩國的實力，只怕沒有幾年時間，也決不出勝負來。等他們打得精疲力竭，就是我出來收拾殘局的時候了。」

他沉吟片刻，又向王煊道：「此次過來，能結識一些此地的世家大族也好，將來非友即敵，先觀察一下人選，這幾年多打打交道，總歸不是壞事。」

英國與荷蘭的第一次大海戰整整打了十幾個月，雙方在多佛爾海峽遭遇，荷蘭軍艦要求英國軍艦降旗致敬，英人不幹。於是雙方因貿易衝突而累積的矛盾因一次小小衝突而打成了歷史上從未有過的超級海戰。十五個月內，雙方交手的次數和規模超過人類有海戰史以來的總和。每次雙方都會各自動員兩三萬人的人員，總數超過六至八千門的火炮對轟。

爲了與荷蘭的海戰，英國打造了當世之時最大的軍艦「海上主權」號，擁有一千五百噸的排水量，四層甲板，共裝有一百零四門火炮，最大口徑的火炮能發射六十磅重的彈丸，一次齊射便能發射一噸重的炮彈。而荷蘭的主艦「海上君主」號，比之「海上主權」號亦是不遑多讓。

荷蘭人將英國人封鎖在港口之內，有一次甚至直攻入泰晤士河口。而英國人則襲擊荷蘭人在北海的商船，使得荷蘭脆弱的海洋經濟大受影響。它多達一萬五千條的商船根本無法被全數保護起來，原本壟斷了歐洲乃至全世界貿易航線的荷蘭經此一役，開始走向衰落。

歷史上的英荷之爭並非發端於亞洲，英國在十八世紀以前，精力全然放在印度。皆因當年在南洋被荷蘭擊敗，簽署了不入南洋的協定後，一心發展印度之故。現下經由張偉之故，得以在南洋曲線貿易，獲取了大量的財物。利益熏心之下，國內早就叫囂著要與荷蘭再打一場，爭奪南洋這塊肥肉，數年間造艦無數，將大量商船改造成武裝炮船，只等著尋到機會，就與荷蘭大戰一場，爭奪南洋。

對英國人的種種舉措，荷蘭人自是心知肚明。在早期殖民者西班牙與葡萄牙皆已國力衰落的情形下，只有英國這個後起的海上新貴可以與其一較高下。此時面對越來越大的英國威脅，荷蘭東印度公司首當其衝，公司上下皆是心中不安，張偉適逢其會，在這微妙時刻痛擊西班牙人，引起整個南洋地區重新洗牌。而正欲尋找機會的英國人又怎會放棄這個天賜的良機？當真是暗流湧動，只欠一戰了。

「大人，已經到了吳府門外，咱們還是下馬等著通傳吧？」

張偉猛然驚醒，發覺已騎著馬到得一處大宅門外，離那鎮府的石獅子不過幾步之遙，笑道：

「我得快些下來，不然人家迎將出來，這可真是失禮之極了。」

說罷跳下馬來，四顧而盼。卻見是青磚小瓦馬頭牆橫亙於前，迤邐下去四五百米，盡皆是這吳府院牆。大門乃是用朱紅漆就，上懸獸環，端的是氣派非凡。

因向王煊笑道：「人在海外，本朝的規矩便管束不到。這院門的規制，不是公侯之家縱是有錢亦不能修建。還有那錦衣絲履，依太祖的規矩，縱是再有錢的商人也是不能穿戴。」

王煊尚不及答，卻聽門內有一聲音答道：「大人您說得是，小老兒的院子是逾規甚多。不過子弟們早就不將家鄉的規矩放在心上，我年紀又大了，也懶得管這麼許多。」

那吳清源拄著木拐慢慢踱將出來，神情卻是比早上迎接張偉時和藹許多，見張偉立於府前，忙笑道：「張將軍身分貴重，貴腳踏賤地，老朽迎接來遲，尚乞將軍恕罪則個。」

因嗔怪門前的家人道：「還不幫著將軍牽馬，請將軍入府奉茶！」

張偉忙上前一步，向吳清源笑道：「咱們漢人最是敬老，早前年紀大的老人便是見了天子也可不行俗禮，只是後人大半都忘啦。張偉小子，勞動老者來迎，原就是罪過，怎敢就此入內？」

說罷將吳清源攙扶住，笑道：「咱們就這麼把臂而行，如何？」

第十二章 南洋旺族

「蠢材！人家霸著倭國，荷蘭人現下有求於他，想來不會再想著去倭國分一杯羹；再有呂宋也是他的禁臠，再加上他的水師將整個大明南海霸占住，便是荷蘭人也忌憚幾分，這麼大的地盤，只要經營得法，他會來求我為他出貨？只怕捧著他想借著發財的商人大有人在，用得著他巴巴的跑來求我？」

當下也不待他答應，就這麼扶著他漫步而行，一邊誇讚著府內景色，一邊詢問吳清源家中人口生計等家常。饒是吳清源老狐狸一隻，也敵不過張偉這番水磨工夫，早上引見時便覺得張偉對本地漢人親熱非常，當時便心中感動。此時又經張偉如此折節下交，他回國數次，哪曾見過高官大將如此善待平民百姓，當下心中感念不已，面上雖仍是平常，心中卻對張偉稱讚不已。

待過了迴廊，到得吳府大堂正中，早有大批的吳府家人侍候，將張偉等人迎入，奉茶不提。

張偉笑道：「我此來別無他意，一則諸位都是我大漢子民，我官爵在身，既然來了此地，總得上門慰問一番，方不失我皇撫愛黎民，德被萬方的聖德。二則，這腹中饑餓，洋鬼子的飯我又不想吃，因知吳老先生家大業大，只得帶了手下，前來相擾。」

吳清源本自納悶，不知他此時爲何在這吃飯時間巴巴的跑來，待聽他說清原委，雖是怪他有些冒昧，卻爽朗一笑，答道：「老朽產業不是很多，但也還供得起將軍這幾頓飯。將軍前來，也是賞臉得很，老朽臉上有光啊。」說罷吩咐道：「來人，快去準備張將軍的飯食，再把張將軍的屬下帶到偏院安排，不得怠慢。」

他這廂吩咐完，卻見身後有一中年男子面露難色，那些個家人紋絲不動，因奇道：「老大，你怎麼回事？」

那男子原是他大兒子，平時府中一切細務已是交由他打點，此時父親詢問，他卻不敢當面答話，只吭哧答道：「阿爹，我有些話要私下裏和你說。」

吳清源初時尚不理會，因見他越發鬼祟，氣得將手中拐杖往地上一頓，罵道：「你越發不長進！將軍既然來了，那邊想來也是沒有辦法。哪有人到地頭連飯也不管的道理，蠢！」

見兒子匆忙帶著下人前去安排，他反倒氣得笑起來，向張偉嘆道：「兒孫輩不爭氣，讓將軍見笑。聽說將軍雖是少年得志，卻不是靠父祖輩的餘蔭，乃是一刀一槍，自己幹出來的事業。這可真是讓老朽羨殺。我的這幾個兒子，鬥雞走狗、聲色犬馬樣樣都行，唯獨是正事幹不了一件！」

他拍拍膝蓋，嘆道：「可是我的產業偏生要交給這群蠢材，我又能怎麼樣呢！」

見他身邊侍立的吳府子弟們尷尬，張偉略掃幾眼，便知道這些人全然是精明外露，能幹穩重的中國商人，哪是吳清源說得那般不堪，笑道：「老先生對子弟要求過高，是以求全責備。兒孫自有兒孫福，老先生該放手時則放手，子弟們自然也就接過手了。」

待他們寒暄一陣，那飯菜已是源源不斷端了上來，不但有傳統的中國飯菜，尚且加了許多稀奇古怪的當地土人菜式。

吳清源便向張偉讓道：「張將軍，請坐上首，這便入席吧？」

張偉適才隔著雕花木窗遠遠窺見幾個早晨引見時那幾個大家族代表的身影，此時聽到吳清源請他入席，心中一動，笑道：「老先生，我有個不情之請，卻望老先生成全。」

「將軍請說。」

「我想煩請老先生將早晨與我打過招呼的那幾位先生請過來，我在此地想來不能多留時日。難得一來，也難得一會，便請那幾位過來，大家親近親近，如何？」

他原本以為吳清源必然會推託，誰料他立時答道：「甚好。他們也想和將軍一會，我這便命人請他們過來。」

他立時命下人出去請人，自己又笑咪咪向張偉笑道：「將軍當真是把咱們南洋漢人當自己人，老朽甚是感激。前番呂宋漢人被屠殺，朝廷說什麼：此輩逐利無義之徒，死不足惜。當真是令全南洋的漢人寒心！」頓一頓手中拐杖，恨道：

「南洋漢人從不自外於中國，說漢話，寫漢字，穿中國衣，哪裡對不起大明朝廷了？朝廷若是能養活咱們，咱們又何必棄鄉遠出？我原本想落葉歸根，曾經回國幾次，誰料每回一次，便被當地的官府勒索敲詐一回。我心早就冷了！想當年，我的曾祖父在福清老家活不下去，無田無產，只好乘船出海，身無長物，船在這爪哇近海又遭了颱風，他攀著一根木料在海上漂了兩天，待上岸時渾身浮腫，不成人形。現在南洋的華商縱是有些產業，誰不是一拳一腳在這異國他鄉憑著才幹和苦幹賺出來的？大明朝廷當真是太讓人寒心啦！」

他口說手劃，明朝棄海外國人不顧的事已過了二十多年，現今說起仍是令他氣憤不已。張偉掃視房內其餘諸人，見各人亦是一臉憤恨，想來是當年呂宋漢人被屠一事仍留陰影於諸人心中。

正欲勸慰，見花廳門外有十餘人迤邐而入，正是早晨在荷人總督府引見過的南洋華人上層人士，便站起身來，向吳清源笑道：「吳老先生，且莫憤恨，先迎過客人再說。」

當下張偉當先，向著房門處迎接後來的諸人，他笑容可掬，與每個後來的華商執手寒暄，問候致意。王煊與張偉的眾親兵何曾見過他如此模樣，只看得瞠目結舌，驚訝不已。

待各人寒喧已畢，當下由張偉坐了首席，吳清源坐了主席，各人又公推一杜姓老者坐了次席，然後方依年齒推定座位，其間又有年長者自認德才威望皆不如人，遜謝推讓，年少者本著尊老之心，一定不肯坐於長者之上，你來我往，你推我擋，亂紛紛鬧了小半個時辰，這才安席完畢。

張偉在台灣時，最討厭中國人這種虛僞之極的安席排位之舉，雖不好明令禁止，卻也無人敢在他面前如此作風。此時這般鬧騰，他心中早已不耐，卻也只能呆著臉苦候不提。

待安席已畢，免不了要推杯換盞，敷衍幾杯。張偉雖不善飲，卻也只得相陪。好在眾人因他身分，倒也不便勉強，待幾杯酒飲過，氣氛漸漸和睦，各人已不似開初那麼拘謹。

有一陳姓大宗族的首領先開口向張偉道：「張將軍，早上當著荷蘭鬼子的面，咱們都不好說話，在此處無礙，我先代南洋華人多謝你了！」

說畢舉起杯來，也不待張偉反應，仰著脖子一口飲將下去，哈一口酒氣，也不挾菜，紅著眼睛向張偉道：

「張將軍，你的大恩大德，陳某沒齒難忘！當日西班牙畜生在呂宋大殺漢人，我陳家幸虧見機得早，帶著家人財物早早跑了出來。只可憐我的大女兒因嫁了人，夫家卻不肯走，待屠殺過後幾年，我派人去尋，哪裡還找得到。派去的人只說，那一帶的漢人沒有一個活下來的，全數被拋入巴石河中了。我每常日思夜想，就想著老天能降下天罰，把這些豬狗不如的畜生都用雷劈死！過了這麼些年，心早就淡了。將軍此番攻下呂宋，盡屠西人，一是雪了全南洋漢人的恥辱，大長南洋漢人的氣勢，二來也爲我報了家仇，大恩大德，我當真是無心爲報！」

他說到此時，席面上其餘人雖未經歷過呂宋屠殺之慘，但想像當時呂宋漢人的慘景，各人都是面如沉水，唏噓不已。有那精明的想到近來因荷人調撥，這南洋爪哇的土人對漢人已不復當初的友善，呂宋漢人被屠殺的慘事，未必就不會發生在爪哇。卻聽那陳姓華商大聲叫道：「來人！將備好的東西呈上來！」

只見十餘個青衣長隨聞聲而入，每人皆是手捧著檀木木案，因上覆紅綢，見不到案上放了什麼東西。

「張將軍，咱們身為商人，也沒有什麼好東西，不過是些珠寶細軟，古玩字畫，送與張將軍無事把玩，至於珠寶細軟，張將軍年少有為，想來家中妻妾不少，就送給將軍帶給妻室，也博個千金買一笑。」說罷呵呵一笑，命道：「將紅綢掀開，給將軍過目。」

廳內諸人都是南洋的大商賈，甚至有買地置產的大地主。比如那杜家，便在爪哇擁有上萬頃的田地，都是富甲一方的人物。平日裏無數的金銀珠寶過手，尋常的財物哪裡肯放在心上，此時那紅綢一掀，那木案上的珠光寶氣一露，各人都是「咦」了一聲，立時都停箸住飲，訝然失色。

幾人都是見多識廣的人物，這案上的財物價值幾何，也盡然知曉，立時便有一黃姓商人驚道：「這案上的珠寶字畫，只怕不下二十萬金！」

「嘖，老黃到底識貨，不愧是平時買賣珠寶的大行家。依我看來，那塊青玉玉珮，只怕是漢朝舊物，只此一塊，便不下三萬金！」

「咦，米芾的真跡！看這字，行雲流水卻不失莊重，散而不亂，厚重不滯，當真是真跡！」

「這一對耳環，只怕還是東晉時的珍玩！」

那陳某聽得諸人議論驚奇，卻只淡然一笑，向著張偉道：「將軍，珠玉再値錢，也大不過人心！將軍為我報了國仇家恨，我便是傾家蕩產而謝，原也是該當的。這些許財物，也不過是我家產十分之一，算不了什麼。請將軍笑納！」

張偉原本就感奇怪，就算是為他報了家仇，原也不該當如此。此時聽他話裏有話，神情詭異，一時竟猜不到他用意，只是推辭道：「我出兵呂宋原只是為了西人無端殘殺我漢人，哪裡是為了金銀財帛！陳老先生太過客氣，我承受不起啊。這些財物，一定請陳先生收回，張偉絕不敢受！」

推讓一氣，因見那陳某執意要送，張偉作色怒道：「先生太小瞧張某了！張偉雖是不如先生豪富，家資卻也不少，都是我一手一腳用海船賺出來的！內地的人不知道，管我叫海盜。其實可憐張偉何曾打劫過一分一毫？」

他擰眉怒目，侃侃而談，向廳內眾商人道：「各位都是在海上貿易生發的大行家，自然知道海盜歸海盜，像我這般以貿易起家，以商船博利的人最恨海盜！張某生平最恨不獲而取、不勞而獲之輩。如是這般，又怎肯受陳老先生的財物，行此不仁不義之舉？」

他這番話句句在理，說得情真意摯，各人不免是頻頻點頭，那陳某靜靜聽張偉說完，忍不住

擊掌讚道：「好！張將軍如此重利當前全不動心，當真是大英雄，好漢子！」

說罷，拍手令下人退下，又重新入席，向張偉笑道：「陳某此舉亦是不得已！這南洋越來越令人氣悶不過，荷人壓迫，土人卻說我們欺壓他們，成天的尋釁滋事，紛擾不已。」

說到此處，他瞄向這酒席上眾人，見大家都是呆著臉不作聲，心中暗自一嘆，向張偉笑道：「是以這南洋我是待不下去了！張將軍，既然你已打下呂宋，反正我只是做轉手貿易，在這南洋除了一處大宅並無田產，我也是當年從呂宋逃出來的，那邊的情形十分熟悉。呂宋此時已是大人治下，小民懇請大人允准。」

張偉略一沉吟，已知此事利大於弊，呂宋地理位置甚好，雖不如南洋有大量的香料等土產貿易，卻占定了地利人和，整個南洋貿易路線，斷然少不了呂宋一地。只是現下剛與西葡兩國翻臉，雖然還能與英荷兩國貿易，將貨物經由兩國賣向南美等地，到底不是直接出手，其間利潤被人瓜分不少。若是此時有陳家這樣的大商人安身呂宋，引得南洋各地不少大商家與呂宋貿易，於張偉來說自然是天大的好事。雖是擔心此類的大家族在呂宋翻手為雲，覆手為雨，到底呂唯風也不是好惹的，自然會有處斷。

故斷然答道：「先生看得起張偉，願以鳳棲梧枝，自然是要倒履相迎！先生何時起行動身？若是需要我相助，請儘管開口。」

「大人既然答應，老朽自是立時回家準備。與張將軍一同出海為好。像我這樣的商人，也還有些身分地位，若不與將軍一起出去，只怕荷蘭人未必會痛快放行。」

他們旁若無人，當即便商議了同行辦法，桌上除那陳某，皆是在爪哇紮根多年，產業甚多，縱使對此時的荷人政策不滿，又哪能輕言離去。是以見陳某執意離開，各人都呆著臉默然不語。他們雖也佩服張偉擊敗西人，拿下呂宋全島，又居功不傲，為人亦謙和客氣，且面對重金毫不動心，各人均心折不已，只是此時局勢不明，張偉是否能擋住西人反攻，尚屬未知，又怎肯拿自家的產業性命來冒險。

待飲宴酒席一罷，早有荷人總督派來的差人侍候在外，專程前來邀請張偉前去繼續談判，張偉向座上各人告一聲罪，隨那差人前去不提。

臨行之際，吳清源免不了客氣幾句，邀張偉晚上再來吳府赴宴，夜裏就宿於此地。誰料張偉當即答應，然後道幾句叨擾，方騎馬揚長而去。

吳清源原是無可無不可，他那長子卻是心機深沉之輩，此時沉不住氣，府中客人尚未散盡，他便低聲問父親道：「阿爹，你明知道荷蘭人很忌諱咱們和他來往，今天早晨，若不是華商們一致要求一起陪著見見，只怕各人連他的面也見不上。他既是主動找上門來，咱們接待一下倒也不為過，只是又邀來府中居住，此時人多耳雜，傳到總督那裏可不是耍的。」

吳清源橫他一眼，向他笑道：「阿大，你年紀一把，心思都用到什麼上去了？你道張將軍巴巴跑來，是圖我府中舒適，飯菜可口麼？這裏面有好幾層意思，你好生想想！」

「他不過是想巴結父親，將來好和咱們做生意！他以前的貨物走向，要麼是通過西班牙人上南美去，要麼是通過英國人到南洋和印度，眼瞅著西班牙人和他翻臉成仇，現下荷蘭人又要與他合作，同英國人翻臉，他的貨物自然是要銷向咱們這裏，把父親和那些大商人巴結好了，才好出貨，想來便是這個道理？」

「蠢材！人家霸著倭國，荷蘭人現下有求於他，想來不會再想著去倭國分一杯羹；再有呂宋也是他的禁臠，再加上他的水師將整個大明南海霸占住，便是荷蘭人也忌憚幾分，這麼大的地盤，只要經營得法，他會來求我爲他出貨？只怕捧著他想借著發財的商人大有人在，用得著他巴巴的跑來求我？」

「那麼他到底是何用意，想方設法來見阿爹，又特意請了這些富商大賈們做陪，席間大賣人情，又把陳阿伯請到呂宋。這荷蘭人能讓他這麼胡鬧麼？」

吳清源撇一撇嘴，向兒子意味深長地一笑，答道：「張將軍是看準了荷蘭人一定要和他合作，是以故意在荷人面前拿大。別說咱們這點子小事，他就是再鬧大一些，荷蘭人也會忍下來的。」

他幽然一嘆，向那府前抄手迴廊踱去，邊行邊向兒子道：「畢竟在洋人眼裏，有實力就有一切，沒有實力，什麼都不是。」

待他在遊廊內欄桿上坐定，方眯著眼爲兒子釋疑道：

「張將軍此來，一是爲了給咱們撐腰。他雖未明言，可是他攻打呂宋用的什麼藉口？又爲何盡屠呂宋西人？咱們早上在總督府的神情他想來看到，想方設法來拜會，荷蘭人知道了，心裏能沒有個忌憚？這是他身爲大明官員的盡責之舉，倒也罷了。」

嘿嘿一笑，又道：「還有一層，便是一定要在荷蘭人和咱們上層漢人之間，弄出一些事來。荷人利用咱們漢人打壓土著，必定對咱們有所倚重，是以漢人在荷蘭人面前尙有些身分地位，也頗受信重。張偉來我府中，又是大宴諸華商，還帶走了一個陳長青，你想，那荷蘭人心裏會怎麼想？三人成虎，眾口爍金，這種事，你不解釋他懷疑，你一解釋他更懷疑！這一招甚是狠毒，我就見到此步，我也不能將他公然拒之門外。呂宋之事，南洋漢人誰不知道？別說爲父的心裏當真讚他，就是心裏不待見他，我也不能冒著全南洋漢人的罵聲，將他攆走。這個張偉，年紀輕輕，心思卻是縝密狠毒，這一下子，可把爲父弄在乾灘上，要曬死嘍。」

他雖是嗔怪感慨，卻是面帶笑容，全然沒有埋怨之意，見兒子一臉詫異，又且有些憤恨之意，忙向他道：「縱是如此，張偉此來對南洋漢人甚是有利。最少在近期內，不會有呂宋漢人那樣的事，咱們這些大戶人家，也不必如同前些年那樣，一夕數驚。這是好事，總算有人給咱們撐腰壯膽，你兀自發什麼恨？他們上層間的鬥爭咱們別管，若是張家和荷蘭人鬥將起來，咱們只管看準了押寶，甭下錯了注，就什麼事也沒有。」

他悠然一笑，雖然天氣頗熱，於他的老寒腿卻很有好處，曬著熱烘烘的太陽，向兒子笑道：

「你去吧，著下人多備些飯食，還有打掃出幾間偏院來，張偉的從人甚多，把那幾個院子的房間都打掃清理一下，別教人家說嘴。兒子，只記住一條，咱們商人是誰大跟誰，張偉身為漢人，若是勢力伸到南洋來，咱們自然是押他這一寶，若是不然，有句村話甚是粗魯，卻很有道理，給我記清楚了：有奶便是娘，小子，這便是商家真意！」

「兒子當年走那步棋，也是阿爹此番話的意思，怎地阿爹大發脾氣，把孫女急召回來？」

「克淳，你始終還是不懂。壯漢才能舉起的東西，你讓小孩去拿，能拿得動嗎？追求自己能力以外的利益，只怕一閃腰反砸了自己的腳！那英國人是什麼角色？是咱們這種家族可以左右的？你快去吧！」

那吳克淳聽父親語氣不耐，知道老父已是頗為生氣，當下不敢再說，自引著上百的家丁僕從前去準備晚上迎接張偉的細務去了。

吳清源攆走兒子，自拄著拐杖，引著兩個小童往後園去了。因中午招呼客人錯過了午睡時間，年紀大的人精力不濟，此時已是兩眼發澀，卻又不敢再睡，只怕起來頭疼。只得嘆一口氣，感慨一番，便決定往後園荷池垂釣，息養精神。

到得後園角門附近，卻見二房的長孫吳胤引著幾個小廝鬼鬼祟祟往角門處而來，見他遠遠而來，便扭頭想走，吳清源氣道：「這混帳小子，想來又是想到後園嬉戲，十七八歲的人，每日不務正業，只是遊玩嬉鬧！」

便吩咐身邊的管家道：「你去把那混帳帶到他老子那裏，就說我說了，若還是不長進，就送到椰林那裏，讓他砍椰子去！」

見管家依命去了，仍兀自恨恨道：「一代不如一代！老子如他一般大時，早跟著祖父在碼頭販賣生息，每天賺幾兩銀子，就樂得不知道怎麼好。他們可好，就知道敗家……」

他一路絮絮叨叨，一直到池塘附近，依著假山的陰涼處坐下，頭戴斗笠，適才來時又換了一身粗布衣衫，直如那鄉間老農一般。不消一會兒工夫，已是釣上數條大魚，因鬱鬱不樂道：「塘裏的魚都是有意弄成這樣，釣起來全無樂趣，太蠢了！」

雖是如此，待他手中漁桿一沉，顯是有一條極沉重的大魚咬鉤，將臉一沉，人亦站將起來，慢慢將釣桿向岸拖來，只等稍近一些，便可用網兜將那魚撈起。

正在他甚是吃力地將魚向岸邊拖來，那漁線繃起成一個半圓，此時他身後眾人別說是說話，便是一聲大氣也不敢喘。各人都是呆立不動，亦是不敢上前相助。

吳清源釣魚時最忌人打擾，是以眾家僕也只是呆站著看罷了。那魚大得驚人，吳府漁塘已開挖了三四十年，又大且深，平時也無人捕撈，只是讓府中的爺們閒時垂釣，尋個樂子罷了。

這吳清源年紀已大，腰力臂力大不如前，此時拖著的這條魚又大得驚人，拖著拖去只是在水中翻滾，一人一魚僵持了一炷香的工夫，吳清源已是吃不住勁，那兩隻老手微微發抖，一步步被那魚向水中拖去。

他爲人極是倔強，輕易怎肯放手？如此這般下去，只怕魚沒有上來，他反要先落入水中。身後諸家人長隨雖是著急，卻是無人敢上前攙扶，便是連勸一聲亦是不敢。早有人偷偷轉身，前去尋那吳克淳來。只怕緩不救急，待吳克淳過來，這老頭子已是落湯雞一般了。

正在各人著急之時，卻見不遠處有一人影奔跑而來，人還未至，已是一陣香風撲鼻，待各人看得清楚，便都是鬆一口氣，均想：「此人一來，總算是無事了。」

那吳清源只覺得一陣香氣襲來，心中一動，叫一聲：「壞了。」只覺兩隻胳膊的腋窩一癢，忍不住將雙手一鬆，回手來撓，待手一伸回，伸在他腋窩的兩隻小手已是縮回，他癢雖不癢，只是那釣桿掉入水中，被那大魚幾個縱身，已是拖得老遠了。

當下氣得老臉發紅，向那撓他腋窩的女孩兒喝道：「吳苓，妳真是越大越沒有規矩，蹦蹦跳跳也就算了，怎地還敢撓爺爺的癢，這麼大人了，沒個女孩子的樣子！」

在他身邊是個極嬌媚的女子，長而直的秀髮沒有盤起，披在肩膀，白皙的肌膚上，有婉約的眉，纖巧的鼻，紅唇淡淡，兩隻大眼，眼波如水，略瞟一眼，便如清水般波光流動，令人心醉。嗔怪道：「爺爺你才是越活越回去了，怎麼和魚拔起河，若是讓那魚拖到水裏去，讓涼水激出病來，可是爲什麼呢？」

見吳清源仍是生氣，抿嘴一笑，露出兩個酒窩，輕聲道：「若是您真的想吃，著下人去把牠捕上來，何苦自己這麼辛苦。」

「唉，算了。你們女孩子不懂。只是妳，長得這麼嬌弱，行事舉止可不大一樣。都怪妳父親，妳這孩子還小不懂事，便讓妳去和一幫洋鬼子打交道，看看，還好我早就把妳叫了回來，不然的話，更不成體統。」

那吳苓一面將他扶住，一面笑道：「爺爺你還是怕我在洋鬼子那裏吃了虧，以為一個女孩子必定是不懂政治。其實人家英國還有女王當政，那些洋鬼子不一樣服服貼貼？若是當日你不把我叫回來，只怕咱們吳家的局面，比之當初又有些不同呢。」

「不要再說這個！吳家就是窮困潦倒，也不需要妳拋頭露面。當初是我離了南洋在外，要不然妳能出得去？」

他爺孫倆談談說說，一路行到那園中水榭內坐下，吳清源嘆一口氣，看向孫女，見她鼻尖上微微沁出汗來，便笑道：「扶我走幾步就累得出汗，還指望在外面東奔西走的？那梳洗衣飾，能如家裏如意麼？」

「人家當初在船上，來回幾萬里的路程，也沒有什麼大不了的！」她格格一笑，抿著嘴笑道：「我知道您的意思，怕我一個女孩子在外吃虧，您別忘了，我可是帶了家人隨從的。那些大鼻子想挨近一些都不行，怕怎地？」又在鼻端處扇了一扇，笑道：「況且他們身上那股味道，您以為我很愛聞麼？」

吳清源笑上一笑，心中也頗是以有一位能幹的孫女自傲，只是她身為女流，到底上不了檯盤，南洋之地民風雖較內地開放許多，到底幾千年的積習下來，一個女流之輩是斷然不能當家主事的。

嘆一口氣，只恨自己一群孫子都不爭氣，還不如這個孫女精明能幹，突然想起一事，向她問道：「妳當日跟著英國人東走西跑的，其中詳情我也沒問。妳說起妳當日曾經做過通事，到過台灣，妳可知台灣的那個張偉？」

她沉思良久，方抬頭笑道：「孫女當時年紀還小，當日只覺得那張偉行事蠻不講理，霸道非常，又是言不及義，完全是個逐利之夫，好勇鬥狠之徒。現今想了想，當時他初占台灣不久，諸事未諧，就想著海外貿易，又決心與英國人合作，訓練整治水師，招募陸軍，連他占據台灣的時間算起，不過這麼幾年，實力已經大到左右南洋局勢的地步。這個人的心機智慧，眼光手腕都是萬中選一的超卓之人。」

她又恨恨說道：「那小子有幾次看我，眼光都是色瞇瞇的。還說我長得像他的阿姨，當真是可惡，我真想一刀宰了他！」

吳清源初時聽她評判張偉，尚是凝神細聽，待聽到吳芩說到最後，忍不住啞然失笑，向孫女道：「妳生得漂亮，人家多看幾眼怕怎地。」突地心中一動，向兀自捏著衣角，鼓著腮幫子不滿的孫女笑道：「這麼說，那張將軍是對妳有意了？」又笑道：「妳年過二十仍不想嫁，難不成是等他不成？」

那吳苓吃了一驚，忙嗔道：「爺爺，您說的這是什麼話，真是爲老不尊！」

「嘿，我知道妳不想嫁商人子弟，只想嫁個讀書郎，最好是斯文有禮，就如同妳在那些話本裏看到的一樣。」

吳府雖是在南洋，但豪富之家有什麼不能置辦？年年往內地貿易的船隻都要給這位大小姐帶些大陸上最新出的文人詞賦，坊間話本，那吳苓最喜此物，小女兒心思，心裏便一心想著要嫁一個彬彬有禮、文雅斯文的讀書人。此時被她爺爺說破，自然是滿面嬌羞，向爺爺嗔怪幾句，連忙扭身而走。

卻聽得吳清源遠遠喊道：「今晚張將軍要過府來吃飯，妳既然與他是舊識，還是出來陪陪客人罷。」

聽得她遠遠應了，吳清源面露微笑，心中暗想：「這倒是個機會，至於能不能、該不該將它拿住，還需仔細思忖一番才行。」

張偉自然不知道那老狐狸已在背地裏打他的主意。他與荷人舌戰半日，終於將荷蘭人的觸角從倭國攆走；又確定了雙方在呂宋及南洋貿易範圍，至於聯手對付英國人，張偉只推到了中國最講信義上面，不肯公然與荷蘭一起向英國宣戰。若是兩國戰事一起，張偉則相機而動，一定支持荷人云云。

雖無文本協議，不過因諸事都商議妥貼，荷人都深信張偉斷然沒有拒絕那些貿易及領地上的優惠。張偉一向重利重商，哪有見著好處不撈的道理？當下諸荷人皆是喜笑顏開，皆以與這個南洋潛在的敵手劃定了勢力範圍及確定了攻守同盟而高興。

唯一令張偉不悅的便是荷人提出的艦隊實力遏制的協議，荷人提出，張偉現今的海上實力已占了荷人的八成以上，從今往後，荷人添一艦，張偉方能再造軍艦，實力只能維持在現今的水準。由荷蘭人派駐台灣監督，張偉亦派人在巴達維亞長駐。眾荷人均道這是爲了保證南洋的和平，不會因某方實力過大而起了吞併對方的心思，這個協議完全是公平平等的偉大協議。張偉不想歷史上有名的海軍限制協議會提前幾百年落在他頭上，雖欲答應，卻又知荷人忌憚他財力日足後造艦招兵，打他南洋的主意，若不答應，只怕荷蘭人在對付英國人之前，會下定決心將他打垮。無奈之下只得應了此條，從此以後，張偉便是有錢，也不能超過荷蘭人的軍艦數目。

見各荷人都是喜笑顏開，一副樂不可支模樣，張偉心知他們想出這個主意也是不易，此時自然是開心之極。心中冷笑，心道：「萬事還是以實力說話，今日你們實力強，待你們和英國佬惡戰之後再看吧！」

第十三章 再見伊人

張偉這才醒悟過來。他此時什麼場面沒有見過，雖見吳府上下笑咪咪瞧他，卻只做沒看見，又向吳苓道：「自台灣一別，已是數年恍然而過，想不到艾麗絲竟是南洋望族之後，又無巧不巧的在此地與吳小姐重逢，這當真是緣分。」

東南亞的天氣當真變化無常，張偉傍晚時分甫從總督府中出來時，外面還是老大的太陽斜掛在半空。待騎馬行至半路，天空中接連飄來幾朵黑雲，那雷聲轟隆隆響過幾聲，街面上的行人再也不顧著看他們的熱鬧，亂紛紛四散而逃。各人正沒理會處，那瓢潑般大雨卻漫天灑將下來。躲在路邊小店的簷下，張偉看著路邊土路被黃豆大的雨點砸出一個個小水坑來，那泥漿四處濺起，路面上不及躲雨的行人皆是渾身雨水泥湯，當真是狼狽之極。

王柱子因在張偉身後喃喃自語道：「還是咱們台北好，一路的青石地面，就是下雨天也不教人覺得氣悶骯髒。我就想不通，大人不在台北好好待著，東奔西走的辛苦是爲啥。」

王煊的人生信條便是：「萬言萬當，不如一默。」每日最是沉默寡言的人，便是張偉同他說話，也是有問方答，從不多言半句。此時聽王柱子說得有趣，噗嗤一笑，向他答道：「梁園雖好，不是故鄉。柱子你是想家啦？」

王柱子剛嘟囔著要答話，卻見一股電流直奔而下，從那晦暗的天空直衝下來，將分散在大街各處躲雨的漢軍將士映射出來。有那膽子稍小的，臉色立時嚇得慘白。

「敬天法祖，畏威懷德……嘿，天地之威當真這麼可怕麼？」

張偉儘管也被那道閃電嚇了一跳，身爲現代人的他卻很快將心情平復回來。見身邊的眾將士都雙眼緊閉，口中念念有辭，甚至有那信奉佛道的，雙手合十喃喃祈禱。心中覺得好笑，忍不住嘀咕兩句，亦知此乃是人之常情，短期內無法改變。

王煊卻聽到張偉的小聲嘀咕，忍不住答道：「當年王安石相公說什麼：天命不足畏，祖宗不足法。結果弄得天下大亂，人君對天命祖宗有些敬畏，總是好的。若是君主們權威大到無人制約，連天命也扔到一邊，那可怎麼得了。」

「不然，太畏懼祖宗成法和天命，人君不敢做任何革新。這天下大勢已是一日數變，君主仍然是抱殘守缺，只怕沒有了鼎革之變，卻會招致外辱。你看這西洋諸國，哪一個不是磨刀霍霍！崇嶽，你不會想咱們中華上國有一日淪爲豬羊吧？」

見王煊雖是一笑不語，卻顯是大不服氣。他不知道清朝之事，又見多了明朝皇帝胡鬧，是以對張偉的話絕難贊同。此時西方殖民者力量不強，明朝又素來重視火器發展，當時的漢人倒也並沒有覺得西人有多麼強大可怕。

一群人被這大雨阻在半路，眼見這天色越發晦暗，各人心中著急，卻是無法。

張偉見隨行漢軍皆是滿臉疲憊之色，知道是乏了，便大聲道：「各人都隨我來，這雨能澆死人麼？」

說罷不顧身邊親兵的勸阻，揮鞭打馬前行，雖只是一晃眼的工夫，他全身已然濕透。

王柱子笑道：「既然大人都成落湯雞了，咱們也跟著就是。」

一行人在雨地裏艱難前行，待行至半路，卻遇著吳府派來送雨具的家僕，張偉將那身漁翁裝束穿上，雖然裏面衣衫仍是濕透，卻好過仍在雨水裏苦挨。待到了吳府正門，見那吳府一家老少正立於府門之前，靜候張偉前來。

「吳老先生，張偉又來叨擾了！」

張偉爽朗一笑，縱身下馬，一縱間身上水珠四濺，這身裝束雖是防水，亦是因雨大而落了滿滿的雨水於上，此時一縱一抖，乍然間蓬鬆起來，張偉便如同那大隻的鵪鶉一般。

只聽到彷彿有女孩子「噗嗤」一笑，張偉看看自家模樣，也是忍不住一笑，便將身上蓑衣脫下，笑道：「沒提防這雨下成這樣，教各位久等了吧？」

他信步上了石階，向眾人各道一聲罪過，又謝道：「吳老先生，張偉腆顏又來打擾，總歸是不想受荷蘭人的招待，老先生家宅寬大，又是仁德之人，千萬不要怪罪張偉才是。」

「哪裡！將軍是難得的貴客，老朽請都請不來呢！」說罷兩手一讓，向張偉道：「張將軍，請。」

張偉亦是一笑，順著吳清源的招呼向內而行，剛行到那正門內簷，卻突地一呆，整個人立住不動。

他瞠目結舌，向那吳苓問道：「妳怎地會在此處？」

吳苓微微一笑，向他福了一福，方答道：「張將軍光臨寒舍，吳府上下幸何如之！」見張偉仍呆著臉看她，俏臉微微一紅，又道：「請將軍速速入內更衣，小心著涼冒風。」

張偉這才醒悟過來。他此時什麼場面沒有見過，雖見吳府上下笑咪咪瞧他，卻只做沒看見，又向吳苓道：「自台灣一別，已是數年恍然而過，想不到艾麗絲竟是南洋望族之後，又無巧不巧的在此地與吳小姐重逢，這當真是緣分。」

說罷不顧吳苓臉紅，又將當年尋勞倫斯打聽她下落一事說了，方才灑然入內。

待他更衣出來，卻已不見吳苓蹤影。女兒家臉薄，張偉那般模樣，又是什麼緣分云云，她怎地再好意思出來作陪。張偉卻不在意，酒席中自管向吳清源問及當年吳苓隨同英國人四處奔波一事，這才知道事情原由經過。

他早年驚奇於吳苓的美貌，又甫從現代回來，滿眼見到的皆是那些三從四德，唯唯諾諾無主見思想的古代女人，乍見吳苓時，因其美麗及身上若隱若現的現代氣息而心慕不已。只是吳苓對他卻甚是冷淡，不滿他行事霸道專斷，是以兩人雖是郎有情，卻是妾無意。張偉又不擅泡妞之術，且每日瑣事繁忙，這女人若是不泡不纏，哪有自動送上門來的道理？待吳苓回了南洋，張偉雖托人四處打聽，卻是不得要領，幾年時間下來，心也早就淡了。年前早與何斌商定，只待他從呂宋回去，便與柳如是完婚。柳如是雖年紀尚小，美貌聰慧絕對不在吳苓之下。因感激張偉贖身一事，服侍張偉很是經心，張偉閒時與她下棋閒談，說些時務之類的閒話，她亦是能從旁分析解惑，不比尋常女人一心只放在男人身上，絲毫不問外事。張偉對她很是滿意，心中除了稍覺她年紀偏小，也沒有別的遺憾了。至於他有些部下對柳如是的出身質疑非議，張偉自是絕然不會放在心上。

此時乍見吳苓，見她美麗更甚當初，眉宇間那股聰慧英氣未消，行事舉止比之當初卻又成熟許多，一時心喜，卻是有些失態。待他換衣出來，心中已平復如常，知道此時斷沒有娶吳苓的可能，且不說地隔幾千里遠，她家人父母未必捨得；再者張偉顧忌世家大族的勢力，將來正欲打擊消弭，哪能再給吳家錦上添花的道理。

待他泛泛問了當年之事後，便向吳府上下道了乏，管自下堂回房休息去了。雖話語中聽得吳清源話頭中有問及他對吳苓觀感之意，卻只是推做聽不懂。儘管心頭一陣陣嘆息泛酸，卻只是

想：「我對她瞭解不多，只是迷於美貌罷了。大丈夫何患無妻，可得把持住了才好。」

雖是如此想法，卻在床上輾轉反側，直待那三更鼓聲響起，他才斜躺在床上昏沉沉睡去。

第二日天明，因還有些細節要與荷蘭商討，張偉卻懶得去，只派了王煊代表前往。自己偷得浮生半日閒，只管在床上高臥不起。

一直到日上三竿，方懶洋洋起身洗漱了。前去拜會了吳清源，清談片刻，又再三多謝他款待的盛情。因再無他事，只等著王煊談妥回來，便可開船回台。便應了吳清源之邀，往吳府後園擺上棋局，殺上兩把。

吳清源面帶微笑，攜同張偉同至後園，在園中小亭中擺下棋局。張偉剛剛動子，正待吳清源應手，卻聽他咳了一聲，向身邊小廝吩咐道：「不要你們侍候，一個個粗手笨腳的，讓大小姐過來，那丫頭心靈手巧的，讓她來侍候茶水。」

張偉心中一動，知道是吳清源有意安排他與吳芩會面，心中暗暗罵道：「老狐狸，知道我將來甚有可能坐大，爲了家族利益，要來搞和親這一手了。」

雖知他別有目的，心中倒也並不如何抗拒。只見那吳芩捧著茶，手持一角玉帛絹巾，婦婦婷婷而來。她與昨日不同，因只是在後園應承，便只穿了一件家常衣衫，頭上也沒有什麼金銀珠玉的飾物。

張偉正是暗中讚嘆，這女孩子不是俗物，卻見吳清源皺眉道：「女孩子家，不要穿得太素，還是要有些富貴氣才好。」說罷一笑，向撅著小嘴的吳苓吩咐道：「我同張將軍廝殺幾盤，妳在一旁侍候茶水，不准頂嘴。」又向張偉道：「咱們南方人最愛喝工夫茶，我府裏有不少人，真正泡得好的，還屬我這孫女。」

張偉不免敷衍道：「這可當真是了不起，又是天生麗質，又是心靈手巧的。」此時他口鼻眼耳心都被這吳苓占據，哪裡還管吳清源說些什麼，因口中嚅嚅，那吳氏祖孫倆不免看他兩眼。

見他一副耳觀鼻，鼻觀心模樣，那吳苓噗嗤一笑，向張偉嬌笑道：「張將軍，當年在台灣您可不是這副模樣。小女子當時年少，可讓您的霸氣嚇壞了呢。」

說完用絹巾掩臉，止不住笑將起來。

她自然是知道張偉被自己迷住，早幾年她年紀尚小，雖知張偉對她甚有好感，也沒有放在心上。此時見這位縱橫南洋，手下才傑之士無數，擁有雄兵十萬，治下百姓數百萬的一方雄主在她面前手足無措的模樣，又怎能忍住心中得意？

張偉聽她嬌笑，心中反倒警醒過來，心中暗罵一句：「怪道說男人征服世界，女人靠征服男人來征服世界，老子什麼場面沒有見過，怎麼跟個剛戀愛的小男生一般！」

想到此處，便將心神一收，抬起頭來正視吳苓，微笑道：「吳小姐快別如此說，張偉那時候年少氣盛，有些暴躁，不恤人心，這原都是有的。」

他又傲然道：「說我有霸氣，那也是有的。我白手興家，統兵掠地。沒有些霸氣，要怎麼馭下呢！為上位者，不可太傲，但也不能太過謙抑；太傲則部下離心，過抑則部下不敬，失之狎昵。這些事，想來妳是不會懂的。」

他說「想來妳是不會懂的」云云，自是讓一直自視甚高的吳苓不悅，只是他身分地位，乃至那種為上位甚久而產生的自信氣質，均讓吳苓無話可答，只得勉強道：「我聽說人主撫慰萬民，推衣衣之，推食食之。將軍治台均以法治之，不以教化使民眾自然心悅誠服，將軍以為得計，小女子卻以為有暴秦前鑒，台灣和呂宋將來未必就能是升平治世呢。」

「妳這番議論甚是平常，台北官學的那些老夫子得空就在我耳邊聒噪，什麼法家過暴易折，儒家以仁義為本，法理為輔，以儒治國，方能致升平。笑話！我賞罰分明，以信義法理約束萬民，不比那些老生常談的什麼仁義強過百倍？」

他此時如同與人辯論，渾然忘了眼前是自己心儀甚久的美女，呷一口茶，雖覺其香，只是有些澀嘴，便順口將茶吐了，又道：「自然，治國並不是那麼簡單。法理之外尚有人情，若是只有法而無情，只怕人心澆漓，民風大壞。是以要以法為主，凡事遵法而行，德行為輔，用政府褒揚、私人富戶捐助等法，褒獎那些德行出眾的人，那麼以次施行，方能法理皆得，諸事和諧。」

那吳苓初見張偉將茶一口扭頭吐了，心中氣苦，只覺他是牛嚼牡丹，不懂風情。後又聽他長篇大論，侃侃而談，一時間竟聽得呆住了。直到他將話說完，卻是無辭可答，眼珠一轉，便待強辭奪理，攪鬧一番。

吳清源自是知道自己這孫女脾氣如何，她斷然不會輕易認輸，心中有了計較，哪會容她在張偉面前胡鬧，大失淑女身分，便向張偉大笑道：「好，將軍妙論，老朽實在是佩服得很！」

他一把年紀，雖是商人，心中全然是儒學中的什麼親親、仁義、刑不上大夫、治家平天下。對張偉所謂的以法治下，以德輔之的說法其實並不了了，不過此時一門心思想把這位強權將軍招為孫女婿，又哪裡管張偉說什麼了？只瞇著眼聽完，便大笑鼓掌，純是湊趣罷了。

見張偉神情淡然，顯是見多了馬屁工夫，對他這種段位的自是不屑一顧，原本有些氣悶，但一想張偉身分地位，也只好作罷。心中一動，突然向張偉問道：

「張將軍，聽說國內現下有不少的亂賊起事，四處燒殺搶掠，攻州破府的。還有那遼東後金對關內覬覦之心不死，大明天下算來也有兩百多年，中原王朝治世不過百年，兩百年後，鮮多明君。自嘉靖爺始，萬曆皇帝和天啓皇上都是甩手皇帝，天下乃至大亂。崇禎皇上繼位這兩年來，老朽看著聽著，他雖是勵精圖治，卻總是不得其法。現下天下已亂，依將軍看來，這大明王氣如何？」

張偉一聽他話頭，便知這老狐狸用意。張偉現在統管台灣、呂宋兩地，便是倭國其實也在他勢力範圍以下。只是以他現下的實力，尚不能左右大明全國，若是張偉是那種愚忠之人，國內有難，他自然是竭力相助。那麼明朝內亂戰火和後金的鐵蹄難免會殃及台灣，他現下雖是熏灼之

時，一個不小心，便是全然覆滅的局面。以吳家這些代傳下來的政治經驗，自然不會把自己捆在一架隨時可能傾倒的戰車之上。

便笑答道：「大明王氣如何，不是做臣子的該當猜度的。」又向著吳清源微微一笑，語涉雙關道：「做臣子的該當盡人事，遵天命，斷然沒有胡亂猜測的道理。」

兩人都是極聰明的人，當下對視一眼，已是一切了然。吳清源笑道：「將軍一會兒便要離南洋回台，老朽與將軍一見如故，當真是令人難以割捨。」

他心中有了計較，當下也不問吳苓意思，揮手令她回房，又與張偉盤桓片刻，便告一聲罪，道是人老體乏，需小歇片刻。

待張偉帶人離去，吳清源便立時請來昨天的陳姓華裔，與他低語片刻。那陳某笑道：「老先生，這等的好事來便宜我去做，我自然是該當遵命的。」又問道：「張將軍年已不小，應該早就娶了家室。小苓斷然不能充做妾室，這一點老先生沒有想到麼？」

吳清源微笑道：「昨晚我便問了張偉親兵，原來他尙未娶過正妻。雖府中有一女子與他曖昧不清，卻是從秦淮煙花之地贖回來的。年輕人，好色也是常有的事。他不娶正室，想來是想尋了門當戶對，對大業有助的好妻室，又怎會娶那女子爲正室呢。」

他斷然道：「我看那張偉神色，沒準這些年就是為了小苓而不娶，這樣的機會，我怎能放過？老弟，這件好事一定要你玉成。」

「做媒人是佛天護佑的好事，我又即將與張將軍同船而行，為免尷尬，還是到船上再說，然後再給老兄你回覆，你看如何？」

「如此甚好，一切便拜託老弟台了。」

待張偉離府時，原以為那吳苓必來相送，卻不料除了吳府長子親自來送，不但是吳苓，就是吳清源也是蹤影不見。

「家父年紀大了，精力不濟，特別交代我向將軍賠罪。待將來有機會，再與將軍把酒言歡。」

「不妨事。這兩日我在貴府人吃馬嚼的，煩擾老先生了，待有機會，一定回報老先生和諸位的厚德。」

兩人寒暄已畢，張偉向吳克淳拱手作別，上馬向碼頭去了。

他也不向總督辭行。與王煊和陳府上下人等，帶了護衛漢軍便行。

那吳克淳站在吳府正門處遠遠見了，心道：「這小子看起來一點都不穩重，也無甚出奇的地方，憑什麼升騰到如此地位，還得了阿爹的賞識。阿苓生得如此漂亮水靈，就許給這個臭小子麼。」

他身為吳芩生父，卻無法在女兒婚事上有決定權。吳清源一夕之間，也不問他和吳芩的意思，便做主請人做媒，將女兒許配張偉。他身為父親，對女兒婚事早有打算，在南洋富商中挑挑選選，早就確定了幾個生得眉清目秀的富商子弟，只等吳芩挑選，便可讓人提親。

嘆一口氣，喃喃自語道：「乖女兒，這件事做父親的可幫不上妳啦。」

他對張偉並不滿意，總覺他相貌平常，行事乖張霸道，與吳家素不相識，便帶著一眾手下前來騷擾，在台灣還不知道怎樣地凶橫。唯恐女兒嫁了過去受罪。只是此事他又不能做主，也只得搖頭嘆氣，回自己房內，向著妾室發洩去火了。

張偉一路行去，路上荷兵自是不敢有所異動。一路上風風光光行至碼頭，早有漢軍水師的軍艦上前來迎，將張偉一行人接到船上，揚帆出港，待船行至大海之中，四顧皆是海天茫茫，眾人方徹底將一顆心放將下來。

陳府家人已被妥善安排至別船之上，那陳浩明身為家主，自是被張偉請到大艦上來，只待到了呂宋附近海面，再至別船上岸。

他甫一上船，待各人安置妥貼，出了爪哇附近海域之後，便邀了張偉入內艙談話。又請張偉將閒人請出，又是鬼鬼祟祟，又是面帶嘻笑，張偉身邊諸親隨不知他是何用意，納悶非常。好在他年紀一把，身無長物，又舉家隨張偉遷走，斷然沒有行刺的道理，各人也只好不理會。

待船行至呂宋附近，張偉自安排了大船送陳府一家至呂宋，又親寫了書信，命呂唯風對陳家多加關照。待陳浩明臨行之際，又將張偉拉到船上角落嘀咕，各人正納悶之際，卻聽得張偉笑道：「此事還得容我再考慮，陳先生莫急，總不會教你失望才是。」說罷與他揮手作別，待一轉臉，卻又是換了一副模樣。周遭眾人見他臉色陰沉，也不知道他因何事惱火，只是各人都陪著小心，唯恐在此時觸怒於他，那可真是走了楣運了。

「志華，可總算等到你回來啦。」

甫一上岸，便見何斌笑嘻嘻立於碼頭之上，見張偉當先下船，便迎上兩步，向張偉笑道：「你這人在家三天就閒得骨頭疼，那麼點小仗還非得親去。怎麼，此次諸事不順？」因見張偉氣色不佳，忙又問道：「呂宋那邊仗竟然打得不順麼？你原本早該回來，遲了這麼些天，我就說有些差池。」

他將手中摺扇一揮，青玉扇墜在半空一揮，恨恨道：「定是那荷蘭人暗中搗鬼了？」

張偉搖頭道：「廷斌兄，你誤會了。呂宋一戰甚是順利，現下全斌和唯風該當在那邊大幹起來了。我只是有些乏了，在海上這麼些天，早就累壞啦。」

又問道：「廷斌兄，我曾與你說過的赴琉球與蝦夷一事，你辦得如何了？」

「琉球一事十分順當，那琉球王聽說咱們要過去駐兵，糧草自備，只需他劃出地皮來，高興得很呢。他告訴咱們的使者，這些年來老是有倭寇襲擾，琉球小國，根本無力抵擋。他請求過內附，成為藩屬，大明因其孤懸海外，不肯答應。現下咱們肯派兵過去，他當真是喜從天降了。」

嘻嘻一笑，又道：「至於蝦夷那邊，一片蠻荒，蝦夷人不過是些原始部落，十分落後野蠻。依著我的意思，先派兵過去，再把本地人招募來做馬夫，一舉兩便的事。」

「倭國人那邊，可有什麼動靜？」

何斌很是奇怪他為何突然扯到倭國，低頭思忖一番，方答道：「除了擔心那些進長崎港的荷蘭商人暗中搞鬼，倒也沒有什麼特別之處。倭國人上次被咱們打怕了，不把他們逼急了，或是有外力相助，他們斷不敢再生事的。」

那蝦夷土蠻居處，就是後世倭國的北海道。當明朝之時，倭國國內亂不已，待幕府好不容易收拾了諸藩大名，便立時鎖國閉關，哪有心思去理會那蠻荒不毛之地。是以張偉決心派兵駐進蝦夷，將上好的馬種遷至蝦夷飼養放牧，以待將來騎兵之需。倭國人竟然全無動靜，竟連個詢問的使臣都沒有派出。

張偉自失一笑，暗道自己受後世政治地圖格局影響很深。因向何斌道：「既然如此，便調四千名龍驤衛的士兵過去。」

略想一想，又向前來迎接的吳遂仲令道：「就讓賀瘋子領兵過去，修堡壘，炮台佈防。由你指定個老成踏實的文官領牧馬監事。告訴他，養馬也是大事，只要養得好，我不惜萬金之賞！」

何斌笑道：「志華，快回府歇息去吧。你去了這麼些日子，如是在府中想必很是擔心，託人問了我幾次，我怎地知道你幾時回來。」

張偉臉色一沉，知道此事不可拖延，因向何斌道：「廷斌兄，有一件事，我要與你商量，就到你府上好了。」又向吳遂仲道：「你也來！」

待他與何吳兩人趕到何府，屏退閒人，三人便在何斌書房內密商。

張偉先將呂宋一事說了，向吳遂仲道：「那邊的事交給唯風署理我很是放心，不過呂宋全島甚大，他一個人只怕也不好照管。還是將呂宋劃分州府，派官佐雜使過去，一切規矩都照台灣這邊來，這樣方好。給唯風一年時間主政，你先派人過去學習。一年之後，便可施行。」

吳遂仲自是點頭應了。張偉又將與荷人定約一事告之二人，待說到軍艦限制一事，兩人皆笑道：「這不是掩耳盜鈴麼。咱們把商船一改，裝上幾十門炮，不就是一艘軍艦了？」

「不然。以後的軍艦越發往大型化、多層化發展。我前日聽說，英國人造出了吃水一千五百噸，甲板上下四層，上置一百多門火炮的巨型戰艦。英國人將它列爲一級戰列艦，以次類推，共分四級。像是快船和商船改編的，連四級戰艦也不如。」

「那咱們該當如何？難道就被荷蘭人捆死了手腳不成？」

張偉搖頭道：「艦是不能造的。我不能把荷蘭人的眼光從英國人那邊吸到我這裏來。我在海上想了許久，還是要求精，而不是求量。咱們的海軍現在是良莠不齊，雖有一些經過英國人訓練過的好水手，好炮手，大部分還是咱們自己後招募的新手。海上作戰，打的不光是實力，還得看

水手、軍官、戰術。以台灣水師的品質，同等實力與敵作戰都危險得很，更別提以弱搏強了。是以一方面咱們多加訓練，另一方面，暫且不急著造艦，而是把心思放在改良火炮和火藥上。唯其求質，求變，而不是跟在別人屁股後面，方能制敵先機，戰勝強敵。」

何吳二人自是贊同，三人又聊了一些別後台灣情形，何斌卻見張偉遲遲不肯開口，因問道：「志華，看你神色，心中尙有事情難以決斷。這在你可是少有的事，快些說出來，大家一起商量才是。」

張偉猶豫再三，只得將南洋吳家提親一事向二人說了。兩人待他說完，一時間皆沉默不語。過了半晌，那吳遂仲方開口言道：「大人，我覺得這是件好事。」

「喔？何以見得？」

吳遂仲搓一搓手，不顧張偉神色，侃侃而言道：「一者，大人春秋雖盛，到底年歲已長，再不娶正妻，恐全台人心不安。二者，將來南洋攻略，是大人謀劃已久的大事。有了吳氏，則得到南洋第一大家族的臂助，其利非小！若是大人不娶，只怕這助力立時就成阻力，反爲其害！」

他雙目放光，熱切地看向張偉，笑道：「聽大人說，早年對吳氏也頗有好感，再加上這些好處，還有什麼好猶豫的？當斷不斷，反受其亂！」

何斌原是沉吟，待聽得吳遂仲說完，亦是拍手道：「說得對！志華，這吳氏是該當娶過來。得道多助嘛！我看，這吳家老爺子想與你聯姻，還是看到你將來成就不小。此事非同小可，不光是你的婚姻小事，還與整個南洋大局有關。」

說到此時，止不住笑，向張偉道：「你看你等了這麼些年，到底等到個大家閨秀！這吳氏早年我亦見過，長得十分標緻，又很有本事，想來會是你的得力臂助。我說你怎地就是不肯娶妻，原來是有這個心思。只是你當時怎地不肯說？」

見張偉不答，又凝神細思道：「是了，當時咱們是什麼局面？跟大股的海盜沒有什麼差別。正經大戶人家，怎肯將嬌貴小姐許給你這個大海盜。」

正說得高興，卻突然想起一事，向張偉瞠目道：「壞了！我忘了如是了！年前你同我說要娶她，你一下呂宋，我就讓家中娘子同她說了。小妮子高興得不得了，雖然不曾說，但舉止神態都是極願意的。現下你要是娶了吳氏，她怎麼辦？」

張偉冷哼一聲，恨道：「廷斌兄，難怪你娶了一房又一房的，原來正是有了新人忘舊人的薄倖之徒。」

何斌尷尬一笑，正欲答話，卻聽那吳遂仲沉聲道：「大丈夫娶妻，自然是不能以小兒女情腸來計較，別說大人對那吳氏傾心，就是不喜歡她，也該娶她。至於柳氏，出身太過卑微，台灣官場早有嘖言。大人若是喜歡，不妨納做妾室，也就是了。」

張偉一陣心煩，喝斥他道：「難不成你也是這種見識？什麼出身？太祖皇后馬氏是什麼出身？帝王將相，寧有種乎？女人的出身你們倒計較起來了！她小小年紀，因家貧流落至風塵場

所，難道是她的錯不成！」

吳遂仲遭他喝斥，卻是面不改色，仍堅持道：「我自然是不會反對大人。不過大人這些年來以霸道治台，雖是治世，人心卻只是畏懼大人，而不是敬愛大人，只怕大人自身一有瑕疵，就易招小人之輩在下作亂。大人，這不可不防。」

他正襟危坐，雙手放於膝上，雙眼直視張偉，雖見張偉臉上怒容漸盛，卻仍是不肯放過，只道：「為大人將來計，懇請大人一定要娶吳氏！」

張偉原欲發火斥罵，卻見他一襲青布長衫，洗得發白，袖口處幾個補丁赫然可見，仍是捨不得更換。他俸祿原是極厚，只是閒暇得空卻四鄉亂走，貼錢為鄉民治病，又經常接濟那些初來台生活困難的遼民。是以別說如何斌一般的富貴模樣，便是連普通的台北吏員亦是不如。

他也只得嘆一口氣，向吳遂仲溫言答道：「你的心思我明白，只是，你處事尚有不周全之處。」

他長嘆一聲，向何吳兩人一笑，說道：「想不成這婚事也鬧成這般模樣。容我再想一想，可成？」

說罷長身而起，向兩人揖讓而別，推開何斌書房的雕花楠木房門，一步踏將出去，只覺外面春光明媚，一時間自是一笑，心道：「娶個老婆都如此煩惱，難不成比奪天下更難麼？」

卻聽得何斌在他身後喊道：「先別和如是說，她滿心歡喜等你回來，可別在這當口潑她冷水。」

張偉剛鬆快一些，聽他一喊，心中又一沉，回頭勉強一笑，向何斌點頭應了，方才出府而去。

待上了守在門前的馬車，外面有不少漢軍將軍與台北諸衙門的上層官吏守候，見張偉出來，自是免不了蜂擁而上，向張偉請安問好。

張偉向各人略笑一笑，點頭道：「我著實是乏了，今兒不見外客，也不聽回事。大家散了回去，待我歇息過來，自然是要尋大家來的。」說罷登上馬車，命車夫駕車回府。

各人正要散去，卻聽得張偉吩咐道：「張瑞，你騎馬跟著過來。」

「是。」張瑞興奮地答一聲，立時策馬至張偉車窗旁邊，隨著車輪轉動聲轔轔響起，張瑞與王柱子並騎而行，隨著那馬車去了。

張鼐與張傑相視一笑，也一同離去。張瑞是他兩人的小兄弟，受寵對這兩人而言自然也是好事一樁。只其餘漢軍將領神情各異，亂紛紛三五成群各自離去。

「張瑞，你看這件事該當如何？」

入得府中，張偉屏退下人，便連柳如是亦未曾准入房中。因當日為柳如是贖身之時，張瑞亦在場，張偉心中煩悶，想要問一下張瑞的看法，是以將他召入府中，倒也不專為信重於他。

張偉手中捧著香片，輕呷一口，瞟見張瑞局促不安，不敢說話，便斥道：「我問你話，你在那邊扭扭捏捏地成何體統，才幾天不在我身邊，就生了這種怪模樣出來。」

張瑞辯冤道：「大人，這種事非同小可。誰爲正妻後，知道我現今說的話，都是不得了的事。」

張偉淡然道：「是啊。一言可興邦，一言亦可喪邦。你一句話的事，可能干係到下半輩子的身家榮辱。你不比何斌身分貴重，又不如吳遂仲那樣耿直愷切。我雖待你不薄，到底你的身家性命更是重要，是麼？」

「大人若是如此看我，那我無地自容，還是卸下官職，仍舊去海上討口飯吃便是了。」

張偉大怒，見張瑞一副死豬不怕開水燙、不怕你奈我何的模樣，心頭一陣火起，站起身來，抬腳便踹將過去，原以爲張瑞必然躲閃，卻不想他挺直身體，硬受了張偉這一腳。

「你爲什麼不躲？」

張瑞撣撣身上的灰塵，向張偉笑道：「大人腳底無力，這陣子較少運動了吧？」

張偉一時間哭笑不得，向張瑞喝罵道：「混帳東西，快起來！」呷一口茶，向張瑞道：「我心緒不佳，往你身上發作了一下，可別怪我才是。」

張瑞嘻嘻一笑，站起身來，將身上的塵土拍去，笑道：「大哥你勁道那麼小，小弟挨一下讓大哥消消火，又能怎樣？」

他一副痞賴模樣，張偉卻正容道：「你混賴不過去，今兒非要你說說看，拿出個章程來。」見張偉逼問不休，張瑞亦只得正容答道：「依大人的心思，想來是不捨得吳家小姐，不過，若按大人心中的南洋戰略，吳氏斷不能娶，可對？」

「這話說得有趣！來，好生把你的想法說出來。」

「吳家小姐生得甚是漂亮，不在柳姑娘之下，且又甚投大人的脾氣，當年來台之時，末將便覺得大人對她甚是有意。柳小姐雖然亦是美貌非凡，通詩文，精女紅，琴棋書畫無不精通，到底大人覺著她年歲尚小，可能不如吳小姐在大人心中更受看重。」

見張偉呆著臉不作聲，連手中茶碗亦停滯在半空，張瑞頓了一頓，卻見張偉面無表情，向他道：「你繼續說！」

張瑞此時已沒有退路，咽一口唾沫，只得又繼續說道：「不過，看大人的神情舉止，顯然是已決定不娶吳氏。是以心裏有些難過，倒是有的。」

「何以見得呢？」

「以大人在台灣的舉措來看，大人斷然不能允許宗族勢力坐大。那吳氏乃是南洋第一豪門，僅此一點，大人便不會考慮此事。或許大人在初入南洋時會稍微倚靠當地華人的勢力，治南洋，也自然需要漢人的支持，不過，到了那個時候，這些完全以家族利益爲重的豪門，難不成就能不以家族利益爲重，一門心思支持大人麼？」

他斷然說道：「絕無這個可能！到那時，這些豪門富家，只會成爲大人的阻力。而大人如何剿滅這些世家，可能也早有打算。若是娶了吳氏，妻黨坐大，大人到那時投鼠忌器，勢必會受掣肘。大人自從入台以來，萬事獨斷專行，乾綱獨斷，什麼時候受過別人的鳥氣？大明自開國以來，皇后皆從皇家小戶選取，就是爲了防止外戚勢力過大，以大人的英明睿斷，又怎會甘心受制於人？我猜想，大人當日在船上沒有直接拒絕，只是因現下還用得著南洋諸家族，唯恐此時將吳家得罪了，會有些麻煩，是以想找一個體面的理由，婉拒吳家。」

「唔！你說說看，如何個婉拒法？」

「嗯，大人年前就曾允諾今年與柳氏的婚姻一事，既然這樣，就推說回台後已知進行了納采之禮，若是悔婚，則傷大人令名。若是再娶吳氏，則無法正名分，若以吳氏爲妾，大人並不敢有這種奢望……如此，不是雙方都不傷和氣，大人之意如何？」

張偉從內心深處長嘆口氣，知道有些事情確實不能由著性子來。以他的本意，吳芩俏麗可愛，他頗是喜歡，只是以他的身分地位，婚姻已是軍國大事，不可不慎。妻黨勢大則萬事掣肘，若是以鐵腕掃除釐清，又恐傷了吳芩的心。她這種大家族出身的女子，無論如何，不會坐視家族利益受損。與其娶了過來傷了心，弄得如同路人，反不如現在就拒婚的好。

張偉鐵青著臉向張瑞點一點頭，令道：「你即刻帶人，護送柳如是去施琅的府邸，命人去何斌府上，明日便行納采禮，接下來，問名、納吉、納徵，五日內辦妥。然後請期，親迎。要給我辦得大張旗鼓，風風光光。不可隨便了事，這筆錢，由我的內庫來出。」

張瑞嚇了一跳，小心問道：「明天不知道是不是黃道吉日，大人的終身大事，還是要挑個吉利日子方好。」

「也好，這些事由何斌來辦就好，帶我的權杖給他，傳我的令。我累了，要好生歇著。」

見張瑞連連點頭，張偉只覺一陣疲憊，便向他道：「你去吧。記得吩咐門上，任何人不得放進府來。」

第十四章　大婚之事

張瑞笑答道：「什麼服侍新夫人？妳便是新夫人哪！大人說了，快要成婚，還在他府上不好。夫人沒有了婆家，就先住在施府，由何斌何爺準備納采問名諸事，待大人親迎過府，拜堂成親，妳便是大人的正妻，將來的侯爵夫人，一品榮身誥命。在台灣，便是何爺施爺，見了妳都得施禮。」

待張偉府上的大門一閉，柳如是坐在車中凝眸回望。張偉一回台，她便想到碼頭相迎，還是何斌好說歹說勸住了她。原以爲張偉必定要回府來歇息，她親手煮好了蓮子羹湯，準備爲他接風洗塵。誰知張偉一回府便攜張瑞入書房密談，親兵擋住了房門四周，任誰都不能接近十步之內。柳如是雖是甚得愛重，那些兵士卻誰也不敢違令放她入內。

一直待手中捧著的羹湯冷透，始終沒有見到張偉蹤影。她心中一陣陣發慌，不知道出了什麼變故，又氣憤張偉如此不把她放在心上，心裏委屈，卻不肯離去，只呆呆地站在書房之外等候。待張瑞出來，柳如是正待入內，卻被張瑞笑嘻嘻請開，又命府中下人將她的隨身物品拿出，道是張偉吩咐，請柳如是到施琅府中暫住。

見張府的大門吱呀一聲緊閉，柳如是閉上眼睛，心中極是痛楚。心想：「應該是他要娶大人了吧？也許是官宦人家的千金小姐，不然也是富商大賈的名門閨秀，他雖對我不錯，到底我的出身不只寒微，且是太過低賤。若是明媒正娶，以我為正室，想來對他的大業有礙。」

她輕輕皺眉，雖是心中苦楚，卻又想道：「這樣也好。前些時日那些話，想來是何爺拿我逗樂，我原也想，以我的出身，底下那些人什麼話嚼不出來？縱使我是處子之身，在那骯髒地方並沒有失節之事，到底經不過眾口爍金，大人縱使喜歡我，也不該娶我做大婦。想來此時遷我出去，是為了迎接明媒正娶的夫人。只盼大人娶妻之後，別把我拋諸腦後才好。」

她雖是自我開解，又自怨自艾，心中一直提醒自己：妳身分太過卑賤，不要想那些有的沒的，將來大人接妳回來，妳好生做個小丫鬟，好好侍候大人就是……只是看著張府的青瓦紅牆越來越遠，眼角中的淚水終於忍不住隨著那微微顫抖的馬車一搖一晃，慢慢流了下來。

正自傷心自際，只見車窗處露出一張笑臉，張瑞向她笑道：「柳姑娘，怎地好好的哭了？我適才太忙，沒有好好照料妳，難不成是有下人服侍的不經心麼？」又笑問道：「難不成是捨不得大人，難過得哭了？」

見柳如是板著臉不理會，他又大笑道：「放心罷，最多十天，妳便可以回來了。只不過，到時候身分地位可就大大的不同啦。」

柳如是低頭將眼角淚水拭去，嗔道：「張將爺，以您的身分地位，還拿我們這種小女子耍笑麼。有什麼不同，不過是讓我改爲服侍新夫人罷了。」

張瑞甚得張偉愛重，是以經常出入張府內堂，與柳如是又是甚早便熟識，是以兩人說話頗爲隨意。

張瑞笑答道：「什麼服侍新夫人？妳便是新夫人哪！大人說了，快要成婚，還在他府上不好。夫人沒有了婆家，就先住在施府，由何斌何爺準備納采問名諸事，待大人親迎過府，拜堂成親，妳便是大人的正妻，將來的侯爵夫人，一品榮身誥命。在台灣，便是何爺施爺，見了妳都得施禮。」

他擠眼弄眉，向發呆的柳如是詭笑道：「夫人，到底咱們是老熟人了，將來吹枕邊風時，可別忘了給我多說些好話。」

柳如是耳邊轟隆隆作響，一直回蕩著張瑞的那句：「妳就是新夫人……」，雙手緊緊抓著馬車內的扶手，將手指關節處捏得發白。待聽到張瑞說的枕邊風云云，下意識答道：

「大人最忌諱這個，你又不是不知道。你前陣子縱容手下行爲不檢，大人要軍法官嚴加處置，我還巴巴地替你說情，被大人一頓好訓。自此之後，政務上的事，我絕不會插一言。」

張瑞灑然笑道：「我反正是皮粗肉厚的，打上幾鞭子也是無所謂的事。總之上次那事，我承妳的情就是。」

柳如是不再理會此事，急問張瑞道：「你適才的話是何意？什麼我就是新夫人，大人又要派何爺來提親？」她絞著手指恨道：「你這人，三天不在我面前亂嚼舌頭，便不舒暢了！這種事情，你也拿出來說笑耍樂。」

張瑞賭咒發誓道：「妳也知道此事重大，我豈敢亂說笑？便是在府中耍笑，也是大人吩咐我，道是他忙，讓我平時多照料些。不然的話，我吃了熊心豹子膽麼？放心罷，此次大人決心已定，緊閉四門，下發令符，要把與妳的婚姻一事，當成要緊的政務來辦。妳一會兒進了施府就沒事，我們這些人，還有全台上下的官員佐吏，都得忙得人仰馬翻！」

柳如是至此方深信此事確是如張瑞所說，他膽子再大，也不敢拿此事開玩笑，一時間心神激蕩，忍不住淚如雨下。

張瑞看到她突地痛哭起來，那嬌俏之極的臉孔在淚水中漸漸迷濛，忙命人將馬車窗簾放下，心中忍不住嘀咕道：「怎地這女人一遇到高興之極的事，都是不笑反哭呢？這可當真是奇怪。」

待柳如是安然被馬車送入施府之內，張瑞便分頭派遣人手，準備張偉大婚一事。待他親赴何府，交代張偉之命時，何斌瞠目結舌，只是不信。若不是張偉有先見之明，將代表他本人的金鑄權杖交與張瑞，只怕何斌立時就要奔赴張偉府中，問個明白。

「這個張志華，不知道搞什麼鬼，當真是糊塗！」

何斌還能埋怨幾句，那聞訊趕來的吳遂仲只是氣得頓足不已，卻也是無法。他一門心思要幫張偉收攏南洋人心，卻不料張偉如此獨斷專行，不顧他與何斌的勸說，一回府中，便有截然不同的決定。

「何兄，不如你我二人同赴大人府上，力勸他改變主意！」

吳遂仲在原地繞了半天，氣沖沖奔至何斌身前，氣道：「咱們可不能讓大人這麼胡鬧。婚姻大事，可不是這麼隨意倉促決定的。」

「沒用。我料此時張府必然是大門緊閉，任何人不得入內。」

見張瑞微笑點頭，何斌乃又向吳遂仲道：「你還不瞭解志華？他若是決心娶吳荇，又怎會如此模樣。正是對那吳荇心有好感，礙於大業卻不能娶她，是以心中委實難以決斷。待聽了我們倆一番陳說，他反倒下了決心。是以一回府中，便有如此舉措。」

他嘆口氣，向吳遂仲笑道：「他是主事決斷之人，咱們勸也勸了，如何決斷是他的事。老吳，你也不必上火，安心辦事去吧。自台灣草創以來，志華一直忙碌不休，終身大事始終不曾解決。現下也好，咱們總算見他娶妻，將來生了孩兒，這麼一片偌大基業也有人繼承，總比現在大家議論不休，道是志華的基業無人繼承的好。」

「唉，這倒也是。萬事有弊有利，大人娶妻總歸是件好事。只是……」

「好了，快些去做準備，要把這件喜事，給大人辦得風光隆重。」

十日之後，在精心挑選的黃道吉日裏，由張偉親自率著禮賓隊伍，至施府行「親迎」禮，將柳如是迎回張府。一路上人山人海，無論路邊、樓房，甚至是遠方的房頂之上，四處皆是觀禮的人群。

張偉未婚，一直是他部下的心病。此時行大婚禮，那些忠耿部下自是心喜萬分，縱然是柳如是的出身令各人稍有些遺憾。至於那些圍觀的平民百姓，雖有的真心讚嘆，有的無可不可，有的心中暗暗恥笑，亦有的詛咒詈罵，只是這一切，身爲這樁婚事的兩位當事人，卻是怎麼也顧不上了。

柳如是縱然是滿心歡喜，張偉亦是完了一樁心事。柳如是溫柔賢淑，聰慧美豔，在張偉身邊一向悉心服侍，縱然沒有什麼濃烈的感情，卻也甚得張偉喜愛。

至於迎入府中之後，什麼拜堂，喝交杯酒，拋灑蓮子花生，有福娘唱頌早生貴子祝福之類，自然是依例而行。

對於這些老例，張偉也無意更改，至於洞房春色，那就更不足爲外人道了。

「快去通傳，告訴你家主人，福建副總兵，龍虎將軍，寧南侯張偉前來拜會！」

張偉負手站在那青磚小瓦掩蓋下的尋常門第之前，看著那斑駁腐朽的木門和那上了鏽的鐵

環，忍不住皺眉問道：「我臨行之際，不是派人吩咐吳遂仲一定要好生照料，怎地這黃府居處如此破敗。」

吳遂仲沒有隨行而來，張偉身邊隨行的當地該管的官員便上前答道：「吳老爺早有吩咐，卑職們自然不敢怠慢，原說要請黃府上下遷居，誰知黃老爺子卻怎地也不肯答應。說是此地清靜，在此讀書靜修，閒時會會朋友，也甚是便當。又說，無功不敢受祿，憑白無故的不敢領大人的照料。」

張偉見那官員神情甚是尷尬，料想當日那黃尊素說話未必有這麼客氣，但也只是一笑，說道：「讀書人有些硬氣，那也是好事一樁。若是富貴人家招手揮之即來，呼之即去，那與那些販夫走卒有甚區別？黃老先生此舉，頗是令人敬佩。」

「大人這麼說，尊素愧不敢當。」

伴著一陣爽朗笑聲，那黃尊素身著尋常儒生長衫，也沒有戴帽，只在頭上束了方巾，因手中握書，便虛抱一拳，微微一躬，便是向張偉行禮。

「你好大膽！哪有見了大人這麼倨傲無禮的？」

那親兵頭目王柱子哪曾見人在張偉面前如此模樣，台灣上下軍民人等，誰見了張偉不是畢恭畢敬，禮數唯恐不周的？除了何斌、何楷、陳永華等寥寥幾人，便是周全斌這樣的統兵大將，若不是一直跟在身邊，乍見張偉還需一跪行禮，哪有像黃尊素一般揖讓行禮的。

黃尊素眼睛一斜，見是一親兵模樣的漢軍士卒喝罵。他一生除了敬佩劉宗周等幾個儒學大家，又何曾對哪一個達官貴人彎腰過？身爲東林大儒，尋常官員見了他也是忌憚得很，若不是前番南方禍亂，加上張偉威名遠揚，台灣甚是和平安定，他這位海內名儒又怎會屈身來這小島。是以雖是張偉身分貴重，在這個連內閣輔臣也敢攻擊的東林黨首領面前，又能算得了什麼？

當下也不生氣，只笑咪咪向王柱子道：「老夫倒也做過一任御史官，雖是品秩不高，見著你家大人，也是不用跪的。」又向張偉道：「大人新婚不久，怎地想起到我這蝸居來？」

張偉正欲責罵王柱子，因黃尊素動問，只得先答道：「黃老先生身爲東林首領，清名遍傳大江南北，張偉雖居於小島之上，也是一向心慕不已。難得大賢因避賊亂來我這蠻荒小島，卻因公務繁忙，一向怠慢了先生，張偉其罪非小。是以從呂宋一回，便欲來拜見，又因婚事耽擱，拖延至今，尚祈先生莫怪才是。」

說罷嗔罵那王柱子道：「你知道什麼！黃老先生的令名，天下士子都仰慕不已，若是讓士林知道我張偉在黃老先生面前如此失禮，我就是砍了你腦袋，也難消我恨。」

俗話說的好，千穿萬穿，馬屁不穿，張偉如此身分地位，卻深自謙抑，又說了如許黃尊素的好話，伸手還不打笑臉人，況且黃尊素雖是清高，倒也不是全然不知世務。因向張偉一笑，只道：「大人屈駕枉顧，是尊素請也請不來的貴客。只是蝸居簡陋，請大人委屈一二。」

當即往內一揖，請張偉入內。

他這裏偏門小院，外表看來破敗不堪，內裏的小院倒是收拾得乾淨整潔。那滿牆的絲瓜藤已是鬱鬱蔥蔥，雖未到開花時節，卻也生得極其興旺。其餘什麼蔥、薑、蒜、辣椒等物，在小院南面依次種植，還有三五隻母雞，在那打頭的大公雞帶領下四處尋食。雖沒有豪門大戶那樣的精緻花園，看起來卻也是生趣盎然。

見張偉四處打量觀察，黃尊素便向他笑道：「尊素在此地沒有置什麼地產，糧食可以買來食用，這些家常的菜蔬還是種了吃來得方便實惠些。如此凌亂不堪，倒教大人笑話了。」

張偉知道他一直沒有在此地置地買產，便是這小院也是只租定了一年，知道他無意在此留滯，故意問道：「尊素先生難道不欲在台北安家，將來還要遷走麼？」

黃尊素爽朗一笑，向張偉道：「也不瞞將軍。來台是避禍，若是流賊被剿平，尊素還是要回去的。」

遲疑一下，一面讓張偉往院中小竹椅上就座，一面解釋道：「書房內幾個犬子在讀書，就不請將軍入內了。陋室簡慢，氣味不好，將軍是貴人，也奈不得，就請在院中就座，請恕尊素待慢了。」

張偉笑咪咪在那竹椅上坐下，將手中摺扇搖上一搖，笑道：「山居最好，這樣的農家風味竟於鬧市中可得，黃老先生真雅士也。」

「不敢不敢，將軍過獎。」

又聽那張偉道：「老先生，台灣孤懸海外，物茂民豐，不敢說是三代治世，到底也算是太平盛世景象。老先生爲何要一意求去呢？」

兩人正說得熱鬧，卻聽得左面廂房傳來一陣讀書聲：「大學之道，在明明德，在中庸，在止於至善……」

張偉一笑，向黃尊素問道：「聽這讀書聲，這房內讀書的公子尚是童稚之年，未知是？」

「是三子宗懿，時年十二，生性愚頑，到此時還不能潛心進學，唉！」

張偉大是詫異，笑道：「雖云雛鳳清於老鳳聲，到底貴公子年紀尚小，小兒脾性自然是貪玩些。此時偉聽得公子背誦，聲音清朗純熟，想來也是老先生的家學深厚，令郎讀書有成，指日可期。」

黃尊素冷笑一聲，答道：「我的長子宗羲十四歲就中了秀才，現下每日裏仍是讀書不輟，若不是前番後金國圍困京師，後又有流賊擾亂南闈，想來他已經得中進士，爲朝廷效命，爲國家分憂去了。」

又正容向張偉道：「將軍治台，雖有些章法，到底未曾讀書，不得聖人治世之精義，以法制國，必將弊端叢生，望將軍三思。小兒宗羲大比一事甚是重要，只待明年局勢稍定，老夫必定要帶同全家回南京的。」

見張偉笑容僵滯，又輕輕一點頭，笑道：「大人雖不是讀書人出身，對學問一事卻甚是有

心，又有諸多賢人儒士在台，加之大人的扶持投入，想來一定可以倡明學術，致台灣大治。尊素與攀龍兄等諸兄閒時談論，都道大人是學而有術，令人佩服。」

張偉倒不擔心他一定要走，他所說的俟天下安定，只是空中樓閣。這天下不但不會安定，反倒會越加混亂不堪，直到大明鼎革。他的大兒黃宗羲這輩子注定不可能考中進士，成爲明朝的名臣了。只是這些士林知名的儒生學者，卻都對他的政策法令有所排斥和不滿，這才是真正令他憂心的。

張偉不會依靠大官僚地主階層，相反，這正是他將來力圖給予毀滅性打擊的對象，而這些人，都擁有龐大的地方宗族力量，這亦是張偉一定會壓制的階層；工商大賈投機性強，再加上中國此時沒有龐大的產業工人隊伍，就是得到幾個大商人的支持，又能如何？若是改良儒學，先以儒法並重，夾雜以西學科技的辦法都得不到仕子階層的支持，這可當真不得了，總不能完全以軍隊暴力治國，那可真是天下沒有消停的時候了。

便勉強笑道：「老先生爲了宗羲兄的前途著想，張偉明白了。待到時候黃府舉家外遷，張偉一定親來送行。」

又問道：「宗羲兄少年大才，我早便聽人說起過，一直心慕不已，頗想見上一見，未知此時可在府上？」

「他此時正在後院讀書，大人若是想見，我這便去喚他過來。」

「不必不必，我往後院去一遭便是。」

說罷也不待黃尊素同意，站起身來，拉著黃尊素的手便往通向後院的夾道而去。這小院原本不大，那夾道便在廂房與院牆中間，張偉與黃尊素並肩攢行，身上已是沾染了滿肩膀的泥灰。黃尊素頗是過意不去，向張偉歉然道：「大人此來的心意尊素已是領了，又何苦如此。」

「唉！老先生說的哪裡話來。張偉不過是邀天之幸，僥倖有了些許成就，哪能與諸位大賢相比，既然來尊府拜訪，當然要見一見宗羲兄，方不負此行。」

黃尊素暗暗點頭，心道：「都說他霸道無禮，今日看來，人言倒也不足盡信。」

這黃府後院甚小，比之院前空地，只不過一半大小。再加上碎石嶙峋，想來是當日建造這宅院時的廢工舊料都傾倒在此地，是以不但局促狹小，還破亂不堪。好在有一桑樹於內，亭亭如蓋，將在樹下盤膝坐於草席上的青年士子遮於其下，看起來也算是舒適。

此時那黃宗羲正自閉目凝神細思，聽到黃尊素與張偉的腳步聲，竟是全不理會。黃尊素卻也不惱，只微笑看著自己這最得意的長子，竟就這麼將張偉這位尊榮無比、在台灣生殺予奪的貴客晾在一邊。

張偉靜候片刻，見那黃宗羲手持的是《明十三朝實錄》，心中轉念一想，微微一笑，向那黃宗羲道：「黃兄？」

那黃宗羲雙目微睜，看向張偉，見是一身尋常漢軍將軍的戎裝，一時竟猜不到是誰。便站起身來，向張偉拱手道：「這位將軍面生得很，未知尊姓大名？」

張偉尚不及答，黃尊素便微笑道：「這位便是赫赫有名的寧南侯，龍虎將軍，張大人！」

黃宗羲吃了一驚，雙眼睜得老大向張偉看去，只這一瞬，張偉便看到他眼中波光閃亮，黑色的瞳孔深不見底，目光閃動之時，他原本的書呆子模樣已是蕩然無存，直教人不敢再行逼視。

張偉心中暗讚：「果然是中國千百年來不再出的人傑！」

兩人的目光對視在一起，稍一停駐，便各自扭頭閃開。卻見那黃宗羲又是深深一揖，向張偉道：「生員黃宗羲，拜見總兵大人。」

張偉見他低頭欲跪，忙用手將他托住，笑道：「不必多禮！我與黃兄一見如故，心中直如見了多年的至交好友一般，我輩行事當隨心所欲，又何必行此俗禮。」

黃宗羲微微頷首，向張偉笑道：「我每常聽聞陳永華陳兄還有何楷世叔議論大人，都道大人善撫士子，對讀書人優禮有加，且又甚重學術之事。台灣草創之初，諸事未定，大人便於困苦中創辦台北官學，雖是強令所有的學童入學，有失霸道，然而不收學費，免其家長賦稅，是以台灣十五歲以下，不論男女皆是讀書識字。」

他兩眼放光，向張偉熱切讚譽道：「三代之下，縱是以漢唐之盛，亦是無有全免學費，不收賦稅，庶令學子安心就學的盛舉，大人之德，將來定會光耀萬世！」

這黃宗羲平生最愛讀書，雖是早早中了秀才，有神童的美譽，然而仍是每日讀書不輟，從四書五經到諸子百家，乃至經史雜學，天文地理，無一不涉獵。他活了八十五歲，就是在被清朝通緝捕拿，躲在草澤山野避禍之時，仍是讀書筆記不止。是以除了《明夷待訪錄》之外，一生著述達數百萬字，當真是皓首窮經。不僅是如此，此人尚且不是那種讀死書的腐儒，能在讀書之餘，總結出自己的一套學問，還能帶兵打仗，雖是一時的書生意氣，可也著實令人敬佩。

此時他甚是敬佩張偉，他生性好奇好學，對張偉將醫、雜工、天文星相，還有一些西方基礎科學學科一併列入官學中並不排斥，相反，在張偉的官學中很是學習了一些新奇學問。若不是老父不滿，逼他回家靜心讀書，以準備將來的南闈大比，他此時必定在台北官學之中，與那幾個西學教師研討學識。只怕是乘船出海，奔那台南尋陳永華談天說地，也未可知。

他對張偉大加讚譽，卻引得老父不滿，只聽那黃尊素輕咳一聲，向張偉道：「大人，你不收賦稅，體恤農人辛勞，這些都教人十分佩服。只是強逼那女子入學讀書，卻是何苦？又有女子不得纏足之令，台灣女子年二十以下者，皆強令放足。弄得台北民風敗壞，現下滿街都是大腳女人奔來走去的，成何體統！」

張偉心中一嘆，暗道：「便是有名的大儒，見識也是這樣！」面上卻是微微一笑，向黃尊素道：「百樣米養百樣人，村夫愚婦最是無知。若是從小讓她們知書達禮，知道聖人教化，又有何壞處？雖說女人不能做官，便是在家相夫教子時，能與丈夫談談說說，能教兒女啓蒙讀書，也不能說是全無用處。雖然古語說：女子無才便是德，到底那些歷史上有名的賢后德妃，都是識字的，反是那些刁婦惡女，只怕是不識字、不明理的多。老先生以爲如何？」

不待黃尊素回答，又斷然道：「禁女人纏足一事，當初阻力甚大，是我獨斷專行，一力承擔了下來。纏足一事，始於南唐之時，與聖人禮教有礙！聖大夫殘害女人身體，不以爲醜，反以爲美，將那殘足把玩不休，這是哪家的禮？」

說到此時，向著黃尊素逼問道：「是孔聖還是亞聖，是哪位聖人說過女子要纏足才符合禮法？士大夫之家也就罷了，那農人婦女終其一生皆是操勞不休，纏個小腳奔忙於田間地頭，這就很成體統了？人皆說我張偉殘苛，卻不知道這天下殘苛的人，正是自己啊。」

他搖頭嘆息，不顧黃尊素張目結舌，窘迫之極，向黃氏父子略一拱手，笑道：「我還需得去高攀龍先生府上拜訪，還有吳應箕先生，都該親去拜會才是。我一向忙，諸位賢才來我這小島之上已是許久，我原是早該拜訪，現下才來，已是十分失禮了。」

又向黃宗羲道：「黃兄，有空可常去官學中略坐，近來我常思要徹底改革官學，引入許多更好的教學辦法。黃兄若有興趣，可以前去參詳。」

說罷又一拱手，向黃氏父子謝過離去。

黃尊素見他帶著輕騎而去，忍不住臉上變色，向黃宗羲道：「此人果梟雄也。」

「父親此言是何意？」

「人每常說，他以霸道治台，爲人獨斷專行，馭下甚嚴。哪怕是統兵大將，軍機大臣，見了他也是凜然而懼。你看他適才言談舉止，隨和溫馨，落落大方，哪有一絲一毫的霸氣？只是因女子纏足一事，猛然發作，這才略見其猙獰面目，可見適才他只是在壓抑，故作謙和。你來說說看，他爲什麼要如此善待咱們這些無權無勢，又無錢財土地的讀書人？」

黃宗羲沉吟片刻，猛然抬頭向父親道：「父親是說，他心懷異志，有謀反圖謀天下之意？」

「正是！如若不然，他權勢錢財，乃至土地人口都已是人臣之極。又何必一門心思在這些文事上花費工夫？歷朝歷代爭奪天下，除了武事，文事亦是必不可少。若是不然，打下了天下也治不了天下。」

他凝視張偉去處，仰天長嘆道：「大明危矣！現下天下大亂，又出此梟雄之徒，如何得了！」

「父親，你有些言過其實了。他身爲全台統制官，一心想青史留名，多行善政，成爲一代名臣，也是有的。」

黃尊素默然半晌，也只得點一點頭，向黃宗羲道：「也只能但願如此了。只是你不可與他太過接近就是。」

「是，兒子省得。」

饒是黃尊素一心要做忠臣，卻不明白張偉一門心思要以革新儒學，從根本上改變讀書人的思

維方式，卻不是如朱元璋那樣，純粹以利用文人儒士為目的。

張偉將那些在台的文人儒士一一拜訪之後，卻是受了一肚皮的鳥氣。那些個書生儒士秉承了明朝士子的惡習，以傲上不尊為己任。也是該當張偉受氣，這幾個成名大儒哪一個不是崖岸高俊，傲對公卿？便是朝中大臣，也休想他們稍假辭色，像張偉這樣的一方諸侯，若不是攻後金、伐倭國，征呂宋；又興學校，免賦稅，利工商，將台灣治理得好生興旺，讓這些儒士們佩服，是以才如對大賓，且肯對他的諸般舉措或讚或貶。若是換了一般的武官，別說當面談笑風生，只怕連面也見不到的。自唐朝有進士一科以來，中國讀書人皆是中舉做官為榮。別說是武人，就是文官，若不是正途科舉出身，亦是會挨盡白眼。

見張偉心事重重騎於馬上，一臉不愉之色。王柱子忍不住憤然說道：「大人你何曾受過如此鳥氣！一個個都是傲氣逼人，對著大人不冷不熱。還好是逃難來的，若是被大人請來的，還不知道怎樣了。」

張偉掃他一眼，笑道：「柱子，你也該讀讀書了。一直跟在我身邊，你倒是逃過漢軍必需識字讀書的規定。既然這陣子我一直在台灣不出去，你下午便隨我去官學，也不要你跟著別的識字漢軍學了，你老老實實給我到官學讀書去。」

見王柱子哭喪著臉不語，張偉方覺心情略好，當即打馬回府，至內堂與柳如是將上午拜會來台儒士的事與她說了。他倒不想柳如是有什麼超卓的見解，或是能有什麼法子為他解憂，只是現下兩人已是夫妻，又正是新婚燕爾，張偉尋出話頭來與她談談說說，也是樂事一樁。

柳如是先是不語，只抿著嘴笑聽張偉細述他吃癟之事，待見張偉漸漸有些火大，方斂容勸道：「夫君既然決心收攏讀書人的心，就得知道這幾千年來讀書人最講究風骨硬挺。什麼：丈夫擁書萬卷，何假南面百城。上傲王侯，下凌公卿，方顯讀書人的本色。夫君若不是有些威名，只怕連今日的待遇都沒有呢。」

「嘿，什麼屁話！讀書萬卷就可假南面百城？腐儒發酸罷了！盛唐之際，有多少詩人投筆從戎，萬里覓封侯？便是李青蓮，妳道他真的不想當官呢！至於那李賀，自嘲為尋章摘句老雕蟲。後世腐儒，有幾個比得過李白、李賀？除了泛酸，摸小腳，揣摩八股，還有什麼用處？」

柳如是被他說得一笑，白他一眼，卻也附和道：「正是呢。這些儒生一個個自詡文才斐然，腹有詩書。平日裏傲得跟什麼似的，上了花船之後，一個個當真是醜態畢露，什麼文章學識，聖人教化，全都拋到腦後去了，當真是……」

她說到此，卻突然醒悟，臉頰突地變得通紅，立時住了口不再說話。

張偉一笑，握住她手，安慰道：「那也不是妳的過錯，何況妳出污泥而不染，倒學了一身的好本事。」

他原本是說柳如是琴棋書畫無一不精，柳如是卻以為他提的是床笫之事，一時間滿臉通紅，向他啐了一口，轉身便往外行去。

張偉大笑道：「妳做什麼，怎地這就跑了？」

柳如是回頭橫他一眼，當真是媚眼如絲，俏麗之極，張偉一時間看得呆了，卻只聽她說道：「你不餓麼，我去廚房安排飯食。」

張偉原本笑嘻嘻躺倒，突然想起一事，向著柳如是的背影喊道：「多加幾個菜，今日我請了客人。」

他不喜奢華，雖位極人臣，每日只是四菜一湯罷了。今日一早便派人去請了官學學正何楷來吃飯，自是不能太過簡慢。柳如是遠遠應了一聲，逕自去了。

原本這些事用不到她，只是她一心要作賢妻，張偉的飲食習慣她又知之甚詳，又比下人用心，這些事向來侍候慣了，是故以她一品誥命夫人的身分，仍是親自下廚指揮，甚至有時親自動手為張偉做菜。

張偉悠然自得，躺在內堂扶手躺椅之上，手捧茶碗，等著客人前來。心中卻只在思忖，如何與那何楷開口。

待何楷領著官學中幾個知名的教諭前來，張偉笑容可掬親自赴府門相迎。這些人雖然掛著官銜品秩，實際上只是教書育人罷了。若拿尋常下屬相待，卻又難免有拿大之嫌。

「張大人，今日請我們過來，只怕是宴無好宴吧？」

酒足飯飽之後，張偉請諸人至房內坐定說話。那何楷輕啜一口茶水，將蓋碗放下，正容問道：「雖是玩笑話，卻也著實納悶。不是說大人小氣，這台北官學的俸祿比之內地十倍有餘，教書匠從未有過如此厚待，心內對大人甚是感激。只是大人平素裏十分忙碌，也是委實尋不到機會在一起吃酒。今日此宴，想來絕非尋常酒宴，有什麼吩咐，這便請大人示下。」

這些個教授學官都是飽學君子，最講究什麼「食不語」，是以適才酒席之上一語不發，只聞杯箸之聲而已。張偉平素裏威儀甚重，屬下們都不敢在他面前隨意耍笑，也唯獨在飯桌上嬉笑幾句。與這些儒士們一起吃飯，張偉如對大賓，待吃到最後，居然額頭上吃得冒汗。心中懊惱不已，若是早知如此，直接將他們請來商談便是，又何苦如此大費周章。

「何兄，今日請大家過來自然是要談官學的事。我近來常想，以前因顧及不到，官學一事總是因循了事。現今短期內無事，可以把這件事做起來了。」

見何楷等人皆是端坐不語，靜待他說話，故展顏一笑，向諸人道：「我近來常思索那洋人爲何能堅船利炮，行數萬里之遠到得中國。想來想去，還是人家所學得法，不僅僅是咱們官學中學的那些繪製海圖、六分儀就能解決的。人家爲什麼懂得比咱們多，走得比咱們遠，製造的物品比咱們更精緻奇巧？」

「大人這話不對，要說精緻奇巧，咱們中國之物才算得上。那些絲綢瓷器，洋人嘆奇精巧，大筆的銀子掏了出來買將回去，也沒見中國的百姓買他們的東西。」

張偉聽得眼冒金星，卻是無法辯駁，此時西方離工業革命尙遠，那些先進的工業產品遠未造出，現下的歐洲產品，完全無法令中國人心動。除了發明不久的望遠鏡，還有歐洲特色計時器鐘錶之外，幾乎無任何產品可打入中國市場。是以一直到十九世紀，中國與世界的貿易仍是完全的順差。

當下只得強辯道：「船隻、槍炮、還有各式各樣的新奇玩意兒，總歸說明人家的東西有可取之處。」

何楷聽了一笑，向張偉答道：「那些不過是奇技淫巧之物，大人又何必掛懷。仁人君子只需上應天命，下撫黎民，自然萬方歸心。什麼槍炮大船，哪及得人心重要？」

張偉想不到一開場便迭遭悶棍，這些中國傳統的老夫子斷然不是一朝一夕可以改變。縱然是台灣情形與內地已是截然不同，卻仍是無法使得這些人有所改變。

嘆一口氣，知道此時的中國沒有壞到令稍有見識的知識分子主動要求變革的地步，而同期的西方也完全沒有兩百多年後的發達進步，除了文藝復興後進取的精神，還有日漸發達的基礎科學，西方並無什麼領先中國之處。

只是自亞里斯多德後，西方的學科分類之精細先進，卻遠遠超過地球上任何一個文明。什麼邏輯學、語言學、哲學、幾何學、數學；待到了中國明朝，西方已經有了完整齊備的基礎學科分類。一六四二年出生的牛頓，又將西方的物理學推上了快速發展的道路，自此之後，西方開始行進在工業文明的道路上，將原本領先世界一千多年的中國遠遠拋在了身後。

張偉想到此處，只覺憂心如焚。他可以靠先進於古人的思維方式，通曉古今歷史的長處來打敗敵人，統一中國，卻不能強迫改變所有人的思想。唯今之計，便只有興辦新式學校，將原本新舊結合的台灣官學先行改組，通過基礎教育的推廣，培育大量的年輕人才。一來可以在他的軍隊和政府中使用，二來可以透過這些人才來進一步影響所有的中國傳統階層，特別是儒生階層，可以達到以中國傳統的儒家思想和更先進的學術辦法來改變中國的目的。

打下明朝，統一中國，這還不是真正的鼎革，只有在學術上，思想上，徹底革除兩千年的封建傳統和儒家獨大帶來的弊端，方算是真正的改變，才有希望在張偉身後的中國能持續強大下去。

與費力地改變整個大陸不同，張偉此時只需從一個小小的台灣著手。自他赴台後，遷來了中國南北各地的貧民，又打壓了宗族勢力。因都是後遷之民，中國原有的君、神、族、夫數種專制權力都受到了不同程度的弱化。再加上張偉辦學宗旨開初便與內地不同，不以那種八股腐儒爲重，而是分門別類，教育人才，是以種種利弊分析下來，趁早改革整個官學，建立一個有系統的、中西並舉的先進教育體系，自然就是重中之重。這可比從歐洲抓來一批小有名氣的科學家更加重要，請來的始終是人家的，唯有這個民族能夠自我造血，不斷的產生各類的人才，方才是有了騰飛的希望。

張偉思來想去，已是數夜不得安枕。原本想說服何楷等人，進而影響在台的知名儒士，來支持他改革教育的計畫已是完全失敗。要蕩滌舊弊，唯有行強迫手段了，他將心一橫，向何楷等人道：

「我與南洋諸國的紅夷交手並非一次，對他們的瞭解也甚多。他們的學科分類，文史語言的學習辦法，都有值得借鑒之處。是以我決定，從即日起大量招募西人教師，把他們的科學理論、文史哲等分科辦法，還有那數學、幾何學、化學、物理學，都盡數請西人教師前來教授。」

不顧何楷等人瞠目結舌的模樣，又道：「在台英人甚多，全部可做翻譯。我已托英國人與荷蘭人為我聘請教師，請來講學！」

何楷憤然道：「大人的決定，何某斷然不能贊同！咱們的學問有什麼不好，一定要和洋鬼子學？」

「我沒有說不教中國的學問，那論語什麼的，一樣還是要教。忠孝仁義是中國人的文明傳承，這不能丟。不過何兄，我且問你，你若教一個小孩識字，最大的困難是什麼？」

何楷皺眉想了片刻，方道：「句讀。認字易，句讀難。便是認識那字，句讀的不好，仍不知其意。」

張偉拍手道：「是了！咱們中國幾千年下來，寫的書本卻還是晦澀難懂。你們讀幾十年書下來，還是會有句讀錯誤之處，更何況那些孩子？沒有十年苦背的工夫，一個孩子就是認識千多個字，只怕連本《史記》都讀不下來。何兄，我說的可對？」

中國的繁體字不但難認，那些以文言文寫的文章全然沒有標點符號，是以古人讀書識字，全憑死記硬背。經常學習若干年之後，卻連篇完整的文章都讀不下來。何楷教書有年，又哪裡不知其中情弊？是以張偉話一出口，何楷也只得默然點頭。

見他點頭稱是，張偉又道：「這便是學而不得其法！咱們中國的學術，太過死板僵硬。四書五經之外，統稱雜學。經常有進士及弟的人，卻不知道唐宗宋祖是誰。這是為何？便是因死記硬背這些經典太過耗神的緣故。若是分門別類，各有專攻，再加上標點符號，翻譯解釋，不是比之現今的教學方法，好上許多？如此這般，則學術之餘，學生又能懂得許多經世致用的學問，豈不是更好？」

第十五章　興辦太學

初、高官學之外，又設立太學，只有在高級官學之中表現優異者可以選拔進入。一入太學，不但不需交納學費，衣食住行皆由官府一力承擔，除此之外，還可領取一定數額的入學補貼。太學中除了原有的各學科或加深或取消外，內分各種專門學科自設的不同學院：研究各種西方科學的科學院、結合中西醫學說的醫學院及精研中西哲學的人文學院。

他絮絮叨叨說了半天，見何楷等人仍舊是一臉的憤然，因知此事干係重大，簡直是把兩千年來中國的教育習慣盡數推翻，是以何楷等人決然不會贊同。

「孔聖當年教導七十二賢人，因材施教，各弟子團團圍坐。夫子坐而論道，也同樣教出了那麼多英才，現下官學中有這麼多老師教導，還有教室桌椅筆墨紙硯，不知比當時強過多少，難不成這樣還不行？」

「正是，好讀書，不求甚解。書籍經義的奧妙都在於悟，你悟到了就是悟到了，悟不到就是悟不到。講的再詳細，遇著蠢才不是一樣？」

「嗯嗯，此語極是！聰明的學子一點就透，比如尊素老先生的長子宗羲，十四歲就中了秀才！」

「還有十二歲就中的！有的愚夫蠢才，終其一生還是個童生，同學少年便要進學，他死也考不上，這能怪教而不得其法麼？」

這些官學教授大半是何楷自內地請來的積年老儒，與教授醫、工、算術等雜學的教師不同，他們是正經的秀才，甚至有舉人在其內，教授的乃是最正宗的國學儒術。張偉原就知道他們是最死硬的反改革阻力，是以除了何斌之外，又將這些自詡甚高，在官學內也頗受尋常教授尊敬的儒士請了過來。

千多年的習俗沉積下來，所有人的思維方式已成定型。張偉請來西醫，那些醫官員儘管也嘀咕，倒也是大方，皆言道：「他山之石，可以攻玉，多些借鑒比較也是好事一樁。」

其餘雜學教師，自然也是同一態度。他們自視甚低，縱然是官面上的待遇與儒學教師相同，卻甘心自降一級，張偉也是無法。他能做的都已做了，各人頭腦裏的積弊，他卻無論如何也抹消不掉。

現下這些人聒噪不休，攪得張偉一陣陣心煩，便冷笑道：「諸位老先生，為師的口口聲聲罵

學生笨，那我請問，諸位都是什麼年紀進的學，又是何年中的進士？」

這一群人大半都是過了所謂知天命之年的積年老儒，至多中過舉人，甚至有不少考了幾十場方中過秀才的，張偉這話一出，除了何楷之外，人人皆是面紅過耳。

何楷甚是不悅，向張偉道：「大人說這話，很是無禮。各教授都是千辛萬苦自內地渡海而來，不是一心爲了教書育人，培養英才，又是何苦？」

張偉在肚裏嘀咕一句：「我給的銀子是內地十倍，不然你道這些人能跟你一樣，滿懷高尚的理想麼？」卻也只得微微一笑，向何楷歉然道：「是我失言，諸先生莫怪。」

他雖是想把這一夥腐儒盡數一腳踢開，卻也知道此舉必定大失人心，當下只得又慰勉一番，好說歹說，答應編定簡明語文教材時，由何楷領著這些人把關，務必不讓異端邪說影響少年學子。得到張偉保證之後，何楷等人方勉強答應了。

自此之後，張偉坐鎮台灣，將舉凡種種事先想定的改革方略一股腦拋將出來。官學聘請了大量西方教師，將整個台灣官學分爲初級與高級兩級。初級只教授簡化過的漢字所編成的語文及數學、歷史三門課程。縱是官學教師抗議，道是課程太少，又太過簡單，學生早早學完了無事可做，在那學校操場上亂蹦亂跳，不成體統。張偉也只是不理。這初級學校裏不過是些七歲至十二歲的學童，只需學習簡單的知識即可，玩耍和鍛煉身體，才是他們該當做的。

高級官學的課程則複雜的多，上述三門課程中取消了語文一課，改由儒生教授儒家經典。與以往不同，張偉不要求這些學子把精力拿來鑽研這些典籍，而只是寄望他們學過之後，在精神與人文修養上能秉承中國儒學中博愛仁義忠孝友悌的內在罷了。除此之外，又多加了物理、化學、幾何、生物等西式學科。與以往台北官學泛泛教授不同，此時都是專程請來西方教師教導，學生的成績又與將來是否能入仕台灣密切相關。如此這般，方可保障這些新學課程受到重視。

初、高官學之外，又設立太學，只有在高級官學之中表現優異者可以選拔進入。一入太學，不但不需交納學費，衣食住行皆由官府一力承擔，除此之外，還可領取一定數額的入學補貼。太學中除了原有的各學科或加深或取消外，內分各種專門學科自設的不同學院：研究各種西方科學的科學院、結合中西醫學說的醫學院及精研中西哲學的人文學院。

除了初、高官學的教室不成問題，只需在原台北台南官學的基礎上稍加改建就可敷用。太學因張偉欲彰其顯，又故意重新選址，在台北鎮外顯要的位置上，以最高敞軒亮的唐式建築，仿唐朝官學規制建築可容萬餘學子的台灣太學。

這一日，張偉聚集在台的文人儒士，至選定的太學工地行奠基禮。縱是這些飽學大儒對張偉的教授方案或有不滿，或是排斥，甚至是極其反感；到底這件事是明朝兩百多年來首次倡明學問的大事，儒家向來以學問之事為大，張偉又一力邀請前來，各人哪有不來的道理？

由吳應箕寫就的奠基祝文駢四驪六，艱奧難懂，張偉雖然這幾年一直讀書不輟，古文知識已

與當日不可同日而語，也是聽得頭暈眼花，不知其所以然，暈頭暈腦之餘，也只得勉強挺立，還不時要做讚賞狀，當真是苦惱之極。

別人也就罷了，陳永華卻盡知其底細，他自台南趕來參加這一難得的盛舉，立身於張偉之後，見張偉雖是一臉笑容，雙眼卻是呆滯無神，三魂七魄都不知飄向何處去也。

待那祝文念完，各人四處隨意活動，陳永華見張偉終於回過神來，便向他笑道：「志華，你給錢給人就得了，何必來受罪。」

「復甫說的是。國之大事，在戎與祀。太學的事雖是重要，也不值得如此吧？」

張偉回頭一看，見是何斌、吳遂仲等台北官員，一個個身著官服立於他身後。

何斌向他抱怨：「你自己要來也罷了，所有的文官也教你帶了來，這可得耽擱多少公事！」

他又向一旁努嘴笑道：「你看看，那群漢軍將軍們，一個個呵欠連天，人家是帶兵打仗的人，這文事請些文士儒生過來即可，何苦把咱們都拖來受罪。這些人規矩多，麻煩大，一個個臭架子十足！我看復甫學問不比他們差，可做人做事就比他們強太多啦。」

「廷斌兄，爲政之道，首在得人！我這裏不需要那些科舉考試出來的書呆子，那麼，我的人才去哪裡找？只能靠自己慢慢培養。是以這太學一事，關係甚大。讓大家都來，也是突顯此事重要，令台灣上下軍民人等，不得輕忽。」

「好是好，只是有用麼？南洋附近能請來教書的洋人你大多見過，也沒有幾個可以在太學教書的。他們的學問，也只能教教官學中的學子罷了。」

「我已命人赴歐洲重金禮聘請教師，那些洋人中的名人我請不來，尋常的教師也該當能請來一些。再有，我命人購買和翻譯西洋典籍，以敷太學學生使用。現下台灣學子大多還年少，還得過兩年才有大批學子入太學學習，時間應是盡夠了。」

張偉目視四周，見身邊只有何斌、陳永華等親信之人，便壓低嗓門，向他們道：「唐太宗開科舉，引得天下賢才紛紛投效，所謂天下英雄入吾彀中矣。我現今開辦官學、太學，親手造就一批批英俊之才，這可比太宗皇帝強了許多吧？」

何斌聽他口出如此狂妄無禮之言，忙橫他一眼，道：「志華，你也太輕狂了，需提防隔牆有耳。」

陳永華亦道：「這種比喻，還是少用的好。台灣這兩年頗讓皇帝忌憚，若不是內亂亂得不成模樣，能讓你這麼張揚麼?還是少生些事端，咱們埋頭把此處治理興旺，倒也不失爲治世之楷模，你張偉的令名，也確實會光耀千古了。」

他兩人只順著自己的心思來說，都是勸張偉不要驕狂，內容大同小異。張偉聽出兩人的話意，也只一笑而罷。

「成，我聽兩位的勸就是!」又回頭問吳遂仲道：「今日來此的官員佐吏，可有先前台北官學中畢業的子弟在內？」

「回大人，有的。軍機處新進的幾個書記官員，就是先前台北官學中畢業的，當真是青年才俊。」

「甚好，傳他們過來。」

吳遂仲聽得張偉吩咐，立時回頭向跟在身後的書辦吩咐幾句，那書辦迅即跑向張偉身後隨同而來的台北官吏隊伍之中，將幾個身著青色官服，腳蹬黑布白底官靴，頭戴對折烏紗帽的年輕人喚將出來，往張偉立身之處行來。

張偉見那幾人年紀皆是二十不到，雖然行爲舉止鬱鬱然有文氣，到底年齒尙小，面上稚氣未消，便向諸人問道：「爾等都是去年年底從官學畢業的麼？」

「是，大人。下官是去年自台北官學畢業，年前便補爲軍機中書官，負責文書抄寫。」

見張偉目光掃視，那幾個軍機中書將身一躬，齊聲道：「下官亦是如此。」

他們都是吳遂仲精心挑選、文才人品均無挑剔的上佳人選，自至軍機辦事以來，諸事都很用心去做，爲人又勤謹老實，吳遂仲因此對他們很是滿意。此時見張偉無可不可看著各人，把那幾個剛從官學出來，辦事不過數月的毛孩子們嚇得手足無措，忙上前笑道：

「大人，您威勢過人，這幾個孩子哪會見過什麼場面，沒的把他們嚇壞了。再過一兩年，那時候再看，定是比此時長進許多。」

卻聽張偉問道：「去年年底，一共有四百多名學子年過十八，出官學入仕。你軍機處用了幾個，還有那麼許多，都用在何處？查清楚了，具名匯冊，報給我知道。」

吳遂仲雖不親手經管，到底台灣所有的政署衙門都得與他打交道，這些事情倒是清楚，故向張偉笑道：

「這事情不必查，首尾我都知道。這四百多學子，除了二十多學醫的去了官辦的醫院供職，還有一百多人學商算術的，有的回自家商號，也有的在財務、廉政等署供職；還有五十多人，入了台灣講武堂深造學習，準備從軍；餘下的除了學業不精，回家自謀生路的三十餘人，都各自入台灣各衙門辦事去了。」

張偉聽他娓娓道來，說得清楚明白，笑道：「你倒很用心，只怕何楷也未必有你清楚呢。」又將目光轉向陳永華，陳永華自是知他意思，灑然笑道：「我那邊初時學童不多，年紀太大，我只是教他們識些字便罷了。那些人，當不得大用。」

沉吟一下，又道：「台南官學改制之後，約莫再過五年，就有大批的人才可用。自然，想來也會有不少入太學繼續學習，這也是好事一樁。」

張偉又轉頭見那幾個軍機中書官唯唯諾諾模樣，心中一嘆，知道這些孩子雖然學的一身好本事，比之原本私塾教育出來的書蟲不知道強上多少。光說身體素質，這些天天跑步健身的台北官學子弟，就比那些手不提四兩的舊式書生強上許多；又泛泛涉獵了一些西式學問，再加上明史、算、射、御等傳統科目都曾學習，故而不但舊式文章寫得，那公文、算術、商貿、火槍、駕駛馬

車，都不在話下，確實算得上是文武全才。只是他們學習之時，大半都是年紀已長，再加上籠統而學，只得其形，未得其神。且自何楷來台之後，將那些不是儒學的雜學分將出去，更加降低了非儒學學說的地位。第一批畢業的學子，三分之二仍是學了四書五經的舊式士子，雖然學了些新學，又鍛煉了身體，到底只是舊瓶裝新酒罷了。

張偉思忖一番，向吳遂仲道：「我知道此處也缺人手。不過，這些孩子我培養不易，還要用來做大用處的好。你給我精心挑一百人出來，要略懂醫術、地理；身體強壯，火槍射術也過得去的。」

吳遂仲一驚，向張偉道：「大人，可是要將他們派出，去那呂宋島爲官？」

「你心思倒動的快！沒錯，呂唯風那裏很缺人手，這些孩子馬上馬下都成，比原本那些手無縛雞之力的書生強多了。呂宋那邊情形複雜，正需要用他們。」

吳遂仲急道：「這些孩子剛出官學，並無經驗，且去海外數千里之遠，家中父母想來也是不捨，請大人三思。」

「不必多說。當初我來台之時，也不過二十出頭。我既然派他們去，自然會讓漢軍保護他們的安全。先在馬尼拉城歷練，過上幾年，再分派各地爲官，讓他們的父母放寬心好了。」又向吳遂仲道：「我令你想呂宋分地設官的節略，你可想好了？」

「大人，已是想妥，一會兒便可派人送至你的府上。」

「甚好，遂仲，我下一部要整頓漢軍軍務，政務上你多費些心；不要怕擔責任，甚或是有人說你專擅。我人在台北呢，你一個文人，怕怎地？」

又向他壓低嗓音，令道：「不只是呂宋，台灣的官制也需改革。你常與那些大儒談談，問問，自從有孔聖以來，天下無過三百年的王朝，難道各代天子，就沒有一個內聖外王，一心以孔聖教導治天下的？其興也勃焉，其亡也乎焉，先是有勵精圖治，後就有荒淫無道；究竟是孔聖的教導不對，還是後世人無法臻至三代之治？千百年來無人做到，難道此事非人力可及？若是如此，是不是該當改弦更張，想想其他的好法子？這些話，我不方便和他們說，我身分如此，若是我說了，要麼就立時激走一大批人，要麼，就說我以勢壓人。你來出頭，再拉上復甫兄，這些夫子們最多吹鬍子瞪眼，罵你們一通也就是了，斷無大礙的。」

陳永華在一邊聽得真切，一臉苦笑，向張偉道：「志華，你是將我放在火上烤啊！」

張偉略一點頭，極是誠摯地答道：「這件事別人做不方便，或是不夠分量，只好把你們放在這個風口上了。無論如何，這件事非做不可。為了方便論戰，所有的言論策論，都該讓大家看看。我的意思，朝廷不是有塘報、邸報等官府公文麼？咱們就設一個《台灣太學報》，以學術研討的名義，把一些讓這些老夫子們頭疼的東西放在上面。這樣，原本欲清高置身事外的，看到一篇令他火大的文章，該當如何？」

陳永華笑道：「只怕立時便提起筆桿，大加駁斥。」

「就是要這樣！這種事情，就怕一個巴掌拍不響。要是沒有人理會，終究還是一潭死水。待咱們造出影響來，不怕他不來辯論，越辯則道理越明。如此再三的反覆，報紙越來越吸引人，學術大家們紛紛著文發言的，數年之後，學術昌明，數十年後，則思想改變可期。這可是功在千秋的大事，復甫兄，一切都看你們的啦！」

他說得興頭，又向何斌道：「不光是學術和政治的報紙要搞，還要弄一個商報，把各地的貿易消息都刊列於上，何處需何物，何物在某處最貴，獲利最多。還有那市井百態，家長里短，這些都刊行於報紙上，免費贈送。開初或許人不信，慢慢過上幾年，大家都知道這報用處甚大，自然會搶著要這報紙。到那時候，報紙可以出售，可以收費給人做廣告，銀子自然就賺回來了。這還是小事，待這種報紙深入人心，便可藉由報紙宣傳政治，潛移默化改變人心，這可比一味說教好了許多。」

他這些話在情在理，何斌等人都是精明之極的人物，細思之下，果真是如他所想。當下那何斌嘆道：「真不知道志華的腦袋是怎麼生的，這些主意當真是妙極！」

又向他問道：「怎地你來台之初，沒想起來用這個辦法？而是用嚴苛之法，禁止百姓非議時事？」

張偉一笑，向何斌答道：「一棵小樹尚沒有成長茁壯，你卻去搖它，其後果如何？來台之初，你我赤手空腳，除了些許家財，當真是身無長物。百姓不服，士人不曾歸心，沒有軍隊，沒有官員。更重要的是民智未開，那些土裏刨石的農人百姓，知道認什麼字？報紙出來，你讓誰看？家有百樣事，先緊急處來！我先讓他們吃飽飯，再令子弟讀書，庶已可以收到實效。否則的話，當初你我根基不穩，坐視下頭有人造謠生事，隨意聯絡士兵官員，利用宗族勢力對抗你我。那麼，只怕你我二人的屍體，此時早就在地底腐爛了。」

他傲然道：「此時我有近十萬大軍，全台的百姓都靠著我吃飯。海外的貿易加上工石礦山，使用了大量的勞工，這些人，全靠我養活。還有官吏、巡捕、歸心的儒生、官學太學的學生，這都是我的籌碼！身處我這樣的地位，擁有現下這般東征西討得回來的威名聲勢，尚有何懼？此時做這些事，正合其時也。」

正當張偉於台北以不易之決心，更改學制，放開言論，興學校，辦報紙，以辯論代替棍棒，以新式學科、新式教育推動台灣的文化，乃至整個民風的改變之時，四川的瀘州城外，此時卻正上演著最野蠻的一幕。

數千名光著身子的婦人被身後如狼似虎，臉上掛著淫蕩笑容的士兵們用槍尖強逼向前，稍行得慢一些，或是絆了腳，失了足，便立時被那些兵士們用槍、矛、槊在身上捅出一個個足以致命的血洞來。

「走快些！若是攻下城來，你們還能活下去，攻不下城，大帥說了，一個也別想活！」

「軍爺，饒了我吧。我滿腳水泡，不是不想給大軍賣命攻城，實在是走不得了……」話未說完，那個出口討饒的婦人立時被身後的士兵一刀砍中肩膀，因深入肩骨，那兵將那婦人一腳踢倒，用腳踩在她胸膛，使勁蹬了幾下，方將那大刀拔出。

那士兵身著一身破爛之極的棉布小襖，頭戴氈笠圓帽，此時天已近夏，天氣頗是炎熱，他將身上棉袍的棉花盡數掏了出來，仍止不住滿臉的熱汗。

見那婦人不過二十許人，雖是滿身是血，神色驚恐，睜大著雙眼死去，卻仍不掩秀麗容貌。那兵啐道：「晦氣，這娘們我好像沒有玩過，真是可惜！」順手在她光溜溜的乳房上摸上一把，又道：「這小娘皮的，奶子長得也不錯，當真是可惜了。」

旁邊隨他一起向前逼趕那些裸身婦人的士兵湊趣道：「孫頭兒，這幾天你玩夠了吧？只怕你那話兒，想硬起來也難了。」

「是啊，我看這幾天孫頭兒玩得盡興。那些被頭兒玩過之後送去騎木驢給大帥看的，只怕有好幾十吧？」

他們的口音乃是陝甘一帶的土話，所謂的騎木驢，就是將削尖的木棍埋在土中，把婦女剝光，下身放於其中，然後撒手不管，任那婦人慢慢被木棍頂死。這樣的玩法乃是那位大帥的最愛，其中還有什麼燒烤、剝皮，點天燈熬油，也深得大帥喜歡。

儘管那些兵湊趣，那孫姓小頭目卻也不理會，只向他們喝道：「操你們姥姥的，快些把這些女人往前趕，誤了大帥的事，剝皮還是輕的！」

那些兵們聽他一喝，想起大帥用法之苛，從不饒人，便各自打一寒戰，連忙將手中刀槍之類向前面的女人們招呼，把這些不但手無寸鐵，甚至是一絲不掛的可憐婦人們，向那深溝高壘，防禦嚴密的瀘州城牆方向趕去。

此時防禦瀘州的正是赫赫有名的秦良玉。她早年嫁與四川一個少數民族的宣慰司爲妻，丈夫早死，周圍的部族想趁機吞併。是她於危難之中整合部族，招募壯丁，再加上她雖看不懂兵書，卻是天生的好將軍。幾次仗打下來，部族不但沒有被人吞併，反倒越加的擴大。如此這般幾次，整個四川別說沒有部族敢欺負她，就是連明朝的官員也對她甚是敬服。

去年賊兵犯境，四川境內無兵可守，眼看就要落入流賊手中。還是她以忠義爲先，帶著兩萬白桿槍兵，將那些流賊打得丟盔棄甲，慌忙棄四川不顧而去。崇禎皇帝爲了表彰於她，年前特地把她從四川叫到北京，在宮內平臺召見，又親賜御製詩三首，恩遇之隆，當真是明朝少有的異數。自此之後，她便一心效命皇帝，要爲皇帝敉平流賊。此番聽得流賊從南方折回，從湖北直撲四川而來，她便將軍隊由原來的防地撤出，日夜兼程趕來瀘州防守。

賊兵雖然嘯聚南北，又吸引了不少無賴流民加入其中，再加上打了不少小仗，破了不少州縣，無論是戰力或是人數，都與去年不能同日而語。她卻是甚有信心，不懼流賊。她認爲白桿兵戰力之強，冠於海內，再加上堅城深壘，又有她的臨敵指揮，破敵不可，但守城是決然沒有問題

的。

此時她立於城牆之上，眼中看著那些光著身體，一個個哭泣不止，卻又不得不拚命向城牆方向湧來的婦人們，止不住眼中泛酸，口中罵道：「畜生！打仗便打仗，剝光了婦人的衣衫來衝城，連豬狗都不如！」

她罵雖罵，卻不得不在腦中急速想著應付的辦法，因向城頭駐防的兵士們令道：「城破了，大家都不得活。不是她們死，就是我們死，如今沒有辦法，只得心狠一遭！」

因見已有婦人進入弓箭射程之內，便斷然令道：「射，凡是衝近城下的，不論是什麼人，都給我射死。」

那些在城頭防禦的士兵聽了命令，便張弓搭箭，將箭矢向那些身無半片絲縷的婦人們射將過去，幾輪箭雨過後，城下已是屍積如山，血流成河。那一時未死的，只管在城角哀嚎痛哭，大聲呼救，當真是淒慘之極。

這瀘州三面環水，一面也是地勢陡峭，原本極是難攻的一座城池。誰也沒有想到，這位八大王張獻忠竟用如此卑鄙下流的招數來攻城。在這些婦女的掩護下，數萬名張獻忠部下的士兵蜂擁而出，將那城外的深溝填平，奔至城下，將雲梯、勾索紛紛搭在那瀘州城牆之上，一個個精挑細選的勇悍小軍們口含刀子，身手俐落的往城頭爬去。

秦良玉此時打了半生的仗，已是知道瀘州城破勢不可免，雖仍是教士兵們盡力苦守，卻又悄悄吩咐貼身護衛，護送她向城下而去。

「開北城門，往城外退兵。」

不顧南門城頭尚有幾千名忠勇士兵仍在抵抗，一下城頭，秦良玉狂奔至北門，立時令人打開城門，帶著奔逃而來的殘部出城而去。幸好此時未到漲水時節，瀘州城外河水尚淺，秦部殘軍立時奔逃過河，隨著秦良玉拚命而逃，向那川內逃去。

待大軍破城，攻城所用的五六千婦人已是死傷過半，縱是未死者，也大多是遍身是血，處處是傷。

只見一粗豪漢子騎著紅棗大馬自戰場不遠處而來，見滿地的死傷婦女，忍不住皺眉道：「一個個都是敗家子！這天快熱了，不趕緊處置這些女人，等著臭了浪費嗎？」

原來張部規定，行軍打仗而糧草匱乏時，需要殺婦女醃漬後充軍糧，這瀘州城小，又早知張部來襲，哪有多少糧草給他掠奪。一路上被官兵圍追堵截，更是無處打糧。此時好不容易在四川境內尋來這些婦人，自然是需要抓緊處理。

於是八大王一聲令下，各營的小刀手上下翻飛，將那些未死的捅死，已死的剝皮去內臟，不過幾個時辰，便將這些屍體醃漬完畢。

那八大王張獻忠此時正是壯年，他出身是下層吏員，原本在延安縣做個捕快。眼見天下大亂，他不甘寂寞，夥同了一幫當地流氓無賴，立十三營起事，後投奔赫赫有名的高迎祥，與李自

成等人同列。

原本在崇禎六年之前，他們還都是在楚川陝甘交界，或是豫西楚北各處流竄，崇禎六年後，奔赴山西陝北發展；崇禎九年，被洪承疇以遼東關寧鐵騎圍困在陝北，高迎祥被俘，押至北京凌遲而死。十年，張獻忠被逼投降，李自成兵敗後率十八騎潛伏商洛山中。

十一年，清兵入關，攻陷真定、廣平、順德、大名，前大學士孫承宗不屈而死。崇禎帝無奈，調陝西巡撫及三邊總督洪承疇領精兵入衛京師。後擊敗李自成不久，清兵又於崇禎十三年圍錦州，突破錦州外城，錦州危急。崇禎急調宣、大、山海關等八鎮總兵，集合精兵十三萬，以洪承疇爲主帥，領兵出關救錦州。

便是這一場大戰，決定了明朝的滅亡。此戰之初，崇禎以富有經濟、文韜武略都是明臣中翹楚的洪承疇爲主帥，進兵之初，洪知道手下的總兵大半桀驁不馴，而且畏敵如虎，是以勢必不能速戰。確定了以關寧爲犄角，由松山、杏山一線緩慢推進，倚靠明軍的火器優勢和人數上的相對優勢，進逼錦州救援。

作戰之初，與清兵交戰幾次，互有勝敗。誰料崇禎一心想擊敗敵人，不顧前線實情，又有兵部尚書陳新甲在後方搗鬼，言道洪承疇勞師費餉，畏敵不前。天可憐見，洪承疇當初在陝西爲參政官時，手無一兵一卒，那總督楊鶴手中無兵無將，見農民軍勢大，卻一邊招撫，一邊令洪承疇等文官出戰。各文官都不敢出，只有洪承疇率親兵出戰，一戰斬農民軍首級三百，以此一戰而至延綏巡撫。

那陳新甲只顧著黨爭，不顧實情，一邊逼著皇帝督促洪出戰，一邊派兵部職方郎中張若騏作監軍，每日催戰不已。洪無奈之下進軍，糧道被斷，十幾萬精兵一夜間潰逃星散，大同總兵王朴先逃，吳三桂等人緊跟其後，清兵掩殺不止，待他們逃至寧遠時，清兵斬殺的明軍近六萬人，洪部只餘萬餘人，進松山防禦，堅持到崇禎十五年，曹變蛟等人被殺，洪降清。

此戰過後，明朝在關外其實已經沒有了防禦力量，赫赫有名的關寧兵只餘下吳三桂一支強兵，對付清兵的進逼尚有不足，更別提入關剿賊。是以崇禎雖以督師輔臣楊嗣昌親出北京，鎮襄陽撫張獻忠，四處搜剿李自成等堅不肯降的農民軍首領，奈何松山戰後，明軍強兵損耗殆盡，關內關外都無能爲力了。

李自成由商洛山入河南，幾個月間由兩千人不到的殘兵敗將發展至五十萬人，而此時的明軍，可倚靠的軍事力量不過是開封城內的河南總兵陳永福部、孫傳廷率領的陝甘總督標兵，還有便是平賊將軍左良玉的那些軍紀戰力皆屬平常的軍隊，朱仙鎮外一戰，餘下的兩股大軍一戰而潰，開封城又被李自成以破黃河堤岸，放水淹城的辦法攻下。自此之後，關外清兵難以抵擋，關內農民軍勢力坐大，無法遏制。

自崇禎十三年松山敗後，不過短短幾年，李自成便先占河南，後攻入甘陝，由西安出兵，一路攻到北京，路途中的明朝守兵望風而降，無人敢抗。而城中的崇禎皇帝急調吳三桂來援，又加

封其為平西伯，用以撫慰其心。

只是此時明朝及皇帝早就失卻人心，吳三桂一心等著改朝換代，京師的文官集團亦是放棄明朝，皇帝在農民軍圍城之初，敲景陽鐘召集群臣，竟然無一個官員聽命。吳三桂一方軍閥，又如何肯為他賣命？一直待崇禎上吊自殺，吳三桂不過出關百餘里，聽到皇帝死訊，立時調轉馬頭回關，只等著李自成前來招撫。

關寧兵對明朝的重要性，實在是等同於一根頂梁大柱，原本的歷史在張偉的介入下早就與史書不同。袁崇煥未死，關寧兵並未因此事潰散，失卻主心骨，只肯防守關外，再不肯入關勤王。而崇禎因袁崇煥及祖大壽臨陣叛變，威逼朝廷一事，也早就對這支軍隊失卻信心。此時他指揮著用來剿賊的兵力，不過只是北方及陝甘等衛所兵，戰力與關寧兵不可同日而語。若不是洪承疇、孫承宗等人韜略出眾，指揮得法，官兵在此時的裝備和戰力還是遠遠高出農民軍，只怕這明朝不是亡於崇禎十七年，而是在陝西大起義之初，便告覆滅了。

儘管一路逼壓，百般堵截，奈何陝西饑民委實太多，起義之初，農民軍力量甚是薄弱，被那洪承疇屢次擊敗，洪又深知農民起義的危害，不比楊鶴以撫為主，以剿為輔。凡是落在他手裏的義軍，全數被殺。

洪承疇敢戰、「殺降」，一時間在儒生士林裏甚得好評，便是皇帝也對他大加讚賞。在農民軍奔出陝西，流竄奔襲至南方之際，大學士孫承宗戴罪立功，繼續督師直隸等各省軍馬圍追堵截，洪承疇則為三邊總督，清剿陝甘。

因南方水網密集，大半是北方而來的農民軍不能適應當地的環境，雖然入南直隸後如入無人之境，但面對南京堅城，當時所有的農民軍領袖們，都嚴重缺乏自信。李自成一直到崇禎十三年後，才有了打天下的想法，張獻忠、羅汝才等人，則一直缺乏信心。在崇禎二年便要他們攻州掠府，直指明朝政權，張偉還是太高估了他們的能力。

在南方諸鎮兵馬調動集結，孫承宗兵鋒抵達長江之後，高迎祥帶著張獻忠、李自成及老回回革左諸營渡江而回，在四川境外，原本團結一致的七十二家連營已然分崩離析。革左諸營及老回回入山西，張獻忠決定領兵入四川，而高迎祥和李自成則堅決回陝，決定與洪承疇決戰，確定陝西優勢。

走南竄北，四處劫掠，再加上攻克了好些府縣，八大王張獻忠手中早已不缺金銀兵器，手底下的兵士連同老弱，早已過了十萬人，算來此時整個四川，也只有秦良玉的兵還有些戰力，就是如此，加上那些一戰即潰的駐防明軍，也不到張獻忠手底軍隊的半數。這位八大王，此時已拿定了主意，要先盤據四川，圖湖廣，先行發展壯大，然後再言其他。

「龜兒子們，你們快點幹活！秦良玉那個死婆子跑得不遠，老子要快些追上她，剝了皮看看，到底她有什麼能耐，能領兵打仗？」

張獻忠入鄉隨俗，自入川之後，很是學了一些四川的罵人話。此時看那部下亂紛紛處理破城之後的善後事宜，將城內的官府庫房清理乾淨，大戶人家搜羅一空，便是寒門小戶，也是將所有能吃能用的搜羅出來。

他自起義之後，陝甘河南等處的饑民流氓無賴紛紛加入，糧食和軍餉的壓力越來越重，此時的農民軍又只是流竄，沒有設官立府的，無法收取賦稅和軍糧，唯一的來源，自然只能是搶掠。

「大帥，還要屠城麼？」

張獻忠扭頭一看，見身邊將校都是面容狂熱，想來屠城的刺激和收穫頗大，令這些原本身處下層的窮人很是心熱。別的不說，就那些大戶人家嬌滴滴的小娘子們，就很令這些粗壯漢子們熱血沸騰了。

「對啊，大帥，現在沒有高闖王他們饒舌，咱們索性屠個痛快！」

「大帥，四川可比陝西山西富庶許多，在這邊屠城收穫肯定大的多。」

這些人等著張獻忠發令，卻見他猛一搖頭，罵道：

「你們這些混帳！就知道想著姦淫搶掠。咱們現下離了高闖王還有李自成那幫兄弟，實力大弱。況且四川沒有受災，沒有什麼流民饑民，把老百姓逼急了，全跑到官府那邊，咱們人越打越少，最後要光著屁股逃出去麼？」

他斷然令道：「入川之後，不准屠城，不准亂殺百姓！待打敗了秦良玉，整個四川都是老子的，你們禍害地方，不就是禍害自己麼！」

「大帥，要是洪承疇或是孫承宗入川怎麼辦？」

張獻忠冷笑道：「格老子的，老子不跟闖王和自成在一塊，說起來咱們勢力弱了，其實是大占便宜。闖王的名頭太響，又帶著咱們燒了崇禎的祖墳，小皇帝對他恨之入骨，不論高闖干到了哪裡，洪亨九和孫大學士必定尾隨而去，官兵主力原本不多，要對付他們，就分不出什麼兵來打我們。這個時候咱們入川，把局勢穩住了，然後順著長江往下，哈哈哈……」

他猛然醒悟，這些部將雖是從造反起事之初就跟隨自己，到底是人多耳雜，誰知道有沒有闖王和別家營帥派來的探子，於是連打幾個哈哈，又道：

「咱們這邊鬧騰得大發了，對高闖王和別家的營帥也大有好處！兄弟們，打起精神來，打敗四川的官軍，咱們就吃香的，喝辣的啦！」

他順江而下，在渝州圍住了逃奔而至的秦良玉，又打敗了四川境內來援的衛所明軍，三月之後，城內已是糧盡，秦良玉自殺身亡，殘兵投降，因是異族士兵，張獻忠將他們盡屠之。

攻克渝州之後，四川境內再無可與之一較高下的力量。成都雖是四川第一大城，卻被他一鼓而下。成都城內的蜀王聞警之初原想逃走，卻又得知高迎祥李自成等人正在川陝邊境流竄，往南的路道則被張獻忠團團圍住，無奈之下，只好留在城都死守。

自首代的朱椿開始，歷代蜀王比之其他藩王來說，倒也算得上是異數。在各地藩王欺男霸婦，甚至青衣小帽於鬧市中殺人取樂的時候，朱椿搜索各地的歷朝歷代的典籍，用以昌明文事，又發展教育，資助官學，是明朝少有的賢王之一。他的後代倒還算是秉承其遺教，也不算凶暴異常。

「朱至澎，抬起頭來，看看老子？」

這朱至澎身著金地緙絲孔雀羽龍袍，頭戴翼善冠，被張獻忠手下的將士牢牢按倒在地上，就在這蜀王王府正殿階下，向著原本地位相隔於雲泥之間的張獻忠叩頭跪拜。

見他神色慌張，張獻忠咧嘴一笑，向他說道：「在你之前，老子見過最大的官也不過是個縣令，老子見著他就得叩頭，口稱縣尊老爺。他一個七品官，見著你，是要叩頭的吧？」

朱至澎下意識答道：「縱是封疆大吏，見著孤也需行二叩六拜之禮。」

「嗯，當初朱元璋說了，親王儀下皇帝一等，軍民人等一律不得均禮，這一點，老子其實是知道的。」

他用靴子在朱至澎頭上踢了一腳，笑道：「連你這樣蠢如豬狗的東西，也穿著這一身龍袍，任天下有本事的豪傑，見了你也要跪下行禮，我呸！」

「來人，把這傢伙拖下去，斬了！」

朱至澎立時嚇得魂不附體，被人向外拖拉之時，還抱著最後一絲希望喊道：「這位將軍，孤一直沒有苦害百姓。殺害親藩，朝廷必不能容你……」

「呸呸，快拉下去，砍了他的狗頭。他那幾個兒子，什麼藩王，將軍的，都給我殺了。」

看著面如死灰，被如狼似虎的兵士拖下去處斬的朱至澎，張獻忠輕蔑地笑道：「什麼玩意兒，還沒有苦害百姓?成都平壩子上七成的肥田沃土都是你家的，百姓餓死也別想得到賑濟，你倒是錦衣玉食!」又笑道：「就是不管這些，留著你這鳥親王，不是平白給老子添麻煩?」

請續看《回到明朝做皇帝5　伐明之旅》

新大明王朝 ④威震南洋 (原：回到明朝做皇帝)

作　　者：淡墨青杉
發 行 人：陳曉林
出 版 所：風雲時代出版股份有限公司
地　　址：105台北市民生東路五段178號7樓之3
風雲書網：http://www.eastbooks.com.tw
官方部落格：http://eastbooks.pixnet.net/blog
信　　箱：h7560949@ms15.hinet.net
郵撥帳號：12043291
服務專線：(02)27560949
傳眞專線：(02)27653799
執行主編：朱墨菲
美術編輯：吳宗潔

法律顧問：永然法律事務所　李永然律師
　　　　　北辰著作權事務所　蕭雄淋律師
版權授權：蔡雷平
初版換封：2014年6月

ISBN：978-986-352-033-7

總 經 銷：成信文化事業股份有限公司
地　　址：新北市新店區中正路四維巷二弄2號4樓
電　　話：(02)2219-2080

行政院新聞局局版台業字第3595號
營利事業統一編號22759935

定 價：280元　特價：199元

國家圖書館出版品預行編目資料

新大明王朝 ／淡墨青杉著. — 初版.—
臺北市：風雲時代，2014.04-
冊；　公分. —

ISBN 978-986-352-033-7 (第4冊：平裝)

857.7　103004418